武歆 著

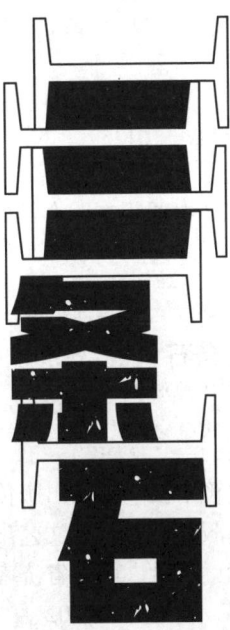

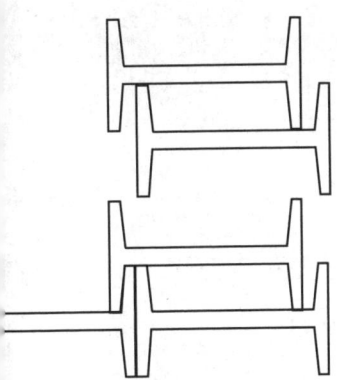

山东文艺出版社

图书在版编目（CIP）数据

三条石／武歆著.--济南：山东文艺出版社，2023.1
ISBN 978-7-5329-6713-1

Ⅰ.①三… Ⅱ.①武… Ⅲ.①纪实文学－中国－当
代 Ⅳ.①I25

中国版本图书馆CIP数据核字(2022)第152487号

三条石
SANTIAOSHI

武歆 著

主管单位	山东出版传媒股份有限公司	
出版发行	山东文艺出版社	
社 址	山东省济南市英雄山路189号	
邮 编	250002	
网 址	www.sdwypress.com	
读者服务	0531-82098776（总编室）	
	0531-82098775（市场营销部）	
电子邮箱	sdwy@sd.press.com.cn	
印 刷	青岛新华印刷有限公司	
开 本	880毫米×1230毫米 1/32	
印 张	8.25	
字 数	200千	
版 次	2023年1月第1版	
印 次	2023年1月第1次印刷	
书 号	ISBN 978-7-5329-6713-1	
定 价	59.00元	

目　录

上　部

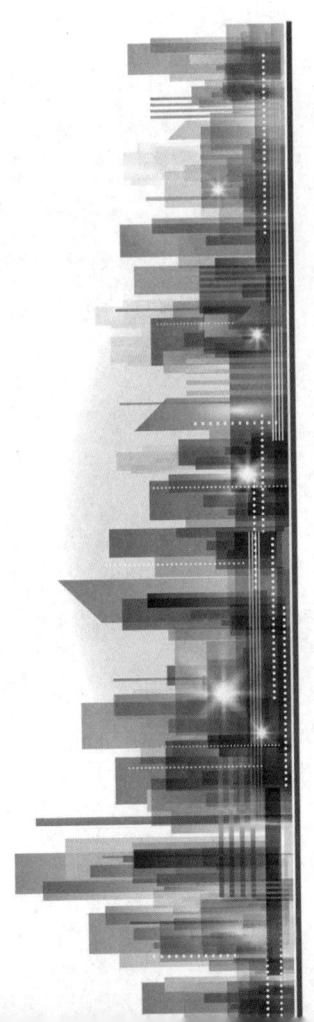

第一章

河畔·关于"三条石"的遥想

一

　　天津有一条河流——海河。

　　海河由五大支流汇成，北运河、永定河、大清河、子牙河、南运河，最后流入渤海。海河是华北地区最大水系，也是中国七大河流之一。

　　河水流进天津市内，途经五个区——红桥区、和平区、河北区、河东区、河西区。在其他城市，特别是北方城市，一条河流如此缠绕、连绵并不多见。于是，这条并不奔涌的河流，在日常生活层面又有了艺术气质。

　　在过去很长时间里，海河是天津重要的城市地标，被天津人亲切地称为"母亲河"，新闻媒体过去常用"海河儿女"来盛赞淳朴实在的天津人民，天津人民也常以此称谓骄傲自喻。在街头巷尾，老百姓会说，我们是喝海河水长大的。说"水"的时候，一定要在后面带上响亮的儿化音，瞬间便有了亲切的平民笑容。

　　天津的城市格局，最初也是围绕海河流向建设，街道很少横平竖直。历史上多次大修水利，对河道有过几次裁弯取直，可是道路面貌已经很难改变，依旧是弯曲、斜插的，导致天津人指路，很少用"向北走、向南走"，而是用"左拐、右拐"来明示。天津人指路，一定伴有肢体动作，看上去像乐队指挥。即使用手机打电话给对方指路，指路人身子依旧会扭动，手脚并用。旁人要是指出来，你这样大动作比画，对方看不见呀。指路者懵懂地看着指责者，不会气恼，而是和蔼地笑着，转过身去，继续做"乐队指挥家"。

近在咫尺的北京人，过去来天津大多选择坐火车，即使办公事，也很少驾车来津——外地人在天津开车真是受罪，等红灯时，面对六七个岔路口，恨不得绿灯晚点亮起来，得以仔细观察，决定下一步行动。即使有着多年经验的北京老司机，在天津也常会手忙脚乱、大汗淋漓。

"京津城际"通车后，北京人彻底放弃驾车来津的想法，五分钟一个车次，半个小时车程，还有多条地铁线路对接，真是方便得很，开什么车呀！同样，天津人也很少开车去北京——正北正南的路不会走，问路更是糊涂，"向北走、向南走"，哪是北、哪是南？着急起来，恨不得把汽车揣进裤兜里，扭脸就回天津。

"京津冀"三地相距很近，平原地形，陆地相连；不像武汉，一个城市被"水"分成三个区域，走过一座大桥，恍惚感觉到了另一个城市。

如今"京津冀一体化"和"环渤海经济圈"，以及三地之间"雄安新区"的建设，使得三个省市在悠长的历史背景下、在国家规划之下，牢牢地连接在一起。三个省市在行动上已经开始逐渐融合，精神气质也在逐渐靠近，互相渗透，彼此影响。

其实，"京津冀"之间还有一个"微缩版"的融合之地——"通武廊"。

所谓"通武廊"，意指北京通州、天津武清、河北廊坊。在这个范围更小的"一体化"区域中，三地人的生活、工作已经紧密相连。天津买房、北京上班的三地年轻人，在"通武廊"比比皆是。

比如，临近天津武清开发区的住宅小区天鹅苑中，北京牌照的私家车，比天津牌照的车还多，也有不少河北牌照的车，有的车还挂着辽宁、山西、内蒙古的牌照。阳光初照的早上，来自五湖四海的年轻人，吃着口味相近的烧饼、油条、豆浆、豆腐脑，然后一起走进武清开发区上班。

说起"京津冀"三地的"血缘关系"，真是纠缠不清。

河北、天津，历史上就是一家人。

现在天津的"后花园"蓟州，过去属于河北省；还有天津静海区以及已经并入滨海新区的汉沽区，过去都是河北省的地盘。河北省也在天津"占地"，比如河北工业大学，长期"驻扎"在天津，它的前身叫"北洋工艺学堂"，后来改名数次，先后叫过"直隶高等工业学校""河北工学院"，到了1995年才更名为"河北工业大学"。一所河北省的大学，不在河北省，却在天津，正说明了两地深厚的地理渊源。

北京也有在天津"占地"的情况。

北京有一所监狱叫清河监狱，历史上叫过"北京市清河农场"，坐落在天津的宁河区，现属滨海新区，此地距离北京170千米，20世纪50年代农场就在这里，现在改了名字也没有搬家。20世纪80年代末期，我供职的某文学部门办过面向全国的"文学函授"，清河监狱有不少案情较轻、刑期较短的服刑人员也报名参加。我去过清河监狱，搞过座谈、辅导，这对于服刑人员的思想改造很有帮助，也为他们增加了学习机会。

如此想来，三地之间盘根错节的事情真是不少，而且"渗透"在你想不到的各个领域。

1949年新中国成立后，20世纪50年代和70年代，河北给北京、天津"贡献"了不少土地。1952年到1958年，河北省北部地区的十一个县划分给了北京；1973年，河北省又给天津划走五个县。至今河北省还有三块"飞地"，与北京、天津紧紧挨着。这三个县是香河、大厂、三河，其中大厂距离北京不到五十千米。

京津冀，历史上本就同属燕赵大地，如今三地更紧密地团结在一起。

虽说三地人民相亲相爱，外表上看不出来是哪儿的人，但是仔细观察，也能发现些微差异。

比如在早点铺吃早点，同样是炸油条，叫"馃子"的是天津人；叫"油炸鬼"的是北京老人，北京年轻人叫"油条"；河北人与天津人称呼一致，也叫"馃子"，但从语言习惯还有说话的尾音上，还是能够分辨出来是哪儿的人。河北人说普通话，还是带点口音；天津人说普通话，北京人听一句就能听出来；北京人的"儿化音"，天津人、河北人怎么学也学不会。

在当下的"通武廊"，相信三地人民之间不止于生活、工作的联系，肯定也有爱情产生。有爱情，就会有"爱情结晶"。随着时间推移，三地精神共融越发容易，特别是天津与河北，人们相处起来没有任何心理障碍，一顿饭工夫，就能成为相见恨晚的兄弟姐妹。

在天津海河三岔口，三地友情更是异常鲜明。

河北人、北京人来到天津，喜欢到"意式风情区"转一转，那里离天津火车站很近。只要到了"意式风情区"，稍微走一走，就很容易来到三岔口。

三岔口是海河的重要"段落"，也是天津重要的地理标志，同时还是底蕴深厚的历史风向标。远的不说，只说乾隆年间，这一带园亭处处可见，寺庙到处都有，其中最著名的是望海寺、崇禧观和海河楼，堪称"准行宫"，是乾隆帝在天津驻足最多的地方，留下许多诗文。

说起海河，我总会联想起很多往事。水的清香悄然弥漫在河的两岸，留在记忆深处。青年时代，我住在离海河不远的和平区，每天早上去河边跑步，跑得兴奋，还要对着水面"啊啊啊"大喊几声。如今回想青年时代在海河边的往事，仿佛能够立即嗅到清水的味道。

海河是一条有着平民气质的朴实河流，每一朵水花，都有着家长里短的亲切。

虽然她没有黄河的奔腾，也没有青海湖的阔远，但她具备"海"的因素。在还没有修建防潮闸的时候，海河与渤海紧密相连，她拥有深邃、神秘的特点，又包含着凡夫俗子的日常生活。那时河面上可以行走万吨大船，不是一艘两艘，而是许多大船同时航行在河面上，错落高低的桅杆，仿佛黄昏时分飞翔的鸟儿，令人眼花缭乱。河面上此起彼伏的汽笛声，岸边码头工人搬运货物以及拉纤时的吆喝声，那些带有浓郁生活意味的声音与画面，后来被相声演员搬上舞台，成为表演艺术，成为对远去生活的艺术纪念。

海河是一条充满生活气息的河流。

古老的三岔口停满等待卸货的船只；现代的三岔口，则偶尔行驶过去一两艘游船。两岸高楼林立，夜晚的灯光有着山城的旷远意境。架在永乐桥上的摩天轮，成为现代城市的符号。摩天轮在缓慢转动，人必须站定，才能看清它在旋转

永乐桥下，许多人在排队购票。坐上摩天轮的观景舱，能够

饱览天津城市风光。乘坐摩天轮观光的人，大多来自外地，其中又以北京人、河北人为主。

北京来的多是青年情侣，他们大大咧咧的，有着走南闯北见过世面的神情，不像南方情侣那样卿卿我我，他们表现得很是随意。虽然他们天天从故宫、天安门前走过，可面对海河还是禁不住赞叹。

河北人很有家庭观念，大多是一家三口出游，有时也会带着年老的父母。他们很少说话，只是边走边看，表情略微有些凝重，似乎在想着什么。

也有天津本地人，他们目光平静地从桥上走过，偶尔驻足远眺，大概在回忆少年时代下河游泳的青葱岁月。

在海河边行走的"京津冀"们，表情不同、言谈不同，脚下鞋子却是大体一致，看看吧，都是色彩缤纷的运动鞋。若是不开口说话，在你面前匆匆走过，相信很难分辨清楚是哪里人。长江以南的南方人，面对街上的"京津冀"，就更分不出来了——反正在南方人眼里，你们都是北方人。

虽然有着不同的身姿、口音，但是他们踩着同类型的鞋子，向着同一个远方走去。

从人们脚上的鞋子，看一个地方的历史变化或是文化特点，是很有意思的一个视角。

V.S.奈保尔在他的名作《印度：受伤的文明》中，开篇便讲他回到阔别多年的印度。在孟买机场，他看到好多人脚下穿的是"扁平的黄色软革质的新皮鞋"，这样款型的皮鞋是什么人穿呢？是"完成了在石油国家的工作后回到孟买"的印度人，这些人也就是"早些时候海湾航空公司航班上的旅客"。显然，彼时的印度，是一个与海湾国家、海湾石油有着密切联系的南亚国度。

天津海河边上"京津冀"们脚下的鞋子款式，同样代表着当下"京津冀"地区的特点。

从日常生活的视角远望，能够看清无边无际的文化世界。

二

9月的一天，摩天轮下。

四个天津本地"小老年"也在排队购票，等待登上摩天轮。称呼他们"小老年"，是因为从他们的对话中，知晓他们已经五十多岁了。这是一个尴尬的年纪，还没到退休年龄，但临界点就在眼前，仿佛一把快刀马上就要劈下，到时口袋里就会有一张退休证，再过几年就会有"老大爷""老大妈"的称谓；用"小老年"的叫法，比较贴切、自然，带有挽留岁月的亲切感和人情味。

四个"小老年"，分别是老孙、老李、老宗、老武；从他们的话语中，知道他们青年时代都在工厂工作，曾是特别要好的同事。当年在工厂时，他们就有着说不完的话，如今多年不见，更是相互问东问西，恨不得知道所有事情，就像当年站在工厂澡堂子里，赤条条相对，谈天说地，不把身子凉下来，才舍不得穿衣服走呢。

现在，老孙、老李已经提前退休，老宗、老武早年调离工厂，现在依旧在工作。老宗现在是一家酱油厂的厂长，老武现在某个文学部门。还没退休的老宗、老武，像在跑马拉松的最后一段，心里特别珍惜这段距离，想要冲刺，又依依不舍。其实，老孙、老李也没有赋闲在家，经常忙于社区工作，他们说，比当年在工厂上班还要累。老孙、老李在工厂那会儿也是"显赫人物"，众人聚会吃饭，他们是要坐在正中位置的。

这是老孙、老李、老宗、老武分别多年之后的一次聚会。之前他们在电话中热烈商议，要看看日新月异的新天津，在讨论了若干聚会地点后，最后还是选择海河，选择登上摩天轮。

建造在永乐桥上的摩天轮，被称为"天津之眼"，高度一百二十米。当观景舱到达最高点时，能够看到很远的地方。

很多很多年前，海河边上的最高建筑，是只有二十二米高的望海楼。

望海楼原名圣母得胜堂，建于1869年，后因其旧址望海楼而得名，是天主教传入天津后建造的第一座教堂，也是近代史上"天津教案"的重要标志建筑。在新中国成立之前，这座教堂是海河岸边的最高点。天津人从来不称它教堂，习惯叫"望海楼"，一来二去，许多人忘了它教堂的功能，以为是一座观景的建筑。

天津这座城市喜欢怀旧，不管改变多少次，人们记住的永远是最初的模样。所以很多出生在天津的高官，都不愿意荣归故里。熟悉你的人，不会忘记你早先的样子。本来你已经是大将军了，穿着高筒马靴、挎着大刀，可是街坊邻居们非得叫你小名：这不是张家三小子臭蛋吗？小时候流着大鼻涕，外号"鼻登官"，现在可算是有出息了，你娘要是活着，非得请我们吃捞面呀。你说，这不是让大将军挂不住脸吗？大将军不能着急，更不能发怒，都是街坊邻居，小时候伯伯婶婶地叫着，难道你要举起大刀让老街坊闭嘴？怎么办？不回来呗，谁愿意回到被"揭短"的故乡？

　　听老辈人讲，过去站在望海楼上，的确能"望"，可以看到广阔平原一样的渤海海面；同样，在海河的入海口，只要用心回望，也能看得见三岔口一带这座灰色的欧洲哥特式建筑。

　　非常有意思的是，若去问天津人，你登上过望海楼的楼顶吗？大概少有人上去过。在望海楼上能够望见渤海的说法，是一代代流传下来的，就连那些天天做讲座的民俗专家，也没有几个上过楼顶的。

　　无论过去还是现在，也无论年老还是年少，更不要提学问高低，只要来到高处，人们的习惯动作都是向远方深情眺望。荀子在他著名的《劝学》中，就阐发过"登高而招，臂非加长也，而见者远"的哲理。

　　此刻，坐在摩天轮观景舱中兴致勃勃的四个"小老年"，大概也想到了中学课本里荀子的著名语句。当观景舱到达最高点时，他们激动起来，坐立不安，恨不得把脑袋伸到窗外。

　　老孙看见了津门大厦，这是海河边上最具标志性的建筑。三幢楼房连在一起，犹如并肩而立的三兄弟。正中那幢建筑，中间部分被"雕刻"成了通透的长方形，正好形成"门"状，也是对"津门"地理的建筑诠释，非常直接，一目了然。

　　老李说他看见了当年的中原大楼，这个名字是1949年前的叫法，之后改为"百货公司"，是天津当年最好的游逛之处，类似北京王府井；百货公司所在的和平路，曾是天津最繁华的街道。小学时代的老李，曾经在这里高声喊着"欢迎，欢迎，热烈欢迎"，迎接西哈努克亲王和夫人莫尼克。虽然亲王的车队迅疾而过，车牌号都看不清，但还是给老李留下了难以忘怀的、连带着"百货大楼"的童年印记。

　　老宗说他看见了望海楼，看见了只有夜晚才会出现在海河上的豪华游轮。

老武则目光凝滞，沉默一会儿，说："我看见……看见了一个人，他过来了，走过来了。"

几个"小老年"笑起来，指着下面说："都是人呀，你说的是哪个人？快点指给我们。你本事不小呀，都有孙猴子的火眼金睛了。"

老孙、老李、老宗嘎嘎笑起来，像是三只欢快的大鸭子。老武没有笑，满脸的严肃。

老武沉浸在伤感的思绪中，声调悠长地说："我看到了遥远的过去。"

老武就是我，本书作者。

无论清末还是民国，甚至是中国改革开放之前，从历史图片中都能够清晰认定，那时的三岔口岸边以及海河两岸向外延伸的土地，真可以用"一望无际"这个词来形容。

所谓"九河下梢天津卫"，在河水流到三岔口时，那些支流突然没有了名字，魔幻般地变成两条河——南运河、北运河；这两条河在此亲密汇聚，随后又有了另一个大气的名字——海河，因此这块局促之地，也就有了"三岔口"的称谓；随后河水一路东奔，直入浩渺的渤海。如此复杂的水系，也凝聚了天津命运多舛的近代历史。

坐在"天津之眼"观景舱中的我，那一刻，真切看到了一百五十年前的海河，还有海河两岸的芸芸众生。

一百多年前的海河两岸，是尘土飞扬的土路，有来往的牛车、马车，也有满脸淌着汗水、裸露臂膀的徒步者。河面上航行着大船、小船，还有站满老少爷们儿的摆渡大木船；那些运货的大船，有着高高的烟囱，烟囱上面冒着浓浓的黑烟，不时发出呜鸣的声响，也不知道彼时河水中的鱼儿有什么感受。当年海河里的鱼蟹，品种真是繁多，有鲫鱼、鲤鱼、黑鱼、草鱼、鲶鱼、鲢鳙、小麦穗以及河蟹。海水倒灌时，鱼类和螃蟹的品种还会更多，有各种海鱼以及现在难得一见的紫蟹。

记得我上小学时，用罐头瓶子都可以在海河"钓"上来小鱼虾。方法很简单，用一根长绳子系住罐头瓶子瓶口凹处，把大铜钱系在小块猪骨头上，沉到瓶子里；或是在瓶子口边按上捏成条状的面团，把罐头瓶子没入水中，过一会儿提上来，里面就有不少的小鱼虾。可见当时海河鱼虾多么丰饶。不过四十年的光景，如今河里也有鱼，但很少了。坐在岸边待上半天，也就能钓上来几条小鱼吧。

那时河岸两边是货运码头，货物从船上卸下来，有的进入不远处的仓库，有的直接装上平板大车，运往直隶各地乃至更远的地方。岸边仓库属于外国洋行，至今我们还能在解放桥靠近原来英租界的岸边，看见这些保存完好的建筑。

我在"天津之眼"上看到的那个人，他在向我走近，越来越清晰。那是一个推着独轮车、来自直隶交河的农民，1860年9月，他正艰难地走在岸边。

他叫秦玉清。

后来我才知道，这个秦玉清与我有着某种亲密的联系。

我在天津发电设备厂工作过六年，在铆焊车间当铆工，是一名彻头彻尾的产业工人。"行炉"出身的秦玉清，后来也成为铸造机器的工人，最后又成为"秦记铁铺"的作坊主。从地域上、职业上进行深究，相隔一百多年的秦玉清和我，有着特别的亲密关系，将他算作我的老师父或是祖师爷，也能说得过去。假如探寻我写作这部《三条石》的情感缘由，这算是缘由之一。

秦玉清的秦记铁铺，是三岔口一带第一家铁铺。它的诞生，也是天津近代机器制造业的发展开端。当然，那时候的秦玉清，哪里料到会有这样的历史意义，他开铁铺，只是养家糊口。

三

推着独轮车的秦玉清，在海河边上停下来，身边的女人马上把一块脏兮兮的灰布递给他，他抓过来，看也不看地擦着满脸汗水。他向远处眺望，那支庞大的队伍还在前进，始终看不到尽头。

自从临近天津地界，那支趾高气扬的洋人队伍，始终与秦玉清同向而行。洋兵身材高大，戴着筒形高帽，上面插着好看的白色羽毛，军服胸前是两排闪亮的黄色纽扣，脚下是锃亮的高筒皮靴。洋兵肩膀上的长枪刺刀，在阳光下闪闪发光。

秦玉清第一次看见那么长的刺刀，穿透三个瘦弱的大清臣民绰绰有余，枪尖还能显露出来。在洋人队伍的两旁及后面，有马拉大车、人拉大车。赶车、拉车的人，有的穿着短衣，有的干脆赤裸上身，身子向前倾，脑袋几乎抵在地上，脑后的辫子像秦玉清的一样盘在头顶上。他们特别卖力气，还有人热烈地喊着号子，仿佛干着大事。大车上装的货物，是秦玉清从来没见过的铁家伙，比他独轮车上的行炉，不知道大上多少，重了多少。另外还有装米、装面的麻袋包，高度就像一座小山，它们要是从车上翻下来，砸死人那是没说的，再结实的壮汉也会当场咽气。

刚到天津地界的秦玉清，很容易猜出来，拉车、推车的同胞是在为洋人做工。为啥这样卖力？洋人们带着那些庞大的"铁家伙"去哪儿？从方向上推测，显然是去皇城北京。

秦玉清的小小独轮车，承载着生活的重担。左边是半人高的炉子，右边坐着一个秃头小子；走在旁边的大脚女人，手里还领着一个年岁稍大的半大小子。这个半人高的炉子如此不起眼，可是它溅起的火花，却是天津未来机器制造业最初的"火种"，谁能想到？想不到！

坐在独轮车上的秃头小子，喊秦玉清"爹"；走路的那个半大小子，喊秦玉清"伯"。两个秃头小子瞅着土路上长蛇一样的洋人队伍，喊爹的小子说，洋人赶大集；喊伯的小子说，洋人上庙会。秦玉清没有吱声，眼睛直直地看着耀武扬威的洋人队伍。

直隶交河农民秦玉清，跟他儿子、侄子一样，也是一派懵懂，从方向上猜测洋人是去皇城，但去皇城，应该诚惶诚恐，怎么还带着杀人的长枪？洋人的事真是搞不懂，可能是他们要为大清国皇上保驾护航吧。如今世上贼人太多，洋人也看不过去了，远涉重洋来到大清国，要护佑皇上万岁哩。

身边的大脚女人拉了一下男人衣袖，让他不要看了，嘟囔道："跟咱有啥关系，两个娃还没吃东西哩。"秦玉清立刻猫下腰，推起独轮车，继续大汗淋漓地赶路。木质车轮轧在坑洼不平的土路上，发出笨拙的单调声响。这声响在秦玉清一家人的耳朵里，却很大、很响，带着生活的希望，带着美好的憧憬。但进了天津就不同了，承载着秦玉清一家人生活希望的车轮声，轻而易举地就被河面上轮船的汽笛声完全、彻底地淹没。

身材不高但很强壮的秦玉清此刻并不知晓，他正站在重要的历史时刻，同时他本人也将要书写一段重要的华北工业历史。眼下是清咸丰十年七月，公元1860年9月。秦玉清要去的地方是天津城，而前往咸丰爷的北京城的，是两万多人的英法联军。联军以不同方式行进，有坐火车的，有骑马的，也有步行的。

1860年，是中国近代史上非常重要的历史节点。在这个节点上，众多历史事件层出不穷，甚至同时发生，而且大多与天津密切相关。可以说，19世纪中期的历史神经线，密布在天津这块盐碱度很高的土地上，中华民族近代史上那么多的疼痛、流血、屈辱、抗争，都是先在天津这块土地上阵痛，首先发出尖利、压抑、痛苦的喊声，然后再向中国其他地方蔓延。

让历史的车轮退后两年。

咸丰八年，也就是1858年，英、法、美、俄军舰长驱直入，游艇一样悠闲地来到天津大沽口外。军舰还没停稳，四国公使就拿着写好的文字，分别照会清政府，要求进行"修约"谈判。

所谓的"修约"，就是把签订好的条约重新进行修改，将琢磨好的更有利于他们的条款重新加进去，并迫使清政府同意。

英、法、美、俄见清政府回复"修约"有些缓慢，立刻动了火气，不由分说，迅疾攻占了天津大沽口炮台。

大沽口炮台是海上保卫北京城的军事要塞，它的陷落，意味着北京城危在旦夕，几乎成为列强的囊中之物。

此时正在大沽海神庙里抽鸦片的直隶总督谭廷襄，闻听下属报告，吓得魂飞魄散，烟枪当地掉在地上，跳了几跳，像是凄厉的几声大喊，努力要唤醒它沉睡的主人。谭廷襄没有想到，怎么洋人军舰会如此迅速地到达，怎么……一下子就到了家门口？之前，他把所有事情都委派给了布政使钱炘和，自己只想与大烟枪相伴。那杆大烟枪是谭大人的命根子，跟随他很多年了。他找了一个手艺精湛的高人，在烟杆上镶嵌了蓝宝石，白天倒也罢了，夜晚的烟枪特别好看，感觉天上的星星都落到了烟枪上。如今烟枪落地，谭廷襄预感形势不妙，可他还是抱有幻想，希望钱炘和能给他带来惊喜。

其实，钱炘和与谭廷襄是一样的心态，脑子里整天想着面对朝廷怎么才能敷衍了事。战事已经如此吃紧，钱炘和竟然还带着他的两个小妾，让她们扮成长随模样，整日在军营里寻欢作乐、歌舞升平。

要说钱炘和没有迎敌准备，也有些冤枉他，但他的迎敌方法更加气人。在洋人军舰到达之前，他派人把枪炮、器械、粮食隆重地摆放在海滩上。下属不解，问他这样摆放如何迎战，应该在险处设防才对！用这样的办法迎敌，那不是等于送死呀？钱炘和听了部下的话，没有生气，笑了笑，用手拍了拍身边小妾的细腰，对跪在面前的部下说："我们有准备就可以了，你还真想打仗呀？不怕洋人的大炮炸死你？"下属这才恍然大悟，连忙点头称是。钱炘和得意地笑起来，继续与他的两个小妾饮酒作乐。钱炘和的想法、做法，迅疾在军营中传开，士兵们明白了长官的想法，也就更加松散，谁都不再费脑子想打仗的事了。

面对洋人的军舰，局势危急起来。谭廷襄还有最后一个"好办法"，也是他多年驰骋沙场的"撒手锏"，那就是立刻奏请咸丰皇帝，要求快点与列强求和。"和"最简单，最省事。

天津是北京东大门，洋人侵入天津，等于兵临城下，"求和"是不费吹灰之力的止战良方。咸丰皇帝急派大学士桂良、吏部尚书花沙纳为全权大臣，立刻赶赴天津与四国代表谈判，要求不惜一切代价答应洋人条件，尽快稳定危急局势。于是，在距天津老城不足一里地的海光寺，清政府经过讨价还价、委曲求全，最后终于与四国政府代表达成协议，分别签订了《天津条约》。

我记得中学时代上历史课，只要说到从1840年以来清政府与西方列强签订的一系列不平等条约，总是要在这些条约前面加上一个相同的前缀——"丧权辱国"。《天津条约》文本很容易找到，谁都可以去细看。还有海光寺，虽然没有见过这座寺庙，但我从小就知道这个名字，无数次走过海光寺大街，至今这条街道依旧繁华。太熟悉了，我仿佛已经在历史书上见过这座寺庙。

《天津条约》包含四个条约，分别是俄、美、英、法四个国家与清政府签订的，这个条约对清政府危害严重。

可是仅一年之后，英、法、美还是不满意条约条款，再次照方抓药，卷土重来，三国公使坐着军舰抵达天津大沽口外，这一次态度更加强硬，不是"修约"了，而是要求带兵进京"换约"。欺人太甚，竟然要带兵"换约"，大清政府的脸面彻底没了。随后英、法两国政府不等清廷回答，耀武扬威的军舰再次闯进大沽口。这次完全出人意料，洋人被清军奋力击退。大吃一惊的英、法、美等国在懵懂之中只好降低条件，改在天津北塘"换约"。这样打出来的胜利，在中国近代史上真是太少了。但这次胜利，也不过是改变了受欺负的地点，挨打的性质依旧没有改变。

从1858年到1860年，短短两年时间，几个西方强国的军舰轮番来到天津大沽口，遛弯一样过来，然后集体要挟，蛮横无理。可是无论怎样精心"修约"，总是不能满足他们的胃口，连"换约"地点也不想放在天津了，总是想着带兵去北京城谈判。显而易见，他们就是要显示一种强硬姿态，在军舰、大炮的威胁下，在谈判桌上就更容易逼迫清政府退缩，从而换得更多利益。这不叫谈判，就是按着你的脑袋，让你点头画押，而且还要命令你满脸堆笑地画押。

西方列强已经完全习惯了这种颐指气使，完全习惯了清政府的唯唯诺诺。就连在北塘"换约"这件事，也已经成为他们心里过不去的坎儿，觉得受了天大的"委屈"。后来，几个西方强国经过商议，终于在1860年的夏季，英、法两国率先联手，以两万多人的联军力量——这一次没有和清政府提前"打招呼"——从天津直接前往北京。他们要把先前受的"委屈"一股脑地倾泻出去。

秦玉清看到的那支连绵不绝的洋人队伍，就是"受了委屈"，要去北京城发泄的英法联军。

四

直隶交河农民秦玉清，搞不明白咸丰爷、大清国的"国家大事"，他也不想明白——即使搞明白，对于吃不饱饭的农民来说，也没有多大作用。他脑子里想的就是一件事：怎么才能糊口，怎么才能把肚子填饱，晚上不再咕咕叫，怎么才能让儿子、侄子学到长久吃上饭的本领。

秦玉清脑瓜子聪明，从小学会打铁的手艺，靠着"行炉"走遍直隶的大小村庄。可是无论怎样勤劳，无论怎样起早贪黑干活儿，在家乡还是吃不上饭，他只好靠着娴熟的打铁手艺来天津卫闯荡，说不定还能有口饱饭吃。

秦玉清没想到，刚刚走到三岔河口一带，还没喘上一口气，赚钱的生意就像一条从海河里蹦上岸来的活蹦乱跳的大鱼，直接送上门来。

一个穿着白布褡裢、赤脚走路的黑脸汉子，拦在秦玉清面前，指着独轮车上的行炉，操着安徽话说，要打十颗船钉："用好铁，给你大钱。"

行炉，简明扼要地讲，就是挑在担子上的火炉。走到哪儿，撂下担子，生起火炉子，叮叮当当，就可以打铁了。秦玉清在家乡交河，做农活的一切铁家伙、过日子用的铁器，他都打过，还可以把破铁片融化在小炉子里，浇铸出来既好看又能做饭的铁锅。他的手艺在当地远近闻名，要是没有真本事，也不敢闯荡天津城。

秦玉清没打过船钉，表情有些疑惑。那个赤脚的黑脸汉子从褡裢里掏出一颗船钉，摆在手掌上，给他仔细看，让他模仿着做。秦玉清看了一眼，只看一眼，尺寸就能钉在脑子里。什么是好工匠？好工匠的标准有很多，其中一项——眼睛就是尺。多少年以后，与秦玉清毫无血缘关系但职业完全相同的老武，仍清楚记得他的铆焊师傅经常挂在嘴边的一句话："铆工匠的眼睛就是尺。"后面还会紧跟上一句："铆工匠吐口唾沫就是钉。"这两句话代表着手艺和人品。铆工总是以"匠"自居。

这个"匠"字，在不同领域，有着不同理解。比如在艺术领域，说你是"匠"，可能带有某种小小的嘲讽，反正不是彻头彻尾的表扬，真要是表扬的话，应该叫"大师"了。但是工业领域不一样，许多工人自诩为"匠"，没有人觉得这是自嘲，反而是带着行业的骄傲。

话说那个秦玉清，怎肯放过眼前挣大钱的机会？他立即把独轮车放在清静地方，让大脚女人照顾好两个秃头小子，自己麻利地把火炉子架好，把巴掌大小的木柴点着，举起两尺多长的空心竹筒，撅着屁股，向火炉子吹风。

很快，火炉就噼噼啪啪烧起来。随后，他又把铁墩、铁锤摆放好，从挂在独轮车上的木箱子里摸出几根铁条子，放在铁墩上，举起小铁锤，叮当叮当敲起来。不一会儿工夫，十颗铁钉打好了，跟黑脸汉子拿来的船钉一模一样，混在手心里，旁人无法分辨出来。黑脸汉子很满意，禁不住点头称赞，出手也大方，当即给了两枚大钱。

秦玉清吃惊地捏着两枚大钱，好久缓不过神儿来。在家乡，他哪儿收过大钱，都是小钱，当然也就更别说银圆了。这辈子他只是听说过"银圆"两个字，银圆什么模样都没见过，就是大钱也少见呀。

这里的生意太好做了，这不是天上掉下香喷喷的煎饼吗？还是大个儿的煎饼！照这样的走势，见到银圆的日子也会很快到来啊！

秦玉清望着三岔河口上的大船小船，望着岸上来来往往的袒胸露背的船民，还有做生意的、卖吃食的、卖旧衣物的人，他在心里已经打定主意。他告诉身边的女人，不走了，哪儿都不去了，就在这儿落户了。面色焦黄的大脚女人不解地看着男人，当看到男人递过来的两枚大钱时，明白了男人不走的道理。

追溯三岔口一带机器制造业的历史，告别"行炉"的秦玉清，是第一个落户三岔口的铁匠。

后来，秦玉清找来破苇席、树枝子、废旧木材，搭建起来一个破窝棚。又过了一段日子，他在窝棚外面挂了幌子。再以后，秦玉清又把窝棚改成泥坯房，挂起了牌子——"秦记铁铺"。从那时开始，三岔口一带的铸铁作坊、打铁作坊，仿佛海河里的各种鱼儿，活蹦乱跳地向上蹿。

我看过一份关于天津三岔口一带早期铸造业、机器制造业的相关资料，除了秦记铁铺之外，还陆续诞生了几百家小作坊，其中1900年前的几家作坊非常知名，比如"三义公""三合""金聚成"和"郭天成"等。1907年开张的"双聚公"也很有名气，在河北、山东、山西一带响当当。

<h1 align="center">五</h1>

三岔口一带的繁荣，说起来还要"感谢"衙门——直隶总督府。

直隶总督府除在保定之外，在天津三岔河口也有办公地点，因为靠在河边，要有桥梁架在水面上，方便办事的人来往通过。

府院门外有座桥，名叫"院浮桥"。浮桥不高，却恰好阻挡船只通过。令人不解的是，浮桥每天升起一次，只有升起时，浮桥两边的船只才能通过。其余时间，大量船只被阻塞在"院浮桥"的两边，不仅大船过不去，就是吃水很浅的平板船也无法通过。

这座浮桥让官府、官人进出方便，却给河面通行带来困难。浮桥属于官府，多有不便，百姓却也不敢言语。

据有关史料记载，对于这座给往来船只带来很大麻烦的浮桥，从未有人向官府提过增加浮桥升起次数或是抬高浮桥等建议，大量船只还有船上的人，就那么老老实实等着，结结实实地耽误着宝贵的时间。可能人们认为，浮桥是官府的桥，自然由官府说了算，平民百姓哪敢提意见，板子不把你屁股打烂那才叫怪呢。为了保护屁股，脑袋只能空白。这是过去打屁股年代脑袋的悲剧。

船民、商人还有船上的各色人等，自然不能在船上傻傻地干等，冬冷夏热，待不住，况且总要下船，采买生活用品、船上用具，或是活动一下僵硬的腿脚。这就好办了，只要人们从船上走下来，生活就会发生变化，商机就会出现。就像现在的商场，或是一些设有购物场所的景点，从进口到出口的通道，肯定不是直线，一定要像人的消化系统，要有一个弯曲的通道，如此才能吸收营养，才能留住养分。商业的形成中，有流动的人群，商机就会呈现，有需求就会有供给。如今，我还经常看到在城乡接合部，打短工的人们聚集在大桥边上或是重要路口，等待打工的机会。

"院浮桥"就是通向商业繁荣的桥梁。

一些聪明人看到了潜在的商机，于是泥泞的三岔口一带，很快出现了提篮子、挑担子的小买卖人，后来又有了固定的小作坊，售卖船钉、铁锅、衣物、烟草等，都是与生活、生产密切相关的东西。小作坊、店铺越来越多，再后来，有了小旅社。在吃住基本满足之后，人们还要有"乐子"，于是又有了听戏的剧院和听曲的剧场。

又有谁能想到，直隶总督府那座傲慢无礼的"院浮桥"，竟然给三岔口带来了无限商机，坏事变成了好事。

打铁的秦玉清感觉奔波的日子终于安定下来，他望着炉膛里的火苗，看着身边流淌的河水，充满了憧憬的喜悦。只要自家小小炉膛里的火苗不断，日子就有奔头，肚子就能填饱，儿子、侄子就能长大。

秦玉清不知道，在他自家炉膛火苗热烈燃烧的时候，北京的圆明园大火也正在燃烧。尽管就在两百多里地的不远处，但是秦玉清没有看见，没有听见。

英法联军火烧圆明园，如今国人回望这段历史，无不感到屈辱、愤怒。但在1860年，生活在底层的大清国民，又有多少人关心那场大火？饥肠辘辘的百姓感觉那是咸丰爷的事，与草芥小民有何相干？英法联军前往北京城的时候，雇佣了大量中国老百姓搬送货物、枪炮，还有随行百姓帮着运输粮食，成为洋人的后勤保障人员；还有一些有饭吃的闲人，提着鸟笼子站在旁边看热闹。如今想来，他们应该也知道这些洋人去北京城做什么，也知道那些洋枪洋炮不是吹拉弹唱的乐器，它们是能够打死人的武器。可又有多少人担忧过？我翻看那个时期的照片，国人麻木、呆滞的目光，一百多年之后再看，依旧令人震惊、心痛！尤其是提着鸟笼子的人站在火车站木楼梯上，看着同胞给洋人往火车上运送枪炮的一张老照片，让我心痛不已。

打铁的秦玉清，没有时间琢磨紫禁城里皇上的事，也没有时间琢磨大清国的前途命运，他想的就是怎么多打几颗船钉，多打几口铁锅，让身边的女人、孩子吃饱饭。这个想法和目标是他始终不曾改变的人生方向。

秦记铁铺的生意越来越好。

秦玉清经常能看到大钱了。他的大脚女人也在幸福地盘算着，照这样下去，见到银圆的日子肯定也不会太远了。

日子就像身边的海河水，永远静静流淌，潮涨潮退之间，又永远充满蓬勃的希望。

三岔河口一带的打铁作坊越发多起来，从当初秦玉清一家，发展到了数十家，看样子还有继续增长的趋势。起先，作坊铺子之间还下意识拉开距离，尽量躲得远一点，后来发现没有空当了，干脆紧紧挨着。所有铸铁、打铁的作坊，生意越来越好，不仅是为船家服务，也扩展到为当地百姓铸造日常生活所需的所有铁器。那些铁器做得也是越来越精细，到了后期，天津租界里洋人的日常用具，也由三岔口一带的作坊生产。

我在天津三条石历史博物馆看到过一些冬季取暖用的铁炉

子，是租界地洋人、有钱的华人专门定制的，非常漂亮。其中一个"西瓜肚炉"更是绝美，不像是烧火取暖用的，倒像是一件精美的工艺品。一百年过去了，如今再看，火炉子依旧造型美观，用来取暖做饭，让它整日与漆黑的煤打交道，真是委屈了它。

手工作坊多起来，一家挨着一家，有些相邻的作坊，为了少占面积，竟然共用一面山墙。这边作坊的说话声，那边作坊听得真切。作坊增多，用工也会相应增加。那些"紧紧拥抱"着的手工作坊，一定是需要工人来支撑的。

那么，工人来自哪里？

有一个非常值得注意的现象：这些来自直隶交河的作坊主们，不管作坊规模如何扩展、多么需要工人，他们始终坚持一个原则，只要同乡，绝不要本地人，也不要其他省份的人。每年到了冬季农闲时节，这些作坊主一定要回老家过年，仿佛改革开放初期，在南方务工的"打工仔"和"打工妹"，年节来到，宁肯睡在火车地板上，或是站在车厢连接处，无论多长时间的车程也要赶回家过年团圆。过完年后，极有可能会有同村或是邻村的小伙子、大姑娘，跟着他们一起去打工。不熟悉的招工者，就是说得天花乱坠，也没有人相信，不如乡亲们一句话、一个充满温暖的眼神。

一百多年前，三岔口一带的作坊主们，过完年也要带回来几个同乡，一定以年轻人为主。前几天还在农田劳作的淳朴农民，经过作坊主的严格培训——三年艰辛的学徒生涯，最后变成一名熟练工人。作坊主们不喜欢年岁大的，喜欢青年，尤其喜欢小孩子，年龄小，听话，好管理，还可以不动声色地把学徒年限拉长。学徒时间越是拉长，对作坊主越有利。学徒期间没有薪水，只是管吃管住。学徒除了做好技术工作，还要给掌柜家的干活儿。干活儿的内容包罗万象，看过《三毛从军记》里勤务兵三毛如何生活吗？看过三毛怎么给长官家干活儿吗？当年的学徒工与从军的三毛差不多，就是粗活儿杂役。

天津三岔口一带的作坊主们，不仅喜欢回乡过农历年，还"喜欢"大灾年。遇上大灾之年，他们招收的学徒工年龄就会更小。天上还在下着瓢泼大雨，或是蝗虫满天飞，作坊主们已快马加鞭，赶紧回到村里。这时候年少的孩子们，在爹娘的拉拽下，拜见来自天津卫的掌柜们。爹娘苦苦央求："快点带走娃吧，行行好，给娃一条活路。"爹娘不放心娃去别处，也不放心把娃交给陌生人，只有送到同乡手里，他们才会放心，才会踏实。况且孩子是去天津卫学本事，将来有了糊口的本事，再来孝敬爹娘，这是两全其美的好事。这时的作坊主们，压住心头的欢喜，还会苦着脸说："难呀难，巴掌大的地方，用不了那么多娃呀，就连做饭的铁锅也没那么大，吃饭的碗也没有那么多呀……乡里乡亲的，不能亏待娃呀。"有些爹娘就会拉着娃，一起给作坊主们跪下来，磕头央求，甚至指天发誓："以后呀，娃就是您的亲儿子，想打就打，想骂就骂，只要给口饭，就是他们的福分了。求求您老，收下孩子，给孩子一条活路吧。"

经过一番恰到好处的拿捏之后，再来签订用工合同，显而易见，将更加有利于作坊主。那不是一般的学徒合同，是一张生死合同，是一张"卖身契"。学徒期间，掌柜的可以打，可以骂，可以任意处置。一纸契约在手，就等同生身父母了。一日为师终身为父，就是这个道理。那时候天灾人祸多，作坊主们招收学徒工的手段也是越发纯熟，时间久了，作坊主们都变成表演大师了。

在很长时间里，大都是作坊主回乡招人，但也有例外，也有学徒是从乡下主动来的。

这一年，因为天灾，乡下无法活了，地里的田鼠还有田鼠窝里的吃食，都让饥饿的人们给吃没了。秦玉清的一个小老乡独自一人，徒步来到三岔口。一路上经历土匪绑票、官府抓丁、腿部生疮流脓流血发高烧等艰辛，有的时候他机智化解，有的时候依靠命大，全都挺过来了，最后终于来到秦记铁铺门前，投奔秦玉清，学手艺，混口饭吃。

这个命大的小老乡名叫秦玉宝，十六七岁，个子长得高，胆子也大。他与秦玉清一个辈分，也是"玉"字辈的。这个秦玉宝不仅胆子大，脑瓜也聪明，见面二话不讲，咣当一声跪下来，给秦玉清磕了个头，朗声道："掌柜的，俺要学手艺。"

那年月，人们把辈分看得很重，尤其是在乡下，简直就是一道天堑，谁都别想跨过去。按说同辈不必行此大礼，但是秦玉宝这一磕头，倒让秦玉清纠缠的心绪稍微舒缓了些，毕竟这不是乡下，是在天津卫，没人知道底细。

秦玉清还是要试探、要摸底，连说这样不可以，自己庙小。秦玉宝很有心计，继续跪着，又把刚才的话说了一遍。秦玉清见他眉清目秀，身体结实，目光有神，心中也是喜欢，就把秦玉宝留了下来，改名"狗宝"，成为秦记铁铺年龄最大的学徒工。

狗宝手脚麻利，一个人能干两个人的活儿，掌柜的全家都喜欢他。学徒期间规矩多，不能叫学名，用乳名替代，乡下的秦玉宝变成城里的狗宝之后，不再种地、砍柴，而是每天面对铁匠炉子。他改变快，技术学得也快，不长时间就能在铺子里独当一面。看狗宝干活儿，仿佛看杂耍艺人变魔术。秦玉清高兴，觉得自己真是捡了一个宝。

可是很快狗宝不高兴了，夜晚睡在阁楼的通铺上辗转反侧。

他闷得慌。这一年来像是小老虎进了老鼠窝，感觉缩手缩脚，呼气也不通畅。想一想，还有那么漫长的学徒生活，他实在忍受不了，尤其是觉得掌柜的没有宏图大志，干了好几年，还是那么两间小屋子。怎么不扩大生意呢？生意是要扩大的，不扩大，就会坐以待毙。

人小志大的狗宝，竟然动员起掌柜的，让他扩大规模，不要只盯着老乡，要敢于招收其他地方的人。秦玉清大怒，说狗宝没轻没重，是个愣头青，如此下去，要把另外几个徒弟带坏了。一气之下，让他马上离开。狗宝是自己上门的，不用把他送回老家，他就是死在外面，秦记铁铺都没有责任，契约上写得明明白白。官府也会保护掌柜的，因为掌柜的要给官府纳税，官府不会袒护学徒工，帮学徒工没用。

狗宝离开了秦记铁铺，恢复了原名。秦玉宝没有回乡下，而是前往官府所办的工厂。他要闯荡，要在天津卫干出一番大事业。

秦玉宝发誓要"大干一场"的这一年，是1867年。

在天津城外的海光寺，也就是《天津条约》签订地，清政府创办了天津机器制造局西局，简称"西局"。那时候机器局在天津东部也有工厂，简称"东局"。至今"东局子"这个地名也还存在，在天津提起东局子，跟海光寺一样，百姓耳熟能详。

机器制造局的前身，按现在的说法，属于军工企业。最初主要制造军火，包括火药、枪炮、子弹、水雷等。后来，也就是几年以后的1870年，李鸿章担任直隶总督兼北洋大臣，天津机器制造局的规模扩大，除了制造军火，还进行机器制造、冶炼等工业生产。

此时，距离李鸿章来津，还有三年时间。

秦玉宝来到天津机器制造局大门前，凭着自己在秦记铁铺学到的精湛技术，还有与生俱来的胆量，非常自信地想要进入官办机器厂做工。在此之前，聪明伶俐的秦玉宝已经打听好了，这里的官办工厂薪水高、待遇好，工作条件也好。让秦玉宝感到向往的还有一件事：在天津机器制造局做工，一律都叫学名，没有乳名称谓，上工都要拿工牌，是非常正规的工厂。不会像打铁铺子那样，还要给掌柜的干家务活儿，哄孩子，倒尿盆，什么都要干。

让兴致勃勃的秦玉宝没想到的是，他遭到了无情的拒绝。

原来天津机器制造局明文规定，工人不要河北、山东人，天津本地人也不要，他们只要福建、广东、浙江一带的南方工人。秦玉宝大感不解，可也没有办法，他哪敢质问，连询问的权利都没有。大门口站立着拿大木棒子的警卫，胆敢多说一句话，一条腿不给你打折了！

秦玉宝只好重新回到三岔口，想要继续在秦记铁铺干活儿。可是秦玉清不要他了，怕他不安分守己的性格影响其他工人，秦玉宝只好去了其他作坊。

我无法从历史的皱褶中找到秦玉宝的去向以及他最后的命运，但是，我特别相信秦玉宝，他一定能用胆量与勇气，闯出一条自己的路。

官办的天津机器制造局不要北方人只要南方人的消息，在三岔口一带的作坊中间传开了。大家和秦玉宝一样疑惑不解，心中生出疑问，难道我们北方人脑子比南方人笨？南方人待的是什么地方，是还没有开化的荒蛮之地、官府流放罪犯之地，他们怎么倒比我们高一等了？

官方工厂不要北方人的消息，有人听了郁闷，有人听了却非常高兴。

三岔口一带的作坊主们就高兴坏了，官办工厂不要北方人，等于切断了那些想入非非的工人的退路，你嫌弃这里不好，好的地方人家不要你！作坊里的工人因此恨死了官办工厂。这些"不经意"的举动，或是所谓的"小事"，已经埋下了日后"官办"与"私营"之间矛盾的种子。

有一段时间，我经常去天津图书馆。按说现在信息来源渠道很多，不必非去图书馆查阅资料，网上查阅也很方便。我去图书馆，主要是为了看过去报纸上的老照片。报纸上那些报道图文并茂，历史冲击感更加强烈。

我看到过两张晚清时期的照片，是洋务运动时期的工厂照片，印象特别深刻。

一张照片拍的是，一个不大的车间里，有几台简陋的车床，一个戴帽子的成年人正带领一帮孩子学手艺。孩子们个子很矮，比车床高不了多少，从他们的脸型和相貌来看，应该是来自沿海一带。

另一张是纱厂女工的照片。她们不像来自沿海地区，是北方人脸型，年龄也要大一些。这些纱厂女工穿着黑色裤褂，梳着直发，有的女工还戴着好看的发卡，表情平静，目光镇定。

通过这两张照片可以猜测，当时男工来自南方沿海一带，女工则来自北方城镇。为什么会有这样的工人性别区别对待，还有待进一步研究考证。

由于历史的原因，三岔口一带的作坊自然形成了自己的生活圈子，并由"生活"过渡到"文化"。

六

官办工厂天津机器制造局明文规定，只录用福建、广东、浙江等沿海一带的技术工人。山东、河北以及本地人对此颇为不解，异常气愤。其实很好理解——此前江南制造局、金陵制造局已经建成，比天津机器制造局年头早。南方开埠早，南方人接触新鲜事物也早，得天独厚的地理条件和历史原因，使得南方总是比北方先行一步，用南方工人似乎更加顺手一些。

"明白"是一回事，"服气"又是另一回事。

三岔口一带的工人想起被官办工厂拒绝这件事，就是不服气，总也过不去这个坎儿，郁闷之中，还是认为官府看不起北方人。但尽管心里不服气，也不敢发声呐喊，就像面对三岔口官府的"院浮桥"，有谁敢言语？有话说不出，就会积压在心底，不知道什么时候，矛盾就会突然显现。

天津机器制造局里的南方工人，是官府在南方地区集体招录、集体乘船过来的，然后还要集体住宿。他们来到人生地不熟的北方，说话当地人听不懂，自然形成一个"孤岛群落"。这种情况非常适合集中管理，对于官方或资方来讲是好事。

近代中国工业特别是华北地区工业，最具代表性的官办工厂就是天津机器制造局。这段历史时期，也是洋务派创建近代军事工业、机械制造业的发轫阶段。

说起这段与天津有着密切关联的洋务运动历史，有必要梳理一下，其间还有许多"趣事"。但若从国家层面进行审视，这些所谓的"趣事",恰又是清王朝腐朽、没落、颓败的注脚。

天津机械制造局的前身由三口通商大臣崇厚创立。在民间，许多人对"崇厚"这个名字知之甚少。与日后接替他继续督办军火机械总局的李鸿章相比，他的名气的确小得多。

崇厚是一个无能的清朝贵族，他最有代表性的一件事，是与沙俄签订《里瓦几亚条约》。这里不妨稍微说上几句签约的事，也能由此了解洋务运动开始时的中国政治现状。

曾经有个"浩罕汗国"与新疆接壤，这是一个少为人知的国家，相信不是搞历史研究的人，绝大多数都不知道。就是这样一个小国家，竟然趁着清政府内部混乱之际，派一个名叫阿古柏的将领入侵新疆，建立了所谓的"洪福汗国"。与此同时，始终有领土野心的沙俄趁机出兵占领了新疆伊犁地区，大言不惭地宣称，要代替清政府维持地区安定。他们说，只要清政府能够重新控制新疆，他们就会马上交还伊犁。

沙俄的如意算盘是这样的：清政府没有能力顾及遥远的新疆，因为他们就连皇城旁边的天津都难保全——外国的军舰随时可以到达天津，让拆掉大沽炮台，清政府就必须得拆掉，何况遥远的新疆，他们哪里顾得上？

可令沙俄没想到的是，左宗棠指挥清军迅速消灭了阿古柏势力，收复了伊犁地区之外的新疆领土。消息传到俄国，沙皇大吃一惊，像是看到死灰复燃一样惊讶，根本没想到清朝竟有如此能力。可他又不肯把吃到嘴里的肉再吐出去，怎么办？沙俄耍起流氓手段，虽然嘴上没有否认先前的承诺，却一再推迟归还伊犁的时间。清政府着急了，好不容易取得胜利，却拿不到胜利果实，于是立刻行动，总理衙门派大臣崇厚出使沙俄，直接面对面谈判。考虑到信息传递不便，崇厚被授予一等钦差大臣衔，可以在不上报朝廷的情况下，拥有一定的自主权。

崇厚心事重重地来到俄国，早就盘算好只走个过场。那么远的一块地方，不要也罢，要这么多土地有什么用？他本以为俄国没人搭理他，做好了受冷落的准备，可令他没想到的是，他竟然受到非常隆重的接待，仿佛迎接皇上一样的排场，使得崇厚受宠若惊，同时也使他认为，条约很快就能签订，他也能迅速回国了。

接下来的事，令崇厚有些不解了。俄国为他安排了很多仪式，吃喝玩乐，就是不提签约之事，而此时崇厚家中还有事情需要处理，他心里只想快点回国，于是好言催促。终于，俄国人把合同文本拿来了，崇厚没做任何考虑，草率地签订了《里瓦几亚条约》，根本没有仔细琢磨条款内容。

这完全是个沙俄耍无赖的条约。中国仅收回伊犁城，但伊犁西境霍尔果斯河以西、伊犁南境特克斯河以及塔尔巴哈台地区斋桑湖以东土地却划归俄属。最气人的是，条约规定，清政府还要赔偿沙俄二百八十万两白银，作为让出伊犁的补偿。相当于人家把你的东西拿走，还给你的时候，还要找你要"补偿费用"。

着急回去处理家事的崇厚，把条约内容用电报拍回国内，当时就把总理衙门气坏了，指示崇厚绝对不能签字，崇厚回复说已经签了字，改不了啦。

一等钦差大臣崇厚回国后，满朝文武上书要求严惩崇厚，慈禧太后得知内情也是气得发狂，当即抓捕崇厚下狱，打入死牢，准备秋后问斩。可意想不到的事情发生了。西方外交使团为崇厚鸣不平，认为不能如此对待外交官，英国女王为了这件事，亲自写信向慈禧太后求情。在西方诸国驻北京外交使团的强力干预下，最后朝廷对崇厚由"斩"改为"囚"。

现在想来，西方国家如此"看重"崇厚，为崇厚说好话，当然不是多么欣赏崇厚的外交能力，或是维护公平正义，而是希望大清国能够多有一些崇厚这样的"外交人才"，那样的话，西方列强面对中国时，就会更加游刃有余，能够捞到更大、更多的好处。

现在看来，"崇厚签约"这件事，真是清朝屈辱外交中的一段不折不扣的"尴尬外交"。

我查遍各种历史资料，始终不知道崇厚挂念的家事到底是什么，竟然敢将国家大事视同儿戏，把大片领土还有白花花的银两拱手相送。他的家事难道比国家大事还重要？这样一个自私的窝囊废，让他来创建军火机械总局，他办得好吗？

在军火机械总局创办过程中，始终没有亲历亲为的崇厚，实际上是委托一个叫密妥士的英国人操办总局具体事务。

密妥士在洋务运动中，尤其是在天津，算是一个人物，与天津工业历史发展也有紧密的联系。他1845年来华，最初在广州学习官话和粤语，一年后成为广州外侨通事，同时还兼任法、荷、比、普鲁士四国领事通译。1850年上半年，他代理其胞兄在英国领事馆的翻译职务，同年又被英国政府正式委派为宁波领事馆翻译，后再被任命为驻沪领事馆副领事兼翻译。1860年，天津开埠，转过年来，密妥士辞掉领馆所有职务，赴天津经商，开办"密妥士洋行"，从事贸易和保险代理业务。五年以后，他又参与政治，兼任丹麦驻天津领事，随后又马不停蹄地接受新任务，任荷兰、比利时驻天津领事和美国驻天津副领事。密妥士身兼多职，一方面能看出来，他是有些本领的人；但从另一个方面来说，那么多国家让一个人兼任自己国家对清政府的外交职务，证明这些国家对清政府相当轻视。他们认为军队最好使，只要军舰开过来，什么事都办了，还用得着外交吗？

崇厚受命创办天津军火机械总局，密妥士受聘担任总管局务，实为"洋总办"。崇厚不问具体事务，这么大的一个总局，中国近代史上这么重要的工业行为，竟然全是密妥士一个英国人说了算。

细究晚清历史，无论从哪个层面看，总是感觉不可思议。洋务运动那么有名，但在天津洋务运动的早期历史中，却由这样一个外国人领衔，权力又如此巨大，如今想来也是颇为感叹。

1870年，李鸿章来到天津，接办军火机械总局。他的第一个动作是"精炼华工，酌裁洋匠"，剥夺了英国人密妥士的所有权力，同时把天津军火机械总局改名为"天津机器制造局"。

洋务运动也由军事工业逐渐扩大到民用工业以及其他行业，天津近代工业由此开端。

回望历史，在20世纪初期，天津就已成为中国重要的工商业城市。

七

李鸿章在天津的出场，也与"三条石"这个名字的诞生有着密切关系。

这里，不妨说说"三条石"的由来，之前都是以"三岔口"替代的，显然不太准确，应该回到"三条石"上来。

"三条石大街"以前叫什么名字，现在已经无从考证。有了房屋，其间也就有了道路，在众多房屋形成规模之前，应该没有正式的路名。

秦记铁铺以及其他作坊所在地，也就是三岔口一带，过去都是坑洼不平的土路。晴天还好，赶上阴天下雨，道路泥泞不堪。随着越来越多的打铁、铸铁作坊出现，人们对道路的要求越来越高。作坊毕竟不同于住宅，出来进去，人来人往，需要送货、进货，还有洽谈业务的客户来访，赶上下雨的天气，泥泞的道路根本无法行走。据说，当时许多业务竟然就是因为下雨天路面不好走而"搁浅"。百年之后，我们的那句著名口号"要想富，先修路"，想来也是有历史渊源的。

关于"三条石"的街名故事，现在有两个版本。

流传很广的一个说法是，李鸿章有一位排位靠后的夫人，在某一年去世了。这个夫人原籍安徽，遗体要运回原籍安葬，最为方便的途径是走水路。但没有想到，当时正逢雨季，那段时间天津大雨滂沱，几天几夜下雨，全是泥土地的三岔口一带泥泞不堪，行人走路都很困难，沉重的灵车更是无法通行，没有办法走到南运河的码头。听老辈人讲，当时三岔口一带的泥地，大概有一尺多厚，犹如熟透的烂泥塘，好多作坊都歇业了。

作坊可以歇业，可遗体不能放在总督府中，耽误下葬的日期可不得了。于是李鸿章下令马上修路。时间不等人，何况夏季尸体容易腐坏。总督大人下令，谁敢怠慢？那段时间，大大小小的官员马上放下手头事情，不惜一切代价，立刻修路。

官府只要出面，事情进展就会顺利很多。周边山区快速运来上好的石料，大批优秀石匠不分昼夜施工，很快就在大街上铺了厚厚的石板。街面不宽，只有丈余，三块青石板正好铺满，棺椁也就顺利运到运河边上，及时送回安徽。遗体运走了，青石板就此留下来，于是这条街道被称作"三条石"。石板路面极大改善了周边地区的交通问题，也为那些作坊的业务往来带来了便利。

　　还有另外一种说法，则与李鸿章无关。说是由于下雨道路泥泞，众多作坊无法开展业务，影响了大家的生意。大家共同集资，铺上了三排青石板。当年街面上三条大青石板排列，这是没问题的，有据可依。因为至今还有六块青石板保存在三条石历史博物馆里，其中摆放在外面展览的有三块，另外三块存储在博物馆仓库。

　　后来经天津文史专家认真考证，后一种说法更接近历史事实。前一种带有传说意味，之所以与李鸿章扯上关系，也是因为他名气太大的缘故。

　　不管怎样，"三条石"的街名，的确来自地上的三块石板，这是确凿的事实。

　　20世纪30年代，三条石大街曾被称作"铁厂街"，是天津乃至华北地区铸铁、机器制造业的"出发地"，曾经引领中国华北地区工业潮流。

　　说到"三条石"，它在很长一段时期里，曾是天津民族工业的代表。在这条宽一丈、长一里的弯曲街道（占地七百三十亩）上，竟然拥挤着三百多家小工厂。当时"三条石"全国闻名。《大公报》曾经对三条石工业进行报道，"铁厂街"的名字，也是来自《大公报》的提法。

　　1949年中华人民共和国成立后，很长一段时间内，在天津，"三条石"和"三条石老工人"约定俗成地代表着"工业"和"工人阶级"，以及象征着"苦大仇深"和"根正苗红"。从某种意义上讲，"三条石"既是一条至今仍然存在的天津大街的街名，更是广为人知的天津早期机械加工业、铸铁制造业的代称。

　　在天津，1860年开始慢慢形成民族工业雏形的"三条石"，与代表官方的1867年成立的天津机器制造局，两者形成了鲜明的对比。虽然都是工业性质,"三条石"与"机器制造局"又都是机器制造业组织,但却从一开始便形成两种截然不同的工业态势,代表着不同的工业走向。

"三条石"的性格更加"向内",而机器制造局的特点则是"向外"。这样泾渭分明的不同特点,从开始就已经形成。想想吧,第一个在此落户的秦玉清,是"三条石"最早的工人,他是什么身份?一个地道的北方农民。而机器制造局的创建者是清朝贵族崇厚,两者怎么能一样呢?

"三条石"与机器制造局出身不同,各自的文化特点也不相同,有着一眼就能看透的明显差异。

"三条石"位于运河之畔,这里的手工作坊主们,每天都要与渔民、运货船民、走南闯北的商人打交道,他们不断适应渔船运输需要而打制船钉、船上所用铁器,制造市民生活所需的铁质用具,后来又为华北地区农村制造农具,比如犁铧、碌子等。由于所制造产品的用途,自然形成了与之相符的市民文化。再加上作坊主们用人眼光的局限,导致大量山东、河北农民涌入,所以本地市民文化中,还夹杂着来自齐鲁、燕赵之地的乡村文化。

"三条石"一带的作坊主,后来也开始变得有些"外向"。比如1899年创办的"郭天祥机器厂",就是具有明显"向外"发展意识的企业。20世纪30年代的郭天祥机器厂,不仅在天津设立工厂分号,不断扩大生产规模和销售规模,还在山东济南、河南安阳等地也设了分号,拓展了工厂业务。

抛开个例,从地区整体情况来看,"三条石"的发展思路,还是比较封闭、保守的,整体上没有开辟更大天地的思想意识。

洋务运动的产物——天津机器制造局,则是不打折扣的官办组织,再加上有西方洋人助威、中国南方人的加入,以及与洋人联系密切的买办阶层的支持，所以它从诞生的那天起，便清晰地烙上了"高大上"的标签。

"三条石"工人和"三条石"特色，机器制造局和官办工厂的工人，以及运河中来往船只上的渔民和商人，形成了三种文化并存的局面，以及互相影响的工业历史，这就是天津工业的独特之处。

由于来源不同，三种文化互相碰撞，于是在七百三十亩的狭小的三岔口地带，产生了许多尖锐的矛盾。这种矛盾又变成天津这座城市的文化肌理，深刻影响了天津的人文环境。

这种独有的地域文化，具有不可复制的天津特色。也可以说，"三条石"已成为天津的一块"精神飞地"。在精神层面上看，好像飞出去了，但又悄无声息地在海河上空盘旋，悄然影响着天津人的精神特质。

八

那天，我和老孙、老李、老宗从摩天轮上下来，兴致勃勃，有说不完的话。我们没有回家，而是去了与摩天轮近在咫尺的"三条石历史博物馆"。

没有任何商议，甚至都没有眼神交流，就那么走到了博物馆门前，好像我们四个人之前做过同一个梦。

三条石历史博物馆坐落在一条安静的小街上，小街的名字叫"聂公祠前街"。周边都是居民区，远处是三十多层高的住宅楼，近处有一片面积不大的别墅区。这里到处都是树木，有海棠树、桃树，空气中飘浮着花草的清香。

路过一片类似街心小花园的空地，我们几个人的脚步是犹疑的，谁都没有说话，没有了摩天轮上的絮絮叨叨，也没有了争先恐后的说话欲望。现在我们只是伸长脖子不住地看，仿佛几只来自陌生地方的鹅。我们没有彼此发问，却都明白其他人在想什么。20世纪60年代初期出生的四个"小老年"，集体陷入悠长的回忆之中。

现在，我可以详细介绍一下我们几个人的历史档案了。

我们四个人，原本都是1980年进入天津发电设备厂的技校工人。所谓技校，不是正经八百的技校，是厂办技校，工厂出钱培养我们，学习两年，毕业后直接进车间当工人。

我差一点"落户"铸造车间。铸造车间的工作条件，应该用环境恶劣来形容。

铸造车间的工人，也就是俗称的"翻砂工"。翻砂工有多脏？这么说吧，脸上除了牙齿之外都是黑色的。翻砂车间的浴室是单独的，只有翻砂车间的人才能"享用"。原因很简单，不能让一粒老鼠屎毁了一锅汤：只要一个翻砂工下了池子，池水立刻变成黑色。不给翻砂工单独设置一个浴室，那还得了呀，别人还洗不洗了？

多年以后，老孙成为铸造分厂的厂长；老李成为中外合资期间总厂的报关员；老宗在20世纪90年代初期离开工厂，去了酱油厂，后来成为厂长。

最后就是我了。前面讲过，我与工厂彻底"分手"已经三十多年了，成为职业的写作者。当年我没有去铸造车间，去了铆焊车间，我的工种是铆工。我曾经写过许多篇关于铆焊车间和铆工的小说。

我们四个人，站在三条石历史博物馆门前，看到旁边墙上有说明牌，走过去看，上面写着"福聚兴机器厂旧址"。

20世纪60年代末期我来参观学习时，这里只是"福聚兴"工厂原址，不是博物馆。那时候的博物馆叫"三条石革命教育展览馆"，位置也不在这里，应该在靠近南运河边的地方。

当时的革命教育展览馆，有着很高的水泥台阶，建筑上方是无数面由水泥铸就的红色旗帜。进入展览馆里面，可以看到摆放着的资本家剥削工人的实证。

印象最深的，是一辆破旧的胶皮车，还有一个生锈的大铁锅。在胶皮车和大铁锅的上方，是两幅巨大的黑白照片，照片的高度应该超过当时上小学的我的身高。

胶皮车上方的大照片上，是一个"十指九残"的老工人，他的名字我现在还记得很清楚，王福元。王福元在"三条石"小工厂当工人，因为机器没有任何防护措施，王福元的十个手指头，有九个被机器搞残了。资本家看他干不了活儿，便把他赶出工厂。为了生存，王福元拉起胶皮车谋生，"十指九残"的他，只有把手绑在车把上才能拉车。解放后，苦大仇深的王福元作为老工人代表，经常向大家讲述自己解放前遭受资本家剥削的苦难，再后来国庆观礼时他还登上天安门城楼，并受到过毛主席的接见。

在生锈大铁锅上面的照片中，一个工人躺在大铁锅里，四肢耷拉在铁锅外面，脑袋向上仰着。照片说明是工人太累了，最后在大铁锅里洗澡，洗着洗着竟睡着了。可恶的资本家心肠有多狠、多坏呀，把工人累成什么模样了！

在我小学时代，曾经无数次来到"三条石"参观，这里人山人海，口号声此起彼伏。参观前，需要经过漫长的等候，等候地点在不远处的南运河边。等候时我就吃着我妈烙的糖饼，随身带着一个水瓶子，里面是凉白开。水瓶子的瓶塞，是我爸用小木棍削成的。身为工人阶级的父亲，小木棍削得极精准，水瓶子滴水不漏，木塞比胶皮塞子还要紧密、严实。

想着几十年前的往事，我已经站在博物馆门前。这里的门卫室与其他博物馆不一样，在里边。

一个身材高大的老人走出来，让参观者在一个大本子上登记，看面相，老人大概七十多岁。见我们登记完了，老人转身要进门卫室。我拦住了他，问道："当年的展览馆还有吗？"老人说早就拆掉了。他抬起手臂，指着我们刚才过来的方向说："当年那个展览馆在南运河边上，十年前拆掉了，还有'北开渡口'也拆掉了。那是海河最后一个渡口，还记得吗？"

老人的话仿佛一个香甜诱人的"往事诱饵"，还没进博物馆，却先把我们几个人的怀旧情绪都给撩拨出来了，比如那个"北开渡口"。

我是记得北开渡口的，很窄小，穿堂过，绿色铁皮灯罩下面，是散发着昏黄灯光的灯泡。夏天还好，到了冬天，发黄的灯光格外令人惆怅，让人感觉浑身一点劲儿都没有。我记得当年曾经骑自行车来过，看见北开渡口，停下来站在路边看了好长时间。一个北开渡口，就能把时光拉回数十年前。看了多少高楼大厦都没用，一个北开渡口就能冲淡城市的现代气息。

为了创作《三条石》，我曾经研究过三条石大街的周边建筑、街道历史，其中就有关于北开渡口的历史。我相信所有的往事勾连，都会起到对"三条石"加深认识的作用。

渡口建于清朝乾隆时期，是当时连接海河东西两岸的重要枢纽，因为临近窑洼炮台，曾经改名"炮台渡口"。1919年，天津建了一个"恒源纱厂"，当时非常有名，工厂有上万名工人。因为纱厂有名，渡口又被改名为"恒源渡口"。后又因为北侧是新开河的耳闸，所以渡口有时也被天津百姓称为"耳闸渡口"。天津人喜欢这样的联系，常常把地名与此地有代表性的建筑、人物，甚至是某种小吃互联起来。比如大名鼎鼎的"耳朵眼炸糕"，就是因为炸糕店在一个名叫"耳朵眼"的胡同里。

北开渡口有名，也是因为河的两岸都是有名的地方。渡口一端是恒源纱厂、河北新区，另一端是三条石大街、北营门，这两处地方都是天津近代工业的起源地。

因为这渡口与"三条石"近在咫尺，之前我就特别留意，看过很多关于渡口的老照片。尤其是站在恒源纱厂那边端详，老旧的平房、低洼的土路、高大的古树，犹如古老的乡村。当时渡口每天早上五点钟开始运营，到晚上十点钟才落锁关门。尽管后来架起漂亮的浮桥，可人们还是称呼它"渡口"，这个渡口直到2011年才关闭。

直到走进三条石历史博物馆，我才把忆旧的思绪勉强拽回来。

大厅光线不太好，有些昏暗，但能看得清。由于年龄原因，我们几个"小老年"对"三条石"有着特殊的感情。

记得当时"三条石"这片地方都是低矮的小平房，一间连着一间，那些小屋子应该都是早年的小作坊。窄小的胡同，两个人面对面走来，需要侧身才能走过去。20世纪90年代天津大规模平房改造之前，那些百年前的小房屋，仍与最初的模样一样，有的还是小工厂，有的已变成住宅。当时所有学生都要来参观，接受阶级斗争教育，高喊各种口号。

差点忘记讲了，博物馆进门处有一个玻璃罩子，里面有三块并排的青石板，每块青石板上都有深深的车辙印。中间那块青石板已经开裂，用水泥补了一下。玻璃罩子上面，有一个红底白字的牌匾，是周恩来总理1959年题写的馆名——"天津市红桥区三条石历史博物馆"。到了20世纪60年代中期，周总理题名的牌匾被收进仓库，换成了"三条石革命历史展览馆"的大牌匾。

我们几个人在展厅里走着，看着，记忆陆续复苏。后来走到院子里，终于发现了被称作"炮楼柜房"的前柜房。有些模糊的记忆再次被唤醒，特别是唤醒了关于炮楼柜房的记忆。

所谓炮楼柜房，就是四面都有窗户，工人无论在车间干活，还是去院子里拿物品，甚至去茅厕拉屎撒尿，柜房里的人都能看得清楚，工人的所有举动都在柜房里人的视野之中。记得少年时代参观炮楼柜房时，讲解员悲愤而又动情地讲解，资本家就是这样剥削劳动人民的，连撒尿拉屎的时间都没有呀！当时我高举手臂，随着讲解员，一遍遍高喊口号。

老孙、老李、老宗跟我一样，都有这样的参观经历，看见旧景，感慨也都"飞"出眼睛，根本藏不住。彼此之间不用问，都知道心里在想什么。

博物馆由数座房屋和几个院子相互连接，这里的通道、屋子、院落特别窄小，可见当年"三条石"寸土寸金，也可以看出当年的生产规模——那么大点的小屋子，能有多大的发展前途？

我还有一点不解，这么辉煌的一块宝地，有着那么辉煌的工业制造业领跑姿态，当年赫赫有名的"铁厂街"，怎么就剩下了这么几间小屋子？怎么就变成了房地产开发地，变成了高耸的大楼？工业怎么就没有继续高速发展呢？

许多人认为，"三条石"工业的逐渐衰落，与机械设备陈旧有关。有这方面的原因，但这绝对不是主要原因。

在三条石博物馆的展厅里，也就是原来的"福聚兴"车间，陈列着许多当年的机器。因为灯光不是很明亮，看得不太清楚，我就向馆内工作人员询问这些机器的情况，是国产的还是进口的，在当时处于何种境况。

工作人员指着角落里的一台机器告诉我："您看到铭牌上面写着的机器名称了吗？"

我看清楚了，叫"牛头刨床"。

工作人员说，根据国内机械专家介绍，这台牛头刨床与德国工厂里的刨床外形一样，根据考证，有可能是同款设备。

"什么年代？"我问。

工作人员说，大概是在20世纪二三十年代。

我们四个"小老年"站在这台牛头刨床前，都不说话了。

在当时的三条石一带的工厂里，并非所有作坊的设备都是落后的，也有先进的，甚至与当时工业强国德国的工业企业使用过同款机器。

一座城市的发展，可能在某一阶段领先，但并不一定永远具有领先的意识，这可能是天津存在的问题和症结所在。

天津人自尊又善于自省。我站在窄小、逼仄的博物馆院落的空地上，望着周围压迫下来的高层住宅楼，生发出许多感慨。作为籍贯山东的天津人，我觉得自己身上也烙有天津人的明显特点，比如总是抱怨这片土地发展缓慢，甚至还会说一些刺激性的话语。但要是外面的人说天津人不好、天津经济发展不好，我又会马上急眼，撸胳膊挽袖子，抽耳光打架的想法都有。就是这样矛盾。

记得早年间，大概是20世纪70年代，谁家的孩子要是说天津话，立刻就会遭到家长的严厉训斥，强力要求孩子说"北京话"，也就是讲"普通话"。在早年天津人的心中，"北京话"就是"普通话"。

其实，京津冀之间密切的文化合作是有历史传统的。

20世纪二三十年代，孙中山先生对唤起民众精神、民众意识特别重视，把"大众教育"看得很重要，因为他一直在讲，教育是民族精神的基础。这些工作不仅在城市开展，还深入到农村中去。当时河北省要开办乡村民众教育馆，简称"民教馆"，一开始选址是在北京西山，后来几经周折，选在河北省的杨村。当时杨村属于河北省，现在属于天津武清区。"民教馆"的校址选好了，开始寻找教师。河北省立医学院、北京国立农学院都积极协助。天津方面也是主动协调，南开大学派老师前去指导，天津有名的中西女中，也就是赵四小姐赵一荻上学的学校，也派老师前往指导教学。

当时三地合作之事引起很大轰动。天津著名报纸《益世报》拿出一个版面，大力宣传、赞扬，后来还派记者专程前往民教馆采访，进行深度报道。一时间民教馆成为三地联合办学的典范，这称得上一段历史佳话。今天，我们把"京津冀一体化"落实到长期规划之中，一定会做得更好、更全面。

我们四个人在博物馆里面转悠，最后发现还有一间小屋子忘记看了。这间小屋子是个文化展览室，展览不同年代关于"三条石"的文艺作品和新闻报道，有文学作品、报纸新闻，有京剧、评剧、豫剧等全国多个剧种的演出门票，还有数目庞大的连环画。其中还有一张1960年授予"三条石"一家面粉机械厂的奖状。这张奖状带有明显的历史烙印，因为落款特别醒目，写的是"河北省天津市人民委员会"。

有一本纸面发黄的小册子，让我回忆、伤感的脚步骤然停住了。

这本小册子也叫《三条石》，看厚薄程度，有五六万字左右，灰色的封面上是一个正在打铁的童工，木版画。封面加上黑白效果，让人感受到那个年代的历史气息。令我非常惊讶的是，作者我认识。

我是20世纪80年代初期调到作协机关的，当过一年的财务出纳。那时候领工资、报销医药费，需要本人来机关财务室签字，尤其是领工资，更需要本人亲笔签名。

印象最深的有三个人，他们都是作家。一个老者，又高又黑，是个大胖子。他资历很老，据说是解放后天津某部门的第一任领导，后来还写过书，拍成电视剧，影响很大。一位是曾留学日本、从事翻译工作的女士，每次接触钞票，她都要戴上雪白的手套，一张一张细致地数，然后拿出最干净的票子用来交党费。最后就是小说《三条石》的作者。我就用老作家代替他的真实姓名吧。

老作家那时候应该是七十多岁，永远穿着一件白色夹克衫，不胖不瘦，肤色稍白。他永远不说话，签完字，转身就走。他领工资跟所有人都不一样，别人直接领现金，唯独他领现金支票。他要自己到银行领取。

我问过别人这是为什么，被问的人看着我，也不做解释，至今我也不明白其中原因。

后来有一次，老作家跟我发火了，把支票往桌子上一扔，怒气冲冲地看着我。原来我在现金支票上盖了转账支票的印鉴，害得老人白跑一趟银行。就是因为那件事，后来他也改为直接领取现金，不再去银行了。

一年后，我离开财务岗位，关于老作家的消息也就彻底中断了。再后来，听说他去世了，直到那时，我才从别人的只言片语中知道，原来解放前他是中共地下工作者，曾经在"三条石"搞过多年地下工作，对工人进行革命启发和教育，引导工人在解放战争时期参加革命。

我想，了解老作家的身世，可能对了解"三条石"工人的历史有些帮助，可是没有人知道他的身世。大家都说，他从来不与人说话，他的声音都没人听过，如今回想起他，只剩下一个轮廓。如果没有那次他跟我发火，我可能连他的容貌都想不起来了。我猜想，莫非与他长期从事地下工作形成的性格有关？就是为了让人"忽略"他？老作家再具体的情况就不得而知了，想来也是有些遗憾，曾经面对面，却不了解老人的经历。

九

那天，我们几个"小老年"在三条石历史博物馆待了很长时间，直到那位门卫老人催促说要闭馆了，我们才一步三回头地离开。

去公交车站的路上，本以为大家还会继续感叹，没想到，我们没有感叹，而是开始探讨起来，探讨的还都是宏观的问题。比如"三条石"为什么不能持久？因为什么衰败？为何清政府、民国政府没有尽最大力量扶持民族工业？天津民族工业，特别是机器制造业，为何没有奋起出击？

我说了牛头刨床的事例，他们几个人一致认为单凭一台机器的历史，不足以说清天津工业特别是制造业的发展状况，还有如何快速发展制造业的问题。很明显，制造业是一个国家综合实力的根本，是立国之本、强国之基，从根本上决定一个国家的综合实力和国际竞争力。无论是大国还是小国，没有制造业，就谈不上是一个强大的国家。

那么多的话还没说完，我们已经要分手了，在公交站牌前各自乘车回家。

我乘坐的那班公交车，需要坐到最后一站，跨越市内六个区。坐在晃晃悠悠的公交车上，我竟然睡着了。等我醒来的时候，已经到了终点站，身边围了好几个人，问我家在哪儿。

原来，他们把我当成了阿尔茨海默症老人。

我说："我就是睡着了，啥事没有。谢谢你们，我走了。"

他们还是看着我。

我回过头说："我有那么老吗？"

从三条石博物馆回来的当天晚上，身体异常疲惫，本来能够好好地休息，不承想却失眠了，没有一点睡意，睁着两眼望向窗外，感觉像在攀爬楼梯一样。我总在想，自己在工厂工作多年，因书写关于工业题材文学作品的缘故，也曾研究过关于制造业的历史延续，但那毕竟是多年前的事了。如今在书写《三条石》的过程中，感觉对制造业的相关政策，还是缺乏深入细致的研读。

十年前或更早些，国家已经明确提出，要把发展经济着力点放在实体经济上，要坚定不移建设制造强国，在相当长的一段时间内，要保持制造业比重基本稳定的发展道路。更加强有力的声音，通过各种方式发出来：有"制造业是国家经济命脉所系"，还有"把实体经济特别是制造业做实做强做优"等等。大力发展制造业成为国家发展战略，同时也是工业战线发展方向。国家从各个渠道不断提示工业从业者，在前进方向和发展之间，要始终保持头脑清醒。在制造业前进道路上，要不打折扣地实施创新驱动发展的大战略方针，绝对不能麻痹轻视，只有高度重视，才能真正强化制造强国的战略支撑。

作为曾经的制造业战线上的一名工人，年岁越大，越会更深入地思考曾经的"工人经历"，毕竟那段经历是我人生路上一个重要的脚印，也正赶上改革开放的初期阶段。回顾改革开放四十多年来的历程，特别是近十年以来，中国制造业在前进道路上所面临的方方面面的问题。我坚定地认为，制造业发展道路上的每一步都要搞清楚、搞明白，不能有些微的糊涂，只有这样才能避免失误，绝对不能走错路。在世界高速发展的今天，争分夺秒前行都有可能被甩在后面，何况走错路呢。

制造业的核心任务就是创新，必须时刻掌握世界最新发展的核心技术，但只是关注核心技术还不行，还要在核心技术前面再加上两个字："关键"。那么组合起来就是六个字——关键核心技术。丧失关键核心技术所带来的巨大影响，我想不必过多举例，只是一个小小的芯片所带来的巨大波澜，相信连普通百姓都知道。

如何掌握创新理念下的"关键核心技术"？没有捷径可走，要在独立自主下，加强重点技术和产品创新体系的建设，把关键环节、关键领域、关键产品的保障能力做强，就像打仗的前沿战壕，要全部贯通起来，这样的话，无论抵御进攻或是发起冲锋，都能形成一个互动的整体。更要时刻明白，要有自主能力主宰下的完整的产业链、供应链，这两个环节缺一不可，不掌握在自己手里，随时可能被人家"卡脖子"，这两个方面是制造业发展的重要保障。至于市场，所有中国工业从业者都有充足的信心，因为中国拥有超大规模的市场优势，还有其他国家不具备的举国体制优势，这两大优势已经在各个方面得到完美诠释。

即使没有在工业战线工作过的人，也非常清楚当下的国际局势，中国制造业所面临的国际环境已经变得相当严峻。这也就更加证明了，工业领域的重要节点——制造业，必须拥有安全、可靠、畅通的国内生产供应体系，否则的话，一旦某个环节出现问题，后果真是不堪设想。

面对窗外的夜空，身为"小人物"的我，是不是思虑过于阔大？因为有些事情距我太过遥远。但是有一点不能忽视，那就是国家战略、国家大政方针，一定要深入所有民众的内心深处……这也是我书写《三条石》的初衷心愿，尽一切可能、以个人视角，让不了解制造业的人，能够从一个人的个人经历中，充分了解这段历史。

制造业要发展前进，并非单一前行，一定要有融合。其他门类行业数百种，要与谁融合？

首先要与信息技术深度结合，在这个前提下，才能实施制造业的数字化转型；要增强制造业对各类资源要素的吸引力，需要制造业进一步放开眼界；要推动金融和科技的深化改革，把科技创新、现代金融、人力资本与制造业高质量发展，进行全方位的深度融合和协同发展。在这样的基础上，还远远没有完结，还要降低制造业的税费负担，促进创新产业链的融通发展，构建有效支持实体经济的金融机制；要持续强化制造业发展的专业人才支撑力量。

由此可以看出，制造业的前行发展，实际上是一场大军团之间的协同作战，在相互促进的基础上，制造业企业尽一切力量提高自己的国际化经营水平，深度融入全球产业链、价值链、供应链和创新链的大循环之中。要始终保持清醒的头脑，不能忘记国际时局是瞬息万变的，要有充足的发展预案，要有不被某些国家和组织"卡脖子"的各项有力举措。

在《三条石》的写作初期，我查阅过一份2020年的资料。当时中国制造业增加值，已经达到惊人的26.59万亿元，占全球比重接近30%。这是国家十几年来大力抓制造业发展的有力证明，同时也是国家战略层面上，从点的突破到系统能力提升转变的有力证明。制造业的从业者非常清楚提升转变的具体表现——制造业产业结构不断优化、传统产业改造提升持续加强、战略性新兴产业加快发展和新技术新业态新应用显著增强。

在这个无法入睡、心潮澎湃的北方深夜，我在想当年三条石企业的生产者们，他们要是活到一百多年后的今天，看到中国制造业达到如此恢弘的程度，会想到什么呢？

第二章

工业、工人与南方、北方

一

　　写作《三条石》之前和写作过程中，我记不清多少次在三条石大街上徘徊，每次都是心中怅然。从春天到冬天，我刻意在不同季节去体味。知道不可能回到过去，只好采用老办法、笨办法，通过感受季节变化，作为回忆的助跑器，让思绪拥有跳跃的可能。

　　什么都没有了，只剩下地名。

　　关于"三条石"的记忆，只剩下"福聚兴"窄小的院落，还有遗留下来的非动力机器、浮着一层浅水的水井，以及书写"三条石"的文学作品。但那些作品也都是20世纪六七十年代的，有着浓重的时代气息。

　　过去、当下、未来，三种不同时态，不分青红皂白地混杂在一起。刚刚过去一辆小汽车，引擎声忽然变成榔头敲击铁板声；顺着小汽车的背影，眼前的大路幻生出数十年前窄小、逼仄、弯曲的小胡同。关于少年时代的所有记忆，随着年龄的增大反而更加贴近，好像就是昨天发生的事情。

　　这一天，我再次来到三条石历史博物馆。正赶上星期一，闭馆。全中国的博物馆，无论大小，星期一法定休息。吃了闭门羹，我却舍不得走，在小街上像个无所事事的闲人，走走停停，东瞅西看。

一位拉着小车买菜回家的老人，头发全白了，颤颤巍巍。他走到近前，以为我迷路了，问我要去哪里。我说了来这儿的缘故，讲起少年时代参观"三条石"展览的往事。

老人停下脚步，环顾周边，目光有些迷离。

我说："您怎么了？"

老人说："你还想着'三条石'，是个有心人呀。"

老人告诉我，他从小住在这里，房屋拆迁改造，他唯一的条件是一定要回来。只要能回来，其他好说，哪怕房屋面积小点儿都没关系。外面的房子，就是给座大别墅，他也不去住。

我问老人为何执意回来，老人说，住了一辈子，离不开了。老人还给我讲了一件往事——有个老邻居，搬走好多年了，后来跟他联系上，多少年之后再次回到"三条石"，看着看着，哭了起来。

"为什么哭？"我已经明白了缘由，可还是愿意再听老人亲自讲讲。

老人感慨起来，指着周边干净漂亮的楼房，大声地说："过去的'三条石'，是人住的地方吗？破破烂烂，狗都不住呀。力气大点的人，肩膀一撞，房子就能撞塌了。墙砖粉了、糟了，手指头就能钻个洞。那时候到了三伏天，谁进屋睡过觉？还不都是在胡同里坐一晚上。大人小孩，大姑娘小媳妇，都得去胡同口茅房排队，拉泡屎比上山还难。千万别闹肚子，年轻人闹肚子还能挺一挺，老人要是闹肚子那就麻烦了。闺女出嫁，婚车进不来，'三条石'的闺女有几个不是提着婚纱走出胡同的？走这一路呀，白色的婚纱也不白了，要是没被堆在墙边上的煤球弄脏，那就烧高香了。就是死了人也麻烦呀，得让人背出去，胡同太窄了，担架掉不了弯儿……那会儿谁能想到会变成现在这样子……"

我搀扶着老人，或者说，象征性地扶住他的胳膊。许多时候，肢体的接触也是一种问候，也是一种安慰。

老人问我多大年岁，我告诉他我的年龄。老人拍了我一巴掌："你是小老弟呀。"原来老人已经八十多岁了。一个五十多岁的人，在八十多岁人的眼里，肯定是小老弟了。

老人走了。我还在原地，站了很久。

二

一个秋阳高照的上午，我终于逃离魔咒般的指令，离开徘徊许久的三条石大街。

走到南运河边上，才发现三岔口——那块圆形船头一样的土地——就在眼前。可在寻访的一年中，我却从来没有离开三条石大街，就那么固执地原地徘徊。

怎么就没有想起去三岔口走走呢？

从高空向下俯瞰三岔口，窄小的陆地是水滴的形状。这块水滴形状陆地三面环水，一处与陆地相连。子牙河、南运河、海河在此交汇，形成一个向东航行的"船头"，"船头"与"大船"连接处正是三条石大街。

站在水滴形状陆地上面，我才惊奇地发现，在天津生活了大半辈子，我似乎从来没有踏上过这块窄小而又神奇的土地。这片水滴形状的土地，距离三条石大街和三条石历史博物馆很近，连一支竹箭的飞行距离都够不上。回想过去少年时代的

"学习之旅"，好像也没有到过这里。怎么……竟然如此奇怪？我自诩非常熟悉这座城市，其实还有许多地方不曾到过。

踏上去，把往事"踏碎"，看个仔细，看个究竟。

环顾四周，发现旁边的摩天轮好像就在头顶上。闻名全国的小商品批发市场——"大胡同批发市场"，现在的"天奕商城"，也在清晰的视野之内。"大胡同"已经迁移了，如今只剩下曾经的那座建筑。其实那也不是过去的，而是20世纪90年代新建起来的。"大胡同"嘛，最早就是一条弯曲的胡同。

"圆形船头"的左面是永乐桥；正前方是金钢桥，红色拱梁非常显眼，像极了我小时候推的"铁环"。天津的男孩子哪个没玩过铁环呀，用八号铅丝弯成一个圆圈，好像过去很多家庭曾经都有的箍在大木盆上的竹编圆圈；再用铁丝做成一个"U"形的、小孩子胳膊长短的工具，"铁环"就做成了。男孩子们推着铁环跑起来，跑得一头大汗，趣味无穷。

怎么就没想到来这里看看？

我发现，只要站在三条石大街上，就会精神恍惚，往事就会不可抑制地涌现。脚步放慢，继续放慢，缓慢地走。仿佛20世纪60年代，儿童时代的我，吃糖时总是舍不得把糖嚼碎，一定要含在嘴里，让它慢慢溶化，多么像在三岔口踱步的感觉。

这里的树木非常茂盛，引滦入津工程纪念碑耸立着，十八米高，由邓小平题写碑名。这里最深处的土壤里，肯定浸润着海河水。在引滦入津之前，曾有"天津三大怪"的顺口溜——"自来水腌咸菜，恒大烟见抽不见卖，汽车没有骑车快。"其中"自来水腌咸菜"说的就是海河水，因为河水非常咸，特别咸，要不怎能腌咸菜呢？河水咸，原因很简单，涨潮时海水就会倒灌，原本是淡水的海河，瞬间充满苦涩的海水。这里的树木怎么能存活呢？根须深扎的土里可是浸满海水呀！但是奇怪，三岔口一带的树木照样茁壮生长，难道天津的树木不怕海水？

天津的秋季，阳光特别刺眼，让人慵懒、疲惫。在北京、河北也会有这样的感觉。在一个地方长久居住，无论是皮肤还是身体，都会适应本地的气候，心理状态也能够很快迎合气候变化。

栏杆下面是亲水平台。平台高出水面不到半米，夏天小孩子坐在平台上，可以把双脚放在水里，尽情嬉戏。此刻，虽然头上有太阳，但是河水已经凉了，小孩子再把脚放进河水里，家长会着急地大喊。

没有小孩子的亲水平台，坐满了钓鱼的老人，一个挨着一个，规规矩矩、老老实实，也像是小孩子。看不见他们甩竿、收竿，只是雕塑一样坐着，阳光照在他们苍老、佝偻的后背上。

在写作《三条石》的日子里，我的思想和感觉已经完全沉浸在工业中，无论看见什么，都会迅疾联想到工业这个话题。

天津的工业尤其是轻工业，有过耀眼的辉煌。这里出产过第一块"五一牌"手表、第一台"北京牌"电视机，还有"铁牛牌"拖拉机、"飞鸽牌"自行车、"海鸥牌"照相机……

记得我1980年进入工厂，在技校学习不到半年，开始进车间干活。当时我腕子上戴的手表就是"五一牌"，那是姐姐结婚替换下来的手表，当时就已经属于老旧货了。如今算来，那应该是1955年天津生产的第一批机械表。现在在拍卖市场上，"五一牌"手表行情还不错。记得当时师傅看见我腕子上的"五一牌"，咂吧一下嘴巴，说："你这个学徒工，有些浪费呀，这么年轻就戴手表。"我告诉师傅这是旧的。师傅摆手，说："旧的又怎样？'五一牌'呀，了不得呀。"师傅看着我的手腕子，继续说，"手表这东西，不要看外表，要看机芯。天津人实在，外表设计不好看，可质量好，是不是特别准时？"我说："没错，准！"师傅用不容置疑的口气说："天津人实在，设计出来的东西也实在。没有花里胡哨的玩意儿，实用！"

我要舒缓一下略带忧伤的情绪，想抽烟，摸摸口袋，发现打火机忘带了。

不远处有一棵参天大树，半米多高的圆形石台围绕大树成为底座。一个正在抽烟的"小老年"，坐在大树下面。他抽上一口烟，举着烟卷，像是举着一个望远镜，目不转睛地看着远方，有些百无聊赖，又似乎在认真思索。

我走过去，向他借打火机。听他口音，是北京人。

借完人家的火转身就走，很不礼貌，怎么也得搭讪几句。我心里琢磨，看看北京人怎么看天津。

北京"小老年"有着明显的眼袋，看来睡眠不足。他摇摇头，说他从意式风情区过来，晚上回去，溜达过来看看三岔口。感觉这里风景太好了，也走累了，便坐下来，慢慢赏景。

抽烟的男人，很容易成为话友，尤其是在旅途寂寥之中。聊天中，我得知这个留着短发的北京"小老年"是画家。

"画家、摄影家应该是长发呀。"我打趣说。

他笑起来，一个劲儿摆手："误区呀，短头发也能画好山水画，与头发长短没关系。倒是有一些故意留长头发的画家才是假冒伪劣。"

他告诉我，他姓华，我就喊他"华画家"，他也答应着。

华画家善谈，说起山水画来滔滔不绝。他用手指着眼前的水、桥、岸、天，慢悠悠地说："中国早期山水画的特点，是'四可'，也就是'可入、可望、可居、可游'。就像我们现在看到的、感受到的，画出来要有身临其境的感觉。否则说'画儿'

就得了，干吗还要加上‘山水’？”

“四可”很好理解，我听得明白。

谈起自己熟知的领域，华画家很有兴致。见我有倾听的兴趣，他又主动递给我一支烟，继续海阔天空地聊。

北京人跟天津人在许多事上，想撇开关系都撇不开。有一幅画，跟北京、天津有关，现在书画界和史学界还在纠缠呢。这幅画叫《潞河督运图》，是清代画家江萱的作品，画于清朝乾隆年间，现收藏于中国国家博物馆。这幅长卷有多长呢？6.9米。大家都知道《清明上河图》，但知道《潞河督运图》的人少，民俗专家应该知道，画家也应该知道。

我四处找垃圾箱，想弹烟灰。华画家从书包里拿出烟盒大小的盒子，灰色的，啪的一声打开，原来是便携式烟灰盒。

“刚才我讲了‘四可’，这幅《潞河督运图》就具备‘四可’特点。”华画家说完，看着我，好像后面还有要解释的话。我当然愿意听，这是送上门来的“素材”，一定要了解。

华画家继续说：“这幅画让北京、天津两地的文化学者打起架来，这一架，居然打了好多年，现在还没打完。”

“打架？”

“是呀，打架。”笑起来的华画家，眼袋更加明显。他说：“不是街头打架，是学术打架。”

原来，《潞河督运图》存在一个“归属问题”。许多人认为画的是北京通州，说是有“潞河”这个名字，潞河就在北京通州呀，《潞河督运图》当然画的是北京。可是也有专家考证，这幅画作表现的是天津三岔河口风光，应该称作《海河巡盐》，与“潞河督粮”没有关系。后来吵着吵着，才发现大家都错了，原来是有两幅画，一幅是《潞河督运图》，一幅是《海河巡盐》。

我说："那就别吵了，各家领各家的孩子，多好呀。"

华画家说："问题是《潞河督运图》至今没有找到，只有《海河巡盐》一幅画作。在这种情况下，北京人认为《海河巡盐》就是《潞河督运图》。天津人眼中的《海河巡盐》，那还用说吗，就是天津的，你跟我扯什么潞河呀。'海河'是'海河'，'潞河'是'潞河'，像您说的一样，各家都有自己的孩子。"

我跟华画家聊了很长时间，才依依不舍地告别。

通过一幅画作去探寻京津冀多方面的关联，是件很有意思的事。

我在天津也认识不少研究民俗的专家，也看过他们的心得体会。首先要弄清楚，有没有《潞河督运图》。

据有关史料记载，清代有个大诗人叫翁方纲。他有一本《复初斋诗集》，里面有篇文章，叫《潞河督运图为冯星实少卿赋》，看来翁方纲在为友人冯应榴（号星实）送行时，确是见到了《潞河督运图》，因为他在上面题了跋。还有某些历史考证也有参考意义。比如所谓"潞图"中的皇家船坞，就在今天的海河边上，也就是现在我们大家非常熟悉的"津湾广场"一带。关于《潞河督运图》到底是表现北京还是说的天津，争论已经没有必要，典型的"张冠李戴"。两幅画嘛，干啥争来争去？我们现在看到的，就是表现天津海河图景的《海河巡盐》。

我在网上也看到了所谓《潞河督运图》，也就是《海河巡盐》——就像我们熟知的《清明上河图》，这幅画作有着细腻的"临场感受"，看着画面，好像自己坐上了一只小船，正在河上幸福地荡漾。我相信所有看到这幅画作的人，都能感受到大运河当年漕运的辉煌。

由此，我再次想到"水"。

水，是天津的命脉，是天津人的精神。在热爱"水"的趣味上，北京人也是如此。北京人也喜欢"水"。我看过北京人的老照片，好多人都在故宫外筒子河边留过影，筒子河波光粼粼的水面，倒映着红墙绿瓦。留影本身就表示喜欢，不喜欢的地方，留什么影呀。

天津人喜欢水，是从心窝窝里喜欢。

水的文化早已渗透进天津人的思想之中，渗透进人们的情感里。

从生活方面举个简单的例子，在20世纪90年代之前，天津人"搞对象"有谁没去过海河边？有谁没推着自行车与对象在海河畔忘情徜徉过？

20世纪60年代以前出生的天津人，或是居住在天津的外地人，都曾在海河边留下过恋爱的脚步。尤其是冬季，多冷的天呀，河边风大，就那么不怕冷地站在河边"谈"，站一会儿，走一会儿，再站一会儿。

想一想那时的生活，也是苦中有乐。无论过去多少年，天津人只要回想起来自己懵懂的恋爱时刻，一定伴有水的声音，一定伴有水的波光。水声、波光，是记忆的最好载体。

水声、波光……从海河到大运河……到渤海……到远方。

三

天津的一些水系，与京杭大运河有关。天津这座城市也是京杭大运河流经路线中的重要节点，天津文化中同样带有鲜明的"大运河文化"特点。运河沿岸的风俗习惯、文化涵养、精神质地，随着河水的流淌，潜移默化地影响着运河流域的城市。

文化习俗的形成有两种形式。封闭的、固定的，可以形成本地文化；流动的、交流的，也能成为本地文化的组成部分。

先说天津口音。

关于天津口音，民俗专家将其定位为"孤岛口音"，与周边城市的口音没有任何关联。形象地说，天津口音好像一颗横空飞来的外埠种子，一下子落在海河岸边。

2004年，天津建城六百周年。那一年，天津作家曾经去安徽蚌埠固镇寻访。那个地方，人们说话的口音，特别是老年人的口音，与天津人完全一样。我跟一位八十多岁的老人聊天，假如闭上眼睛，听老人说话，感觉像身处天津一样，仿佛面对着一位土生土长的天津老人。天津曾是李鸿章驻兵的地方，淮军中很多人就来自安徽固镇，这些安徽固镇的语言，与当时的河北话互相影响，形成了天津话的雏形。

固镇人的生活习俗也跟天津人完全一样。比如姑娘出嫁，嫁妆中一定要有痰盂，而且必须是高筒的。计划经济时代，高筒痰盂不好买，谁家姑娘嫁妆中有高筒痰盂，就是实力和能力的体现，那是要给娘家加分的。如今怎么也无法想象，陪嫁物品为什么要有痰盂呢？为什么要有这样一个上不了台面的东西？

还有一个风俗，也是关于婚嫁的，安徽固镇与天津两地习俗也一样。天津迎娶新媳妇是在下午，这在北方众多城市中是独有的。大部分北方城市下午办喜事代表二婚，天津人办喜事，迎娶新娘为何会选在下午呢？后来我才知道，下午办喜事，等于给婆家省一顿饭。上午办喜事，总不能吃完午饭就都散伙吧？还要等着闹洞房呢，人都走了，洞房还闹不闹？所以还得等到晚上，还得吃一顿。中午一顿，晚上一顿，增加了开支。真正细究起来，不是固镇跟天津一样，应该倒过来说，是天津跟固镇相同。天津的风俗习惯来自固镇。

天津的语言是"流"过来的，天津的某些文化风俗也是"流"过来的。

外地人普遍认为天津文化保守，过去这样认为，现在也是这样认定。现在人们喜欢旅游，到了外地、外国，很少见到有天津人在当地生活、工作，这多少说明天津人缺少点儿闯荡精神。即使天津人到了外地、外国，什么事也都爱拿天津来对比，比如遇到一些人和事，总要说"我们天津可不是这样"，或者"我们天津也是这样"。

许多天津人都承认，自己不愿离开家乡。就说天津孩子报考大学这件事，第一志愿一定报考天津的学校，"天大"和"南开"是绝对首选。

在柴米油盐酱醋茶方面，天津人，特别是天津老年人，更具有超强的本地观念。我记得上小学前，经常跟随母亲到菜市场买菜。妇女们不管买什么，总先要问："是本地的吗？"

小伙子找媳妇，也一定要找本地姑娘。老人有理由：南方人生活习惯跟咱本地人不一样。后来，这个"南方"，不再单纯指长江以南地区，范围逐渐扩大。过去老年人经常这样讲，现在年轻人没有这样讲的了，但是天津的"本地意识"却是"深入人心"。当然，这种本地意识如今也在逐渐淡化、慢慢消解，特别是滨海新区的崛起，很大程度上"稀释"了天津人原有的本地意识。在滨海新区生活、工作的，绝大多数都是外地人，尤以南方人为主。互联网的出现，更是把地域距离缩短了，天津的本地意识已经不那么明显了。

天津文化一方面保守，一方面却又海纳百川，这是一件很有意思的事。为什么形成这样的局面，非常耐人寻味，值得深入探讨。

在很长的时间里，特别是20世纪80年代以前，外地人说天津是"码头文化"，天津人自己也这样讲，天津本地的学者也经常这样说。尤其是在曲艺界，唱大鼓的、说相声的，都把天津称为"码头"。说相声的要是没来过"天津卫这个大码头"，肯定"红"不起来，也很难被冠以"著名"二字。叫响了的"码头文化"，曾经深刻影响着天津人的衣食住行。

过去生活中有了磕磕绊绊的事，天津市民很少报警，市民阶层特别喜欢"私了"。谁要是因为屁大点事报警了，会被人看不起，被认为是胆小怕事，没有男子汉的作风。在天津民间，人们早先把"报警"说成"报官"，也叫"走官面"。"走官面"会被认为是孬种。天津人不"报官"，不走"官面"，是爱面子的一种体现，这是一种很有趣的现象。

解放前，天津底层有许多混混儿，他们把所有的生活层面都进行划分、归类，然后分头"占领"。看看划分领域有多细致吧——小偷、乞丐，就连掏大粪的、扫大街的，都有人进行"私下管理"。管理方法倒是简单：用胳膊根子说话，一切都用武力在私下解决，没有"走官面"的。但是这种"私下管理"也有"规章制度"。东西被人偷走了，不要着慌，通过"关系"找到某人，只要肯出钱，丢失的东西肯定能找回来。小到钱包、手镯、扳指、耳环，大到汽车、几吨的货物，甚至是大活人，比如走丢的大姑娘小媳妇，以及莫名失踪的腰缠万贯的富豪，只要通过"关系"，都能奇迹般找到。弄到手里的东西，三天之内不能出手，有人通过"关系"找来了，要看对方"台面"多大，由此决定赎金多少。三天之内没有被问询的，"小东西"

就去了"鬼市",到那地方交易去了。那地方黑道不管,官府也不管,买的卖的,从来不问"货"的来源、去向,一切都在天亮之前交易。天蒙蒙亮,买卖就结束了,一切归于太平。那么"大东西"呢?那就要通过看不见的一只手,去进行看不见的交易,市井百姓也就摸不着门了。甚至小偷小摸的小混混儿们,也不知道其中有多深的奥秘。

天津的码头文化,经过逐渐变化、变形、变种,慢慢渗透在各个行业之中,形成行业内的"私语"或"行话",这种文化蔓延到的领域,绝对是你想不到的行业。大家都知道,相声这个行业的"私语"或是"行话"非常多,大家比较清楚,就不详细讲了。还有的行业,也有独特的"行话",一般人可能不是很清楚。比如理发业。

20世纪二三十年代,天津有一个理发店,叫"仙宫理发店",后改名为"世界理发店",那真是赫赫有名。这家店距离中国大戏院不远,隔街相望。前往这理发店理发的,都是大名鼎鼎的人物,居住在天津的末代皇后婉容,还有来天津演出的马连良马老板、金少山金老板等,都在这里理过发。1930年,黎锦晖夫妇率领上海明月社旗下的明星来津演出,王人美、黎莉莉都在"仙宫"做过头发。还有许多租界地的外国人,也是这里的常客。

仙宫理发店的理发师傅、烫发师傅都是手艺高超的人,其中有一位女理发师,不仅手艺好,还会英俄德意四国语言,可见这家理发店有多大的"台面"。

仙宫理发店就有"行业暗语",客人是听不懂的。比如把顾客称作"交",顾客来了,叫"交来了";把刮脸刀称作"青子";理发师去卫生间,叫"老蹲了";提醒银台收费,叫"掐把儿吗"；师傅准备去吃饭，又不想让顾客知道，于是就会对旁人说一句"我老掉了"……当时天津所有的服务业，或多或少都有行业暗语，这样的例子太多了。

这也是"码头文化"的变种之一。

既然有些人不喜欢走官面，私下里就只能比台面、比靠山，看谁的势力大。如此的文化态势，渗透到民间日常生活之中，特别容易形成"显摆"的生活习惯，再往深处进行探讨，其实这也是"码头文化"的延伸。这种现象不仅天津有，其他城市也有。

天津人手里有俩钱儿，不会闷头自己乐，一定要显摆出来。生活困难的年代，家里炖肉、吃螃蟹，一定要用各种形式告诉别人，比如通过喊小孩子吃饭的方式，站在胡同口，来一嗓子："倒霉孩子，快回家吃饭，再不吃，红烧肉都凉了！"或者是："你要不回来吃，我可把红烧鱼倒地沟啦，没人替你打扫，吃不了，扔！"类似现在的微信朋友圈，有了大好事、高兴事，一定要"晒"一下。那时候没有网络，电台也不给你广播，报纸也不给你登广告，广而告之的办法，只有在胡同口吆喝一嗓子。那时候人们活动范围也不大，认识的也都是家门口的人，如此宣传也就足够了。就像高英培的相声《钓鱼》里说的："二子他妈，快拿大木盆来，我钓了那么多的鱼，都是活的！"这大嗓门一喊，全胡同的人都听见了，自豪感也就都撒出去了。

天津人对自己大方，不亏待自己，对待外人、对待客人也特别大方，舍得花钱，不能栽面子。胳膊折了，也要折在"袄袖"里。这里的"袄"字，在天津人嘴里要念成"nǎo"。

天津人爱面子的特性，在各个方面都有体现。

记得20世纪90年代初期，我对公安题材特别钟情，做过特约记者，所有的公安警种我都采访过，刑警、户籍警、交警、法警、狱警……我到过案发现场，跟随刑警抓捕过犯罪嫌疑人，也跟随法院的人去监狱提审过在押犯，还去过刑场。当时还采访过市局刑警队"大案队"，各种案例见过、听过不少，一些"爱面子"的事，现在想来依旧有意思，特别能显现天津人的性格。

我认识一个警察，毕业于全国知名的公安大学。他非常有特点，无论在大学校园，还是后来加入公安队伍，从来不说普通话，而说一口地道的天津话，讲起故事来也是绘声绘色。他自嘲是"歪瓜裂枣"，其实也是一表人才。那时他才二十多岁，却把自己称作"老天津"。

"老天津"讲述了自己亲身经历的"出现场"的故事。"出现场"是公安行话，即第一时间赶到案发现场。

到了现场，人山人海。一个男子手拿水果刀，劫持了一个女子，躲进看管自行车的老人的小屋里。水果刀抵在女子喉咙处，危险随时可能发生。强攻，女子命在旦夕；对话，男子听不进去，说天下女人都是坏蛋，把他坑苦了。后来才知道，女朋友花了他两千块钱之后，宣布跟他结束恋爱关系。在普通人月薪几十块钱的年代里，两千块钱是大数目，也不知道这位痴情小伙子攒了几年。钱没了，人跑了，小伙子想不开，脑子一时糊涂，竟然劫持了一个素不相识的女子，说要报复天下所有的女人。警察问他到底想要什么，他也说不清楚，最后又说要求见女朋友。那个时候通信不发达，一时联系不上他的前女友。警方必须尽快结束混乱局面，因为那个小伙子说话已经颠三倒四，僵持的时间长了，不知道会出现什么可怕后果。

"老天津"说，他灵机一动，决定采用激将法。怎么"激将"呢？既简单又有趣。

"老天津"用电喇叭喊："你是男人吗？拿把小破刀，劫持个手无寸铁的小闺女，有意思吗？一个大老爷们儿，丢脸不？让你那些哥们儿、朋友还有'发小'知道了，你还有脸面做人吗？多大点事呀，你有骨气吗？劫持一个小闺女，算什么本事？我跟你讲，只要不伤害人家姑娘，好商量，我帮你找个过日子的好姑娘。男子汉大丈夫，你是站着撒尿的吗？要么我进去，把人家姑娘放了，我给你当人质还不成吗？人家小闺女还没成家呢，你这样搂着人家，算哪道呀？人家姑娘以后怎么搞对象？你还是男人吗？天津卫的大老爷们儿，有你这样的吗？"

"老天津"电喇叭里传出的话，嘹亮地回荡在大街上，特别是"你是男人吗"的质问，一句接一句，机关枪一样啪啪射过去。围观的老百姓给警察使劲儿拍巴掌，使劲儿拍，拍得手都疼了。后来几个人联合起来，在一个看热闹的大高个儿中年人鼓动下，一起朝小屋大喊："是老爷们儿就出来，别丢人现眼了，有劲吗？"

"老天津"的话有点糙，可是围观的老百姓听进去了，小屋里的劫持者也听进去了。老百姓继续给"老天津"拍巴掌。有个老爷们儿冲着小屋喊："爷们儿，你要是不伤害人家姑娘，麻利儿出来，我们也给你拍巴掌。"

警察说，百姓说，说得那个拿水果刀的劫持者颜面尽失，最后不仅把人质放了出来，自己也把水果刀丢出来。为了显示自己还是老爷们儿，挽回丢人显眼的举动，他把上衣脱了，迎着西北风，光着膀子走了出来。

警察给劫持者戴上了手铐。天津百姓说话算话，那大高个儿中年人履行诺言，把自己的棉大衣脱下来，披在那个劫持者身上。劫持者感动得给喊话的老少爷们儿作揖、鞠躬，临上警车时，还跟周边的警察说："对不住，对不住，给你们老几位添麻烦了。我就是脑子一时糊涂，对不住，对不住。"警车旁边的"老天津"说了一句："你小子还算识相，早出来多好！"

相信这样令人啼笑皆非的劫持现场、解救现场，出现在南方的可能性不大。这就是"码头文化"对市民文化的影响。

肯定有人疑惑，京杭大运河一千多千米，流经北京、河北、天津、山东、江苏、浙江六个省市，这得有多少码头呀？得有多少种各具特色的"码头文化"呀？怎么其他大运河节点的城市，没有"天津码头"如此鲜明的特点？其实也很好解释。为什么叫"天津卫"？从"卫"字下手，也就特别容易理解了：过去这里是驻军的地方呀，过去这里遍地都是拿枪耍刀的"军爷"呀。

不妨梳理一下久远的历史，答案也就更加明晰。

"卫"是明朝的军事建制，由指挥使统领，每个"卫"驻有士兵五千六百人。据说当时天津有三个"卫"，加起来共有驻军一万六千多人。明代对于戍边军人倒是有人性化的规定，驻守在"卫"的军人，可以拥有城堡也可以屯田，部分军人还被允许携带家眷。

从历史上看，天津这块土地是"军民混杂"的地方，民风之中隐约含有剽悍、尚武的风气。记得在我童年时代、少年时代，也就是上世纪的六七十年代，经常可以看到路边上有中老年人凑在一起摔跤，切磋技艺。在一块开阔的空地上，先把土挖松了，再用铁锹拍平整了，然后铺上帆布改造的毯子，摔跤的人穿上褡裢，开始摔起来。周围永远围着一圈看热闹的人，大人小孩都有，叫好声不断。

那时候都是平房，有着数不清的胡同。每个胡同口都有吊环、把杆之类的锻炼设施，随便哪个孩子都可以在吊环上玩两把，在把杆上轻松地玩"插旗"，个个像模像样。我也玩过，感觉特别轻松。不像现在锻炼身体，要花上好几千块钱到健身房，还要再花上几千块钱找教练辅导。感觉那时候每个人都是教练，玩得都很有水平。街坊邻居中的小伙子，身材都不错。即使玩不了吊环、把杆这种高难度的，也还可以打打乒乓球，把门板卸下来，用两个木凳子支起来，乒乓球大战就开始了。

"花砖"也曾经在天津广泛流行。那时候人们穷，没有钱，买不起哑铃。可是人们手巧，把一块青砖泡在水里，两天以后拿出来，雕刻成哑铃形状，几乎有男孩子的家庭，家里都有这样的"天津哑铃"。我家里也有，是哥哥雕刻的，我还玩过呢。

受"码头文化"影响，天津人喜欢锻炼身体，崇尚威武，向往健壮。用天津话讲，人活在世上要"有板有眼，讲理讲面"，要有"腰杆子"，做事不能"小了"。

"讲理讲面"的天津习俗，已渗透进生活的皱褶之中。京杭大运河的波涛，沟通了海河、黄河、淮河、长江、钱塘江流域，具有流动的魅力，具有交流的天然特点。

水的交融，带来文化交融。

如果在天津这个节点上，参照文化视角，思考天津工业、中国工业，肯定有一个城市不可忽视——上海。

可能会有人说，上海不在"大运河"的节点上。对于这个问题，不能完全纠结在地理概念上。上海属于长江流域，长江又连接大运河水系，从这个角度去看，上海也应该属于"泛大运河"范畴，它的文化对运河流域其他城市的影响力，绝对不能忽视。

上海，作为中国非常重要的工业城市之一，对于思考天津"三条石"，思考天津近现代工业，对于中国工业未来走势的预测、把握以及制定相关工业政策，有着重要的启示和参考作用。只有在对比中才能分清优劣。看到短处，才能克服；发现长处，才能发扬。

站在近代工业视角上看上海民族工业的发展，那就不能不提到上海的荣氏家族。这是一个无法回避的话题。

荣氏家族的发展壮大，还有他们靠实业救国兴国的艰难过程，具有鲜明的时代性和代表性。可以说，荣氏家族的家族命运、实业命运，始终与国家命运紧密相连。

"三条石"地区天津民族工业的发展历史，与荣氏家族实业发展的历史，在开端、发轫这两个重要阶段，进程基本相同。所以，选择荣氏家族作为参考，是天津、上海这两座工业城市的民族工业横向比较的最好切入点。

四

1895年，甲午战争中国战败，清政府与日本签订了《马关条约》，这一条约的签订，标志着洋务运动的失败。

荣氏家族的创业历史，是在国难深重、兵荒马乱的年代中开始的，或者说是在清王朝颓败、列强对中国虎视眈眈的困难情形下艰难起步的。荣氏家族创业的关键人物，是荣家兄弟荣宗敬、荣德生，兄弟俩同时也是荣氏家族商业的第一代掌门人。

荣氏家族起家时很不起眼，也没有任何征兆显示，未来他们将办起中国显赫而重要的家族企业，成为未来中国民族工业的代表。

最初，荣宗敬、荣德生在上海的鸿升码头旁边盖了一间临街铺面——"广生钱庄"。那时的大上海，这样几间铺面的小钱庄多如牛毛，根本没人注意，就像我们现在熟悉的小门脸买卖，不知道哪天就换了名号。当新的牌匾挂上去时，旧的店铺又有几个人记住？

当时的清政府为支付《马关条约》的赔款，在国内横征暴敛，任何一个能够挤出银子的地方，他们都要使出所有力量压榨。民族工业、民族商业在这种高压之下，已经到了举步维艰的地步。这时候还有一个历史事件的发生，对清政府触动也很大，就是"公车上书"。那么多读书人举起手臂，不能视而不见，清政府必须改变内外交困的严酷处境。

无论个人、集体还是国家，在历史进程中肯定会遇到众多的十字路口。决定未来命运的，其实也就是那么几步棋，走对了，一片开阔，走错了，满盘皆输。

这时候的荣氏家族审时度势，立刻从钱庄转为实业，开办工厂，这才有了后来的"大王"之称——荣宗敬、荣德生被上海人称为"面粉大王"和"棉纺大王"。另外，荣氏家族还有一个特点，非常注重教育。从1919年到1949年，荣家先后在家乡无锡开办了无锡公益工商中学，在上海开办了中国纺织染专科学校和江南大学等学校。

实业家办教育，有意与生意疏离，但也有鼠目寸光的有钱人觉得办学堂是亏本的买卖，划不来，一些土财主宁肯死后把金银财宝埋在地下，也不会搞慈善、办教育。毋庸置疑，实业与教育相连，办教育是实业家走向高远目标的道路，是心胸宽广的具体体现，代表着实业家是否具备敏锐长远的眼光。

荣氏家族的创业者，将大量的资金用来搞教育，发现、培养人才。他们从最初开办小小的广生钱庄，随后在二十年时间里，实业成就几乎横扫半个中国。荣氏家族毫无争议、理所当然地成为上海工业乃至中国实业界的优秀代表。

我看过一个电视纪录片，讲述上海解放后，第一任市长陈毅召集上海有名的工商业代表开会。请柬发出去了，好多人不敢来，以各种各样的理由推托，有的是怕来了被"留下"走不了，也有的是想观察风向，看看局势如何发展，做好多种准备。这时候的荣氏家族代表人物，已经到了荣毅仁这一代。荣家接到请柬，全家人担心出事，劝阻荣毅仁称病不要去开会，等等再说。但是荣毅仁有自己的主张、自己的想法，他看准了共产党是代表人民利益的政党，是中国未来的希望，于是在各种流言蜚语中，冒着被国民党残余特务袭击的危险，坚定地走向会场。后来的事实证明，荣家在荣毅仁的带领下，在恢复战后上海经济、工商业方面做出了应有的贡献。在这个重要的历史关头，在大是大非面前，在新中国工商业发展历程中，荣氏家族坚定地站在中国共产党一边，站在人民大众立场上，为民族实业家做出了表率。

那么，我们再看看天津民族工业的最早代表——"三条石"。再次强调，这里的"三条石"，不单指某一家企业，而是泛指整个"三条石"地区工业，指的是所有的实业者。

"三条石"的实业家们在历史长河中，在面对历史选择的十字路口，又是怎样抉择的，怎样发展的？

翻阅历史档案，我惊讶地发现，在1860年秦记铁铺开张之后的五十年时间里，"三条石"地区数百家作坊发展极为缓慢，几乎一直停留在手工作坊层面，在扩大、求变、求新上，始终没有大的动作，基本上是原地踏步。当然，其中也出现过曾经在本地和外省开办分号，锐意求新求变的郭天祥机器厂。

郭天祥机器厂在营销意识上有很多新的想法。比如，他们有商标意识，给自己的产品设计了商标，还在产品上标注厂家的联系方式。这些如今看来异常简单的做法，在当年"三条石"一带，已经算是具有先进营销思想。但是后来郭天祥机器厂也没有再大的发展。

"三条石"的大部分作坊主，求变、求新意识很弱，即使在能够给工厂带来更大发展的动力设备更替上，也是步伐极为缓慢，处于走两步停两步的观望状态，总是担心亏本。像"福聚兴"那样在上世纪二三十年代就使用与德国企业同款的机器设备的，真的是少之又少。多数作坊在没有被逼到山穷水尽之前，绝对不想去主动改变。即使到了无可奈何的地步，也还是没有下大决心的勇气，总是在"一慢二看三通过"的节奏中，不断错失发展壮大的大好时机。

五十年以后，也就是1910年左右，不得不开始使用动力设备的时候，"三条石"一带的作坊主也没有更多的人出资助力教育，更没有人拿钱去开办学校。

可能有人会说，不能把"三条石"与荣氏家族相提并论，"三条石"是小作坊，荣氏家族是大买卖，两者怎么比较？但是不要忘了，荣氏家族也是从只有两间小房子的钱庄起步的，也曾经是小买卖、小作坊，怎么就不能进行横向比较呢？尽管双方起步阶段的实体内容不一样，但规模是一样的，道理是相通的。

工业企业是否能壮大、发展，关键在于思想意识，关键在于是否具备长远眼光。

"三条石"起步早，但发展慢，长时间原地踏步。后来遭遇日本侵华以及国民党腐败无能，最后，闻名华北地区乃至全国的"铁厂街"——"三条石"逐渐走向衰败。

这是谁的责任？

为什么那么多从事实体工业的人中间，就没有所谓的"能人"及时站出来，奋力发出号召或是做出表率，及时抓住历史机遇，把企业做强做大？为什么没有在时代转折点上，改变陈旧观念以及重新校正发展思路？

回顾历史，不能仅是扼腕长叹，也不能简单归纳为历史局限，还是要寻找问题的根本，要进行反思，要进行总结。无论前进还是倒退，肯定与当地文化、民风有着紧密的联系，背后有着更加复杂的因素。

看清"三条石"的问题，对于天津工业未来的发展，依旧有着极大的警示作用。思想上应该永远保持这个警醒意识，假如警醒意识丢失，那就非常危险了。

五

在将荣氏家族与"三条石"进行对比、互为联想的日子里，我总是会想起《海河巡盐》这幅画作。

恍惚之中，我似乎坐在小船里，在京杭大运河上慢慢寻觅，好像看见历史发展的画面，看见历史长河中的涓涓细流以及水浪滔天。在历史前行的历程中，大部分人都会关注波浪，可能细流不会被人关注，容易遭到忽视；大多数人欣赏波涛，但是不要忘了，波涛下面隐藏着可以掀起巨浪的细涌。

任何事情都是这样，只有从小处着眼，才能看清大势。

京杭大运河天津段呈现出怎样的文化特点？假如从"漕运文化"和"市民文化"两个角度去解读"三条石"的命运走向，对于加深了解"天津文化性格"和"天津工业性格"，以及思考天津未来如何在"京津冀一体化"中发挥最大作用，肯定有着良好的借鉴作用。在文化层面上，多一个角度进行分析、研究，何尝不是一件好事？

先从"漕运文化"开始。

清代漕运，是指国家为了供应京城粮食还有军需需要，从水道运输粮食的行为。这是一个简单的运输行为，为何还能产生相应的文化状态？答案很简单：任何个人、集体的行为背后，都有着看不见的文化内涵。

天津从有人居住那天开始，就是作为北京的东大门存在的，无论后来怎样发展变化，这一历史作用始终没有消失。即使到了今天，这个作用依旧存在，而且更加显著。这是历史赋予天津这座城市的重要作用。

天津对于北京，不仅在陆路方面呈现出"门户"意义，在水路方面也相当重要。西方列强几次要挟清政府，进行各种条约签订或是所谓修约，常以入侵天津作为表达强硬态度的手段。到了天津等于兵临北京城下，用大兵压境的办法，迫使清政府签订不平等条约。

天津漕运历史非常悠久，最早可以追溯到东汉的曹魏时期。建安十一年，也就是公元206年，为了北征乌桓，曹操在今天的天津一带开挖了三条运河，即平虏渠、泉州渠和新河，目的是为了运输军队和军需物品。可以这样讲，早在一千八百年前，天津就已经在北方漕运中处于重要地位。到了隋朝，隋炀帝下令开挖了途径今天静海独流镇的永济渠。当时的永济渠流经区域很广，有现今的河南、河北、山东三省。到了唐代，这条水路仍是北部边防幽州（今北京）、渔阳（今天津蓟州）运送军粮和物资的主要水道。但是天津真正成为北方漕运枢纽和"北京门户"，则始于金代，这也为日后天津这座城市的兴起，奠定了坚实的基础。可以说，天津这座城市是因为漕运而诞生的城市，是为了保护京城而建立的城市。

因为漕运而诞生的天津，有着不可磨灭的"漕运基因"。就像人的基因不可改变一样，天津永远烙印着漕运文化的痕迹。

漕运文化的特点是，它并非单一的，而是夹杂着商业文化、娱乐文化、市民文化等诸多元素。

天津的商业文化、娱乐文化，外地人能够看得比较清晰，这是显现在表面上的。来到天津，你能看到满大街茶馆门口打出的相声专场海报，或是评剧、京剧、大鼓、时调等各种地方戏曲演出的海报，甚至一个曲艺派别就有一个专用剧场。比如评剧中的"白派"，在天津就有专用演出剧场，这在其他城市几乎是不可能的事，怎么可能专为一个门派建一个剧场呢？所以来到天津的外地人，走在大街上就会发出感慨，真是"曲艺之乡"呀。再加上天津人说话幽默，感觉每个人讲话都像是在说相声，更是压实了"曲艺之乡"的印象。

说到市民文化，好像有些令人费解，哪个城市没有市民文化？天津市民的文化特征是什么？

市民文化与城市土壤密切相关，有什么样的城市土壤，就会盛开什么样的"市民文化之花"。

在过去很长一段时间里，因为传统相声的缘故，天津人的一句口头禅在外地人心中比较有名，那就是马三立老爷子的"逗你玩儿"，由此派生出来的随遇所安的生活态度也广为人知。后来还有一句话也比较有名，是一部相声演员出演的电视剧带出来的，并且广泛传播。

那年我去珠海，在与一位广东朋友聊天时，说到天津人的务实精神，对方立刻操着标准的天津话说："嘛钱儿不钱儿的，乐呵乐呵就得了。"这话来自电视剧。虽然天津人没把这句话当回事，说笑而过，可说的时间长了，也就容易潜入天津人的思想深处，又表现在生活层面，形成很强的心理暗示。当然这种"潜入"，一定是基于深厚的社会基础、人文基础，否则也会"水土不服"。"嘛钱儿不钱儿的，乐呵乐呵就得了"这种理念，在温州行不通，在上海也行不通，只有在天津能够深入人心。

漕运文化的另一特点，是具有很强的流动性、变化性，再加上会被流经地方的文化进行整合，所以又带有很大的可塑性。这种文化习俗时刻在演变之中，很像"水中之水"。

天津1860年就被辟为通商口岸，西方列强曾经在海河两岸建立九国租界地。由租界地传播而来的西方文化，是否也会对天津以漕运文化奠基的市民文化有所影响呢？答案是否定的。

当然要说一点影响没有，也不现实，但可以说，从租界地带来的西方文化，始终没有与天津的市民文化水乳交融。

我想说说自己的亲身感受。

我原籍山东宁津，出生在天津，从小生活在天津老城，小学二年级时才搬离老城。我写作《三条石》这部作品的"文化积淀"或是"写作资本"非常简单，就是因为我已经在天津生活了五十八年。

天津拥有六百多年的历史。1900年八国联军驱使天津都统衙门把老城的城墙拆掉，后来修了电车道。老城的格局依旧方方正正、横平竖直。十字街中心的鼓楼被拆除了，但格局还在，建城六百年的古旧文化并没有随着老城墙的消失而远去，依旧根深蒂固。

我记得，一直到20世纪七八十年代，天津的老人们说起当年的租界地，还是用"下边"代替。

　　什么是"下边"？

　　天津地形中间高、四周低，老城位于制高点上。当时西方划租界地时，清政府划出去的土地属于没有开发、没人居住的地方，也就是没人乐意去的荒芜之地，同时也是地势低洼地区，所以天津老年人说起租界地，始终用"下边"表示。说这话时，天津老人的表情是高傲的，带有不屑一顾的神情。尽管老城里的人到20世纪80年代还在使用旱厕，洗澡还要去公共浴室，而20世纪初期，天津租界地就已经使用抽水马桶了，也有家庭浴室，不过这并没有妨碍天津老城里人对租界地的鄙视。天津老城里人就是看不起"下边"，对于"下边"的高级生活方式，没有一点"羡慕嫉妒恨"的意思。进入21世纪这些年，随着一代年轻人的成长还有互联网的崛起，这样的思想隔绝才逐渐淡化、消褪。

　　天津当年的租界地现在有一个统称，叫"五大道"。民国之后那里成为下野政客、军阀、落魄贵族的聚集之地。改革开放之后，曾被称为"下边"的租界地换了新面貌，重新回归"高贵"。这些年，五大道一带的住宅房价逐年上涨，但是少有人出手，即使有的房屋过老，已经不太适用居住，这里的人们依旧留着房子，舍不得卖掉。那些用于商业用途的房屋，如今租金高得吓人。望着顾客稀落的店铺，真不知道营业收入能否支撑高昂的房租。

　　突然想起20世纪80年代的往事。

　　即使是夏夜晚上八点多钟，五大道街区中也没有乘凉的人，非常清静，带有某种孤寂、清高之感。而天津老城区以及其他地区的街道上热闹非凡，路灯下打扑克的、下棋的、喝茶聊天的比比皆是，还有到处奔跑玩耍的小孩子。

老城区的人喜欢在街上待着，当然与住房条件有关，但也不尽然。老城区住房窄小，一间九平方米的小屋子，可以住下九口人。五大道地区住房条件好一些，1949年中华人民共和国成立之前，一座小楼可能只有一户人家。随着历史风云变幻，后来一座小楼中的住户会有十几家之多，居住同样拥挤，但与老城区居民不同，依旧没有在街上乘凉的。所以关键还是生活习惯的养成，而影响生活习惯的则是文化。

生活习惯和文化观念，是老城人走出家门的主要原因。如今老城区改造，已经没有平房了，人们住进了楼房，可是到了夏季夜晚，人们照样走出楼房，还是在路边打牌、下棋、聊天，与过去"一间屋子半间炕"时期的生活习惯一样，没有丝毫的改变。就像海河水已经换成滦河水、已经变成长江水，早不是咸水了，已经不用靠花茶遮蔽咸水味道，可天津人还是喜欢喝花茶。

天津人在思想上、文化上，已形成固有的本能习惯。用天津话讲，你不是有本事吗？你不是有钱吗？老子看不上！那么天津人改变起来真的很难吗？他们真的对新的外来事物不感兴趣吗？似乎也不是。天津人在饮食文化上就从不拒绝，甚至是主动接受外来事物。

记得在我儿童时代，过年前后的冠生园很热闹。冠生园是广东南海人冼冠生在1915年创办的食品店，自产自销糖果、蜜饯和各类糕点，是一家南方风味的食品店。天津老百姓从不排斥南方风味，对南方美食的做法也欣然接受。比如"南乳"，也就是我们北方常说的酱豆腐，天津人对其情有独钟。烧鱼时，要放半块南乳；炖肉时，也要放上半块。家家户户的厨房里都有南乳。

天津人看不起租界地，一天到晚"下边、下边"地叫着，可是对外国的沙拉却从不拒绝。我不会炒菜做饭，但对这道天津传统沙拉的制作过程却熟稔在心：把土豆蒸熟了，去皮，放在一边；把鸡蛋磕开，用少许香油搅拌蛋黄，再与碾成土豆泥的土豆继续搅拌；加上牛奶、盐、葡萄干，端上桌面，便成为过年餐桌上人们争抢的美食。

天津沙拉是我小时候过年时印象最深的美食之一，另外还要加上天津特色的下酒菜——炸花生、韭菜炒鸡蛋、凉拌白菜心，这些都让我印象深刻。

多有意思，与"吃"有关的外来文化，天津人从不拒绝。这也是市民文化的特有表现。

六

历史上，天津、上海都有租界地，可却形成了完全不同的文化景观。天津躲避"外来文化"，上海则选择性地与"外来文化"相互融合。这也就是过去人们挂在嘴边上的话——"天津人土，上海人洋"的原因。

天津躲避"洋化"——除了老百姓嘴上说"洋火儿"（火柴）、"洋蜡"（蜡烛）、"洋灰"（水泥）、"洋钉"（铁钉）、"洋油"（煤油）之外，生活习惯上却与"洋人"没有任何关联。

天津人在生活习惯上，至今保持着农耕时代的习俗。

每年冬至，人们一定要吃饺子，意为平安度过冬季，吃了饺子，不会冻耳朵。依照现在城市生活的条件，没有谁还会因为天冷把耳朵给冻坏了，但是冬至吃饺子的习惯却保留了下来。过去，到了冬至的那天，天津人都在家里包饺子，现在人们忙，没有时间，就会选择在外面吃。你可以在冬至那天来到天津卫，到饺子馆去看看，家家爆满，无论堂食还是打包带走，店堂门口始终有数百人的逶迤长龙。瑟瑟冷风中，队伍从店堂一直排到便道上。很多七八十岁的老年人静静排着队，看不见一点焦躁的情绪，脸上带着沉稳安详的表情。

初到天津的外地人，对于冬至排队吃饺子，会感觉不可思议。但是放心吧，过不了几年，他们就会入乡随俗，跟天津人一样在冬至那天走到饺子馆外面，站在冷风中静心排队。天津人热爱生活的习惯、过小日子的快乐，非常容易感染来到这座城市打拼的外乡人，带动他们思乡的情怀。

但上海不一样，上海人的生活习惯和文化理念离传统的农耕文化更远一些。

天津与上海因为文化观念、思想意识不同，行动差异也很明显，延伸到城市经济发展、工业发展层面，都有不同的表现。

行动是"皮"，思想是"瓤"。

当以荣氏家族为代表的上海实业家们在发展实体工业的时候，天津的实业家们是怎样的状态？假如认为"三条石"不能代表天津富豪，他们只是抱残守旧的小作坊主，那么，再让我们看看"天津八大家"是怎么做的。

"天津八大家"，开始是按照财富多少进行排位的，有点类似后来的"福布斯富豪榜"。后来"八大家"的含义开始发生变化，有了新的意义：既是有名有姓的具体富豪，同时也是对富户豪门的一种统称。

先看看"八大家"的由来。

明末清初，天津地方富豪崛起，这些富豪始终与海运、粮业、盐务等行业密切相关。清代乾隆、嘉庆年间，天津的知名富豪都是盐商出身。1851年以后，"韩、高、石、刘、穆、黄、杨、张"，也就是后来名气很大的"八大家"已经成名，民间还有口诀呢，在姓氏之前冠以堂名字号或是居住地点，于是就有了天成号韩家、益德裕高家、杨柳青石家、土城刘家、正兴德穆家、振德黄家、长源杨家、益照临张家。

这些富豪大户的资本投资，主要集中在典当、粮食、钱号、绸布、杂货行业，很少有办实业的，更没有投资在机器制造业上的。面对滚滚而来、不可阻挡的动力机器时代，他们不是采取积极改变、积极应对的措施，而是选择集体性漠视，带着侥幸心理等待、观望，谁都不想做"第一个吃螃蟹的人"，都想"旱涝保收"，最后的结局也就可想而知了。

"土城刘家"便是极好的例子。刘家面对机器工业的出现，在茫然无措的恐慌中，一步步走向衰落。剖析刘家衰落的原因，非常具有"教学意味"，是一个典型的案例。

土城是个地名，在天津河西区，地名至今留存。天津地铁至今还有"土城"这站。

土城在清代的天津是很大的一个村落，春播秋收，一派美好乡村景象。农民的生活既有劳作辛苦，又有田园耕种的乐趣及享受自然风光的惬意，早晨雄鸡啼鸣，黄昏时分炊烟袅袅，乡村风光令人心悦。

到了清代乾隆年间，原籍静海的刘家先辈移居到了风景怡人的土城村。大概先辈感觉这里风水好，或是土城对刘家格外垂青，刘家在土城经营粮店、油坊的几年时间里，财富增长很快，成为当地有名的大地主。

成为大地主之前，是刘家的创业阶段，也是刘家的艰难时期。刘家人最初走村串巷，贩卖芝麻渣。芝麻渣是芝麻榨油后的废料，俗称"麻酱底子"。芝麻渣做肥料，很受庄稼人欢迎，因此刘家生意格外兴隆。

靠推车贩卖芝麻渣，再赚钱也就是日子过得好一点，成不了大气候。深谙此理的刘家，有了一定积蓄之后开了油坊，朝大批量、规模化的生产道路发展。这是刘家摆脱小农思想的关键一步，正是由于打开了思路，发展动作不断加大，后来产品才远销至山东一带。紧接着，刘家又在德州设立分坊，在油坊基础上开设粮行、养海船，开始向关外贩运粮食。此时的刘家，有了走向多元化经营的端倪，假如沿此思路继续走下去，刘家将有可能走出土城，开拓更加广阔的领域，发展更多的产业，也有可能在未来走向实体工业。

但就在这时，刘家选择了退守。他们在居住地买了六十顷土地，同时设有庄头，代为收租，做起了旱涝保收的地主。

买地收租，这是刘家严重的败笔，不仅在经济运作中使刘家重新回到了土城中，同时也使其思想回到了固步自封的"土城"中。任何事物都是一个道理，不进则退。刘家这一步看似省心省力，到时候收租子多么容易呀，但就是这样的"容易和简单"，为其日后的衰败埋下了悲剧的种子。

任何家族产业，都非常容易在枝繁叶茂时分成若干个分支，刘家也不例外。在刘家财力不断扩大、人口不断增多之时，家族矛盾来了，不得不分房而居，将一个大家庭分为五大房。虽然刘家有丰厚的资金积累，但因起家于手工业，与其他大户人家相比，资金依旧有所局限，所以这时的刘家也不再把重点放在经济运作上，而是追求起仕途来，要走"官商结合"的老路。后来刘家有不少人在朝廷做官，比较著名的有三个人：刘恩洪，举人，在四川做过知县；刘凤皋，举人，在云南做过知县；刘凤汉，进士，在山西做过知县。

时光进入光绪元年，刘家依旧沉浸在"收租、做官"的幸福时光中，没有意识到悄悄来临的危机。光绪四年也就是1878年，天津出现了机器磨坊，这对以石磨生产为主的刘家产生了第一波冲击。假如这时刘家能够改变思想、改变经营方针，奋起直追的话，还不会掉队，还有大把的机会。可是刘家又一次错过良机。

我们猜想，也可能这时年年丰收，刘家的粮仓满满当当，望着几年甚至十几年吃不完的粮食，发什么愁呢？思维僵化和行动保守，使刘家错失机遇。几十年之后，也就是1912年，当新兴的机制面粉业在全国迅速发展起来之后，旧式的粮行终于彻底倒闭，刘家也在隆隆的机器声中没落。石磨被丢弃在一边，上面落满尘土，已经无人看它一眼了。

19世纪末期的天津有钱人很少重视重工业，没有认识到工业发展是社会发展的必由之路，他们手中有了大量资金后，没有做大、做强的强烈欲望，只是固守眼前的既得利益。"土城刘家"面对动力机器时代来临，没有丝毫急迫感，始终带着侥幸心理、懒惰思想，最后终于迷失、消亡。

个体的侥幸、懒惰，如果蔓延到集体乃至国家层面，则意味着更大的悲剧。从19世纪中期开始，特别是到了20世纪，没有重工业的国家，不可能走在世界前列。重工业是国家的地基。地基不好，大楼盖起来也是岌岌可危，说不定什么时候就会轰然倒塌。

"天津八大家"在民国以后还有延续，社会上又有"新八大家"出现。这些新的富豪终于有所改变，他们开始投资棉布业、电料业，可是把资金投于实体工业的富人还是少数，当然更不会对机器制造业加以重视。

在"八大家"前面冠以"新"字还是"旧"字，一百多年以后看来没有多少区别。如果不思进取，不能顺应历史潮流，不能积极应变，即使富豪阶层换了新人，结局也可想而知。

七

天津工人的特点我比较了解，因为我就曾是他们中的一员，供职在一家将近五千人的国企大厂。我们厂子周边没有住户，都是大片的庄稼地，该地也被称作"北仓工业区"。当时有一条路特别有名，叫"高峰路"，现在这个路名依然存在。天津另一家著名大企业，天津重型机械厂，也坐落在高峰路上，算是我们厂的邻居。那时候早晨上班时，浩浩荡荡的自行车大军把高峰路都填满了，自行车的车铃声比路两旁树枝上的鸟叫声来得还要早、还要密集。现在回想起来恍如梦境，如今再没有那样壮观的上班场景了。但也不可否认，高新技术革命的出现，终究会代替那种密集型劳动，这也是历史发展的必然。

天津始终是一座尊重工人、敬仰技术的城市。当年我上班时，还是"小字辈"，工人师傅在我们面前说话没有保留，有什么说什么，现在回想当年他们的言行，话题永远与生活有关。我记得师傅们有一个共同特点：特别会生活，非常有情趣，能把单调的日子过得丰富多彩。

我有个师傅，姓鲍，他每天的早餐很简单，一包花生米、两个大馒头，用一杯白开水送下。他的乐趣之一，就是早上选择花生米的卖家，看看哪家好，哪家给得多，回到车间，得意地炫耀战果。

我们工厂大门口，早上有许多卖早点的，其中卖花生米的最多。小贩们穿着军大衣，身旁停着一辆自行车，后座绑着一个筐，里面有包好的花生米。工人把自行车停在他们面前，递上早就准备好的一毛钱，用一只手完成递钱、接包，动作一气呵成。花生米包成三角形，紧绷绷的，像是粽子，就是扔到天上、摔到地下都不会散包。鲍师傅回到车间，坐在铁皮包裹的长条木桌子前，细心地数纸包里的花生米，一个一个地数。一般情况下会是二十个，谁家要是多一个，鲍师傅下次就会买谁家的。鲍师傅的评价标准，除了个数，还有个头大小，也要考虑花生米是新的还是陈的。

要是只有买花生米的乐趣，那就不是鲍师傅了。鲍师傅爱滑冰，尽管他每月工资只有四十块钱，还是大方地拿出一个月工资，买了一双旧冰鞋——新冰鞋太贵了，只能买旧的。

在我们厂不远处，有一处水洼子，水很干净，小鱼在水里自由游动。夏季水草丰盈，水边柳枝飘摆，一片田园风光。冬季水面则会形成光滑的冰面。我曾经许多次看见鲍师傅穿着黑色紧身毛衣毛裤，戴着花色帽子，在那片无人的冰面上自由滑行。那双冰鞋看不出是旧的，在阳光下好像两道白色的弧光。

我的另外几个师傅也非常有特点。

有一位姓朱的师傅喜欢养鸽子，每天下班回家，第一件事就是喂鸽子。老朱师傅脚臭，只要脱下鞋，臭气熏天。据说他老婆跟他结婚时提出条件，进门第一件事就是要洗脚。老朱师傅嘴上答应，新婚蜜月还没过去，就擅自改了章程，第一件事还是照看鸽子。养鸽子是重体力劳动，打扫笼舍，续水、续食，这一切都是在踏进家门的第一刻，还顾不上洗脚时完成的。后来老婆原谅了他，允许他进门后可以不洗脚，先去照看心爱的鸽子。老朱师傅给我讲过许多养鸽子的乐趣，其中"鸽道"让我记忆深刻——鸽子可不是乱飞，它们有如卫星一样的飞行路线，让我大开眼界。

天津是工商业城市，当年年轻人选择就业，一般情况下首先选择进工厂。到商场"站柜台"属于无奈之举，女孩子还好一些，男孩子要是站柜台了，对象都不好找。市民对待国企工人，不得了；假如是大国企，要在"不得了"前面，加上一个"更"字。天津工人社会地位高，生活惬意、充满情趣，有着骄傲的感觉。

我讲一段亲身经历，可以说明当年天津工人的社会地位有多高。

1982年，我加入工人队伍已经两年，这一年对我来讲还有一个重大事件——谈了女朋友。那时因为读书的缘故，总想搞点浪漫，比如在杨树上刻上"爱"字，过段时间再去，看看变成了什么样子。还比如，这次见面后，约定下次见面的时间和地点，不明说，画幅画，让女朋友按图索隐，前往约会地点。那会儿经常琢磨有意思的点子，女朋友天天处在兴奋状态。如今想来，做法很是幼稚，但一个看着《小英雄雨来》和《小兵张嘎》长大、总是喜欢看打仗电影的小青年，在刚刚二十岁的年纪，还能做出怎样"高大上"的浪漫事情？

后来我又决定骑自行车去郊外旅游，让爱情的浪漫再飞得远一点。

那天我与女朋友骑上自行车，用了两个小时，来到我们工厂附近。那里有一条河，叫子牙河，也是海河上游的一条支流。

四十年前的子牙河，河水非常清冽。岸边地形多变，有舒缓的土坡，距离水边很远；有防洪堤坝，堤坝上能走自行车、手扶拖拉机，堤坝下面长着小树或是杂草。河水很干净，把手伸进水里捞一下，就能有小鱼小虾。我感觉那时候的小鱼小虾特别傻，看见人类的手掌，根本不躲，还冲上来亲昵，以为是自己的同类，哪像现在的鱼虾，面对丰沛的饵料也很少动心。当年与我一同来到工厂的技校女生，从河里捞上小鱼小虾后，回到宿舍，点起煤油炉，炸好鱼虾，给我们男生当下酒菜。我跟鲍师傅在冬季的子牙河上滑过冰，我对这条河有深厚的感情，所以也把女朋友带到了这里。

因为是公休日，又是下午，岸边没人。我和女友在岸边走着，谈大仲马的小说，也说歌德的《少年维特之烦恼》。这时遇到麻烦了，不知道从哪里过来七八个男子，看样子跟我年龄差不多。他们好像很有"作战经验"，队伍呈扇形把我俩围住了。带头的是个高个子，脸上长满红疙瘩，带着不怀好意的笑。我当时有些慌张，女朋友更是紧张，我能感到她的手在哆嗦。可是很快我就镇定下来，也不知道哪来的定力。我在心里长舒一口气，告诫自己不要跑，不要慌，一定要镇定。

我镇定下来，女朋友也稳住了。

那个高个子问我在这儿干什么，问话时，还拿眼睛瞟我女友。我首先告诉他，我是"发电"的。

我们发电设备厂在当地名气很大，因为工厂征地的缘故，不少当地农民走进工厂，成为大国企的工人。周边农民没有不知道"发电"的——发电设备厂在工人中间以及在当地被简称为"发电"。

高个子青年听说我是"发电"的，愣了愣，又问我是哪个车间的，我告诉他三车间的。

三车间是铆焊车间，在厂里都称作"三车间"，有时遇见当地农民，不说铆焊车间，也说三车间。面对我内行的表述，流里流气的高个子相信了，又指向我女朋友，问我，她是谁？

我女朋友也机灵，听我介绍过车间情况，立刻就说，我们是一个车间的，电焊的，今天加班，出来转悠，一会儿就得回去。

我们车间的女工不是电焊工就是气焊工，女朋友反应机敏，说得滴水不漏。

为了更能"镇住"对方，快点摆脱这帮小流氓，我又提了我们车间主任的名字，还有主任儿子的名字。主任的儿子用当时的话讲，有点"小玩闹"，在当地算是知名人物。

那几个带着不怀好意笑容的小子，这时候已经收敛起脸上的坏笑。有一个小子对高个子说："走吧，还没吃饭呢。"他们几个人看了看依旧镇定的我，还有蹲在河边用手撩水的女朋友，终于转身上了堤坝，骑上自行车，吹着口哨儿走了。看见他们走远了，女朋友问我现在要做什么。我左右看看，还能做什么？跑！三十六计走为上，我拉起女朋友，骑上自行车，风一般地跑了。

讲这段故事，就是想用自己的亲身经历说明20世纪80年代初期天津工人的社会地位有多高。

可是只要说到原来工作的工厂，我总是会联想到"三条石"，想到当年"三条石"工人的生存状况。

当年在"三条石"的作坊学徒、工作的青年，时刻面对非常严苛的纪律，他们所应具有的活泼、好奇的天性，会完全被扼杀。

比如当年"福聚兴"的规矩——《全体同仁反省十二要》。这些"反省"看上去是指向所有人，其实只是指向学徒工和工人，"刑不上大夫"，这些"反省"不会指向作坊主和经理人。

请看当年的"十二要"：

你对上级尊敬了吗？你对中层和睦了吗？你对下层爱护了吗？你的心中诚实了吗？你的行为端正了吗？你的言行一

致了吗？你的品德良善了吗？你的错误检点了吗？你的过失
改正了吗？你对干活努力了吗？你对物料节省了吗？你对厂
规遵守了吗？

这些规矩，看上去不能说不好，有值得我们学习的地方，但
为什么在这样的好规矩之下，企业最后走向衰亡了呢？这才是我
们要深入研究的。

卢梭写过一本书，《社会契约论》，他在阐述"自由、权利、
义务"之间关系时表达得非常严谨："人类所有行为都是环环相
扣的，绝不可以某一行为单独存在。"

回到"三条石"给学徒工和工人制定的规矩，我特别想问的
是，在这些规矩之下，厂方又赋予工人什么权利了？似乎没有。
"权利"没有与"规则"站在同一起跑线上，这才是"三条石"众
多企业最后走向衰败的问题所在。

八

天津既开中国工业风气之先，同时又有狭隘落后思想存在；
既有不可思议的保守做法，又有向先进技术和先进思想学习的不
懈追求。比如"三条石"老板的后代中，也有冲破"脑袋上的津
门"、走向世界的先例。

1907年在三条石大街建厂、名号"双聚公"的铁厂，创办者
是陈氏兄弟，兄长叫陈朝信，是"双聚公"的厂主。他们的后代
中出了一个了不起的"调皮鬼"。这个孩子叫陈凤皋，从小调皮

捣蛋，不好好读书，家里拿他没办法，陈朝信做主把他从河北老家接到"三条石"，在自己眼皮底下进行严格的管教。可是这孩子依旧调皮顽劣，没有办法，又请来南开中学的学生给他补课，目的很简单，让他"有事干"。没想到这个"调皮鬼"后来考上了大名鼎鼎的南开中学，再后来又留学美国。可能在"三条石"待得久了，"调皮鬼"对铸铁、打铁很感兴趣，他在美国学的就是炼钢技术。1949年中华人民共和国成立后，这个"调皮鬼"主动回国，表示要为新中国建设出力。天津炼钢厂成立时，他用在美国学来的炼钢技术，为天津炼钢厂的创建和发展做出了特别的贡献。可能这在"三条石"工厂主的后代中，只是特殊的个案。

在工业生产中，工人的技术至关重要。天津这座城市的风气是特别尊敬工人。尊敬工人就是崇拜技术，用天津话讲，有技术的工人就是"大爷"。

比如在我们铆焊车间，不会看图纸的铆工，一辈子都抬不起头。相反，会看图纸的工人可牛气了，车间主任、工程师、技术员，离老远就会小碎步跑上来，满脸堆笑。走出工厂也是这样，手巧的工人不用求别人，什么东西自己都能做。那时候家庭普遍困难，生活上需要的东西没有钱买，都是自己手工做。

我也曾是个心灵手巧的好工人。进厂第二年，我就在师傅指导下，学会了做喷壶、打铁锅、打烟囱，还会做煤铲。我那时经常被邻居请去，帮忙打烟囱、做铁锅，享受很高的待遇，有吃有喝，临走时主家还会千恩万谢着，在我口袋里掖上一盒"大前门"。如今我已经变成一个笨手笨脚的人，完全看不出青年时代还有如此技艺。

那个年代的工人，都是心灵手巧的人。

大约是在1987年，我的组长师傅在车间领导允许下，用不锈钢板做了一台单筒的没有甩干功能的半自动洗衣机，当时震惊全厂。那时候工人整体素质很高，"心灵手巧"配得上大国企的名誉。在大国企上班，没有点手艺，敢自称"大国企的人"吗？不能辱没"工人"的称号，是那个年代工人阶级最朴素的心理。

再联想到当下，在我们提出制造业是立国之本、强国之基的大背景下，要想实现工业的高质量发展，从微观层面上来讲，必须继续发扬工匠精神。每一个从业者都要发扬这一精神，要发挥专业精神，在推进制造业发展的过程中精益求精。具备新发展理念再加上工匠精神，推进制造业高质量发展的思想才能牢固树立起来，才能转变为具体行动。

但必须清楚，制造业要想高质量发展，如同所有高端行业一样要有前提。这个前提就是必须从制造业大国向制造业强国转型。转型不是一蹴而就的，要在科学思想指导下，本着实事求是精神，不能操之过急，需要一个科学把控的过程。而且国内科学布局，要考虑到国内、国际两个方面，每个国家都是处在世界经济发展的循环之中，考虑单一肯定不行。

首先从国内环境来看，中国经济发展已经进入一个新常态中。大致可以用三个视角进行观察，能够看到新常态下的多个层面。

第一个视角，中国经济已经从高速增长转化成为中高速增长；第二个视角，经济结构已经比中国改革开放之初优化许多，比如第三产业、百姓消费需求等，目前已经逐步成为经济驱动的主体，特别是城乡区域生活水平、思想意识之间的差距逐步缩小，除了生活习惯之外，几乎没有差异；第三个视角，制造业的动力转型，已经从最初的要素驱动，转向为有意识的创新驱动。

再从国际背景来看，世界范围内的制造业格局，发生了深刻而迅疾的变化，这种变化来自经济、贸易与投资环境的重大改变，制造业已经成为世界大国参与全球产业分工，争夺产业链、价值链高端的主要战场。很多年前，欧美世界的重要国家纷纷推出"再工业化"战略，力图领跑制造业，抢占国际竞争制高点；但是新兴国家不肯示弱，正在利用较低的劳动力成本推进国内工业化进程，当然也包含制造业的快速推进。

在国际工业发展重点发生新变化的背景下，新一轮技术革命和产业革命潮流滚滚而来，影响着全球分工的新格局。那么，中国怎么办？

我们已经看到，中国工业面临新的国际竞争、在形成新经济增长点的情况下，制造业已经成为新的瞩目之地。之所以令人瞩目，是因为人们看到制造业存在着三个点——重点、难点和出路。也可以说，前两个点是支撑，后一个点是结果，从中可以看出世界各国把制造业发展大力推举到国家战略层面上的重要原因。

中国制造业已经按照世界制造业发展规律和重点，制定出了在调整中发展、在发展中升级的路线，并且庄重地提出来，发展制造业对于提升综合国力、保障国家安全、建设世界强国，特别是实现"两个百年"的奋斗目标，具有重要的不可复制的意义。

为什么说"重点"和"难点"都在制造业呢？

作为全球制造业大国，中国制造业企业在世界各国开始关注发展制造业之后，突然出现了增速放缓、动力不足的现象。仔细分析，绝非坏事。因为出现这样的现象，是我国制造业在结构调整、转型升级中的必然，中国虽然是制造大国，但是大而不强，自主创新能力不足，基础制造水平还很落后，特别是制造业企业存在低水平重复建设的问题。

梳理改革开放以来制造业发展历程，不难看出，中国制造业的突出问题就是处于世界制造业产业链的中低端，绝大多数产品是技术含量低、附加值低、价格低的"三低产品"，在国际利益分配链条上处于劣势地位。造成这种局面的根本原因，在于中国制造业绝大多数企业用于科技研发的资金投入太少，仅占销售额的1%左右，甚至有的企业还要低于这个水平。1%这个惊悚的数字，远远落后于欧美发达国家。

要想马儿跑得快，必须得让马儿多吃草，还要添加精饲料一起吃。可以看出中国制造业企业技术落后、创新能力不够，并非我们不聪明，而是科技研发经费投入严重不足，这种只看眼前、不看未来的状况，已经成为中国制造业结构调整和产业升级的严重障碍。

问题多不是坏事，可以有更多时间进行调整，不能因此影响制造业从业者的心态。还要看到问题的正反两方面，看到优长与短板。那么中国制造业的优势在哪里？

首先，中国制造业的优势在于拥有全球最大的消费市场，这是欧美国家所不具备的，只要我们的制造业企业能够开发生产安全的高质量产品，中国国内市场巨大的市场潜力就能顺利将产品消化；其次，劳动工人的文化素质、技能本领，已经比改革开放之前、之初有了很大的提高，正是这支综合素质不断提高的产业工人队伍，成为我国制造业参与国际竞争的新优势；还有一点，也是所有人都能明显感受到的优势，中国已经拥有全球最完善的工业体系，是世界唯一一个在联合国工业大类目录中，拥有所有工业门类的国家；再有，中国制造业企业在拓展新兴市场方面具有较强的优势，已经形成了完备的工业体系和较强的产业配套能力；最后一个优势就是，中国制造业受到国家高度重视，具有其他国家不具备的优良政策环境。

任何事物都是一样，小到一个人，大到一个国家，转变必须经历阵痛。中国制造业的阵痛在转型升级方面。当下正在阵痛之中，但必须如此，因为这是中国制造业提升竞争力、防止产业空心化、跨越中等收入陷阱的必由之路，犹如蝉蜕一样。这个"蝉蜕"发生在所有企业之中，众多天津"三条石"企业的衰败乃至退出工业历史舞台，都是死于转型升级的"蝉蜕"。从世界工业历史发展来看，当然转型升级越快越好。只有加快制造业转型升级，才能维持中国在全球制造业范围内的竞争优势。加快制造强国的建设发展，不仅是时代赋予中国制造业的历史革命，更是适应中国国情的唯一战略选择。

从制造大国向制造强国转型，需要国家政策安排。如何安排？

首先做强传统优势产业，提升核心竞争力。为什么要这样做？因为改革开放初期，中国制造业的腾飞依靠的是规模，也就是"大"，制造业规模位居世界第一；接下来的腾飞，则是需要"强"。

强，需要实现三个鲜明转变：中国制造向中国创造转变，中国速度向中国质量转变，中国产品向中国品牌转变。在最短时间内，中国要形成一大批具有国际影响力的制造业企业，形成一大批具有国际竞争优势的专业生产化企业。

政府要做的是，为制造业企业发展与转型，打造一个法治、诚信、公平的竞争环境。

第三章

文化是工业的投影

一

探寻中国、日本、美国这三个国家各自的工业发展模式，也是对天津"三条石"深入分析的文化延伸。在工业历史发展的进程中，既要看到本国工业历史的发展，也要看到其他国家的工业发展途径。

需要心平气和地去思考。所谓"心平气和"，就是讲真话。

闲暇时看过一本杂书，书名忘记了。书里说到，据史料记载，中亚有过一个古国，国名有些怪异，叫"花刺子模"。这个国家有一个古怪的风俗：凡是给君王带来好消息的信使，就会得到升职；给君王带来坏消息的人，要被君王送到虎笼里喂老虎。于是打仗的将军想要犒赏谁，就让谁去报告好消息，反之，就让谁去报告坏消息。其实，任何思维正常的人，都会明白一个浅显的道理：把报告坏消息的人送给老虎吃，人是死了，但是坏消息依旧存在；好消息也不会因为君王的犒赏，而变得好上加好。所以我们要说，看待任何事情，一定要实事求是。

中国、日本、美国各自的工业发展历史，得从19世纪中叶开始说起，如此一来，躲不开中国近代工业初始阶段的洋务运动，躲不开天津这个重要节点。天津这座城市，很像说书人手里的那块"醒木"，虽然在整个书场的大环境中，它不是特别起眼，但不要小瞧它，它可是起承转合的重要支撑。

啪的一声，要说的千言万语，全都存储在这块"醒木"中。

二

日本的工业发展始终与文化的发展、转变紧密相连。日本通过"明治维新"以及发动侵略战争，工业迅速发展起来，眨眼之间变成世界强国。仔细分析、深入探讨，日本的工业发展背后始终有着"文明开化"的文化理念。"明治维新"不单是日本工业改变的节点，同时也更是日本文化靠近、学习西方文化的开始。最明显的特征，就是西方戏剧在日本的盛行。

当时的日本戏剧就是即兴表演，用不着剧本和导演。即使是不识字的乡村妇女，看过一遍也能模仿。而欧洲戏剧的雏形，源于古代希腊在祭祀大典上的歌舞表演，也有即兴表演的成分。日本戏剧与欧洲戏剧，在"戏剧基因"上有很多原始的相似性。因此欧洲戏剧"远涉重洋"来到岛国日本，没有任何阻隔地出现在东京剧院的舞台上。随同欧洲戏剧一起来到的，还有欧洲的思想。文化带来的影响，有着不可忽视的社会引领作用，它会渗透到社会的每个领域，肯定也会渗透进工业领域，影响日本工业的发展。同时，日本文化的核心是善于向先进学习，不管是谁，只要强大、优秀就向其学习，哪怕是曾经的敌人。这些文化特点，深刻影响着日本工业。日本工业发展到今天，机床上每一颗螺钉、每一个螺母里面，都包含着日本文化元素，机床上每个螺钉、每个螺母，都在日本的"文化水池"中浸泡过。

远的不讲，只说二战后的日本工业。1946年的日本工业生产水平，相当于1941年的七分之一。当时日本主要的社会困境，已经到了人的最低需求水准——吃饭问题。粮食短缺非常严重，通货膨胀比原子弹冲击波还厉害，大街上到处是愁眉苦脸的日本人。二战前帝国军人挎刀行走的傲然身姿，变成了挎着篮子叫卖香烟的蹒跚脚步；战争前的大皮靴咴咴的走路声，变成了战后一条腿的艰难行走；战争前民众激昂欢呼的神情，变成战后沿街乞讨的哀怨。哭声充斥在岛国的每个角落。但是随后发生在朝鲜半岛的战争，犹如一针从天而降的强心剂，激发了日本企业的快速恢复、快速生产。战后的日本工业，还没有来得及"热身"一下，没有任何精神准备，突然就开始奔跑了。短短的几年时间，日本经济迅速恢复到二战之前的水平。但有一点不能否认，这背后有着美国拨拉算盘珠的一双操控之手。

日本经济高速发展阶段，是在20世纪50年代中期到70年代初期之间，每年都会保持10％的增速，甚至有些年比这个增速还要快一些，如今想来，这个增速非常可怕。在这二十年的时间里，世界各地都能看到成群结队、仪容整齐的日本游客。那时候在世界人民的眼里，所有亚裔面孔都会被当作日本人。

我在1983年的故宫里，看见过两百多人的日本旅游团，都是脚步蹒跚的老年人。男人戴着白色遮阳帽，女人戴着颜色各异的太阳帽，庞大队伍的前面是举着小旗子的导游。虽然人多，但是秩序井然，没有大声吵扰，全都小声说话，弥漫着浓烈香水气味的队伍慢慢向前移动。

当年我们车间有个青年工人，经常使用一些"日本货"，比如好看的圆珠笔、漂亮的丝巾和带有樱花图案的手帕，后来还穿过印有日文的衬衫、裤子。原来，这个青年工人的姐夫是国际旅行社的导游，专门接待来中国旅游的日本团。日本人喜欢送小礼物，所以青年工人姐夫的手边总有一些日本小物件，这在当年是件值得骄傲的事。那时候，我们车间工人认为这个青工的姐夫了不得，纷纷找他，想要买电视机、录音机、照相机之类的"日本货"，现在想来，他姐夫就是一个普通导游，哪有这么多的门路。

中国改革开放之后，富裕起来的中国人也开始出国旅游，那时候出国的中国人，也经常被西方人误认为日本人。如今世界各国的中国游客已经取代了日本游客，中国老大爷在华盛顿打上了太极拳，中国大妈在巴黎跳上了广场舞，这已经不再是新闻。

我还想起日本经济辉煌时代的一件小事，是我亲身经历的，现在想来依旧令人感慨，透过它，算是对日本经济辉煌时期进行别样角度的了解。

20世纪70年代末期，我家住"伙单楼"。现在的年轻人可能搞不懂这个名词，简单"科普"一下：所谓"伙单"就是两户陌生人家住在一个单元里，当然住的时间长了，也就不陌生了。两户人家，共用一个卫生间，共用一个厨房，共用一个阳台，也共同出入一个单元门。

邻居是三口之家，男主人个子矮胖。我那时刚上高中，印象中从来没有见过男主人的面容。夏季他戴着宽边草帽，帽檐压得很低，偶尔撞见他，那么胖的身躯，动作却非常轻灵，猫一样闪身进了屋，悄无声息。女主人个子也矮，身高一米五，穿着一双拖鞋，走路小碎步，踢踢踏踏的。他们家有个男孩子，大约三四岁。他们是普通工人家庭，我们却经常听见夫妻之间说日语，为此我疑惑了很长时间。那时候能够说外国话，真是令人羡慕不已。

原本邻居家门庭冷落，不知什么时候突然热闹起来，去他们家的人越来越多。过去我们家的客人多，单元门敲响，都是我去开门，准是找我哥我姐的同事、同学、朋友。后来变了，来的客人都是找邻居家的。有几个男人经常来，我都认识了，每次我开门时，他们都会面带微笑，礼貌地说声"谢谢"。再后来，来的女人也多起来。有个女子来的次数最多，高个子，长得很漂亮，特别爱穿长裙子，裙子上的图案都是大花儿，身上还有特别的香味。这个女子来的时候，身高一米五的女主人肯定不在家。

过了一段日子，这户人家来了两个人，一个上年岁的妇女，一个年轻女孩子。她们的到来，让我们这座大楼瞬间沸腾了。大楼住户以及周边邻居看见我们家的人，立刻迎上前来，好奇地说："你们家邻居原来是日本人，你们以前知道吗？不得了呀，日本人，你们家买大电视可方便了，是不是以后还能去日本玩？"

邻居原来是日本人！这在中国改革开放初期，犹如投下了一枚重型炸弹。那段日子，我们家所有人只要出门，就会被其他邻居拉住，问东问西，都是询问关于日本邻居的情况。

有一天我下学回家，母亲告诉我，对面厉大哥家送来了日本礼物，也就是日本母女送的礼物：一根黄色尼龙晾衣绳，一方绣花手帕。母亲还告诉我，这两个日本女人，一个是厉大哥的母亲，一个是他妹妹。

我与这对日本母女打过两次照面，她们始终礼貌地微笑。如今仔细品味她们的微笑，其实隐含着一种居高临下的高傲。多年之后，我才明白邻居男主人厉大哥应该还有一个称谓——"日本遗孤"。

"遗孤"厉大哥的妈妈和妹妹来探亲，待了一段时间就走了。"遗孤"是怎么"遗"在中国的，又是怎么与日本的妈妈、妹妹联系上的，还有他们之间详细的关系，我不知道，也没有深入了解。那时候信息来源单一，"小道消息"较多。最准确的消息，就是事主当面告诉你的，可是这种事，谁又会跟你当面讲明白呢？

厉大哥一家从中国人"变成"日本人后，生活有了显著变化，有了彩色电视机，屏幕好大好大，像是电影院的屏幕。当时我们家只有一台九英寸的黑白电视机，差距可想而知。随后，厉大哥家的变化令人目不暇接，他们家又有了录音机、照相机。厉大哥的儿子拿着照相机在楼里上蹿下跳，大家都躲着这小子，不是怕他跌倒，而是怕碰了他手里的照相机，多贵呀，赔不起呀。

但是很快，厉大哥出事了。

有天晚上他家来了客人。我认识眼前这个高个子、戴眼镜的男人，他经常来，是厉大哥的同事。这一次来，他却叫不开门。屋门中间部位有两个玻璃窗，挂着窗帘，门楣那里也是玻璃窗，所有的玻璃窗都挂着粉红色的窗帘。

高个子同事找我借凳子，想要打开上面的窗户，商量着把我举起来，从上面钻进去，可却发现上面窗户锁着。高个子同事继续敲门，里面还是没人答应。屋里开着灯，有一股香味从门缝里钻出来。

高个子同事做出了大胆举动：把门上的玻璃窗砸开。那时候的门锁很简易，就是普通的碰锁，手伸进去，可以将门打开。我也跟进去，当即吓住了。再熟悉不过的厉大哥，身上只有一条短裤，侧身躺在地上的凉席上，他的旁边有慢慢燃烧的一炷香。高个子男同事下意识说了一句："老厉呀你还真来这手。"我这时才看清，厉大哥的腹下还有一把刀，只露出黑色的刀把，刀把前面的部分，不动声色地埋在厉大哥肚子里。刀子一声不吭，显得很有风度。

警察来了，救护车也来了。警察让我一起去医院，母亲担心，嘱咐警察："我儿子这么小，他能有什么事呀？"警察挥手告诉我妈："放心吧大娘，做个笔录就回来。"我妈还是不放心："笔录入档案吗？我儿子可是好孩子，他可不会杀人。"警察不再理我妈，照直往前走了，我像小狗一样跟在后面。

在医院急救室，我看着厉大哥腹部直挺挺的黑色刀把，面对警察，如实介绍了前后经过，然后又按了手印，红色的手印。我特别用力，手印也就清清楚楚。直到这时我才知道，原来厉大哥在天津钢厂上班，是个炼钢工人。因为突然"变成"日本人，遭到好多女同事"围追堵截"，厉大哥与那位穿花色长裙的女子有了比较亲近的接触，导致这位香饽饽"日本遗孤"要离婚，不仅要抛弃一心一意照顾他的妻子，甚至连儿子都不要了。可是离婚没有那么容易，许多事情都要说个明白。花色长裙女子逼得急，要立刻有结果。日本人厉大哥走投无路，急眼了，用"切腹"的方式，作为离婚誓言，也可能是作为离不了婚的宣言，"回应"了女同事。再后来的具体情况，我一个不到十八岁的孩子，也就不太清楚了。

再没看过厉大哥回家来，过了几个月，他们搬走了。厉大哥那位身高一米五的妻子在搬走前，跟我母亲说了好多声"谢谢"，还不住地鞠躬。我母亲好奇心强，禁不住问她："你也是日本人吗？"她摇摇头，什么都没说，抹着眼泪走了。我母亲后来一边包饺子，一边跟我讲，也不知道她是哪国人，走路姿势倒像日本女人，小碎步，说话总是鞠躬道谢，还没完没了地说"多多关照"。

发生在20世纪70年代末期的这段故事，算是我对日本、日本人最早也是最近距离的接触和了解吧。从这一家人的言谈举止也能看出来，处事"小心谨慎"的日本人，在刚"富起来"的时候，其实也是傲慢的。当水果刀插进自己腹部的时候，厉大哥是不想死的，想死的话就不会选择同事要来家里的时候切腹，应该选择深更半夜，应该选择独处的时候。

假如带着这样"个案"的视角和观点，继续审视日本的战后工业，就会发现在经过"茫然、傲慢"之后，在由工业快速发展所带来的经济繁荣进程中，一些西方发达国家曾经面临、曾经遇到的问题，日本也没能避免，比如物价持续上涨和环境污染等。这些问题困扰了日本经济发展和日本国民生活很长时间。

日本工业的发展，除了出现世界各国发展进程中共有的问题之外，还有其自身的独特之处，这可是别的国家没有的——日本随时可能受到美国操控。1973年，我正在小学课堂上背诵毛主席的"老三篇"，那时候幼小的我当然不知道、不懂得世界经济局势。就在这一年，美元贬值。有意思的是，同一时间，日元立刻升值。这一年的岁末，全球发生可怕的石油危机，原油价格突然爆涨四倍，所有与原油有关的初级产品，价格都疯牛般向前奔跑。日元升值和国际商品价格上涨，这两个非常重要的关键因素，对于严重依赖原材料进口的日本经济，不啻于又一次遭遇"原子弹"轰炸。但是日本挺过来了。

用今天的眼光回望，这段历史体现了日本经济的抗压能力。因为接下来，全球再一次发生石油危机，这次危机来得更加凶猛，同时还伴有经济滑坡、物价上涨以及由此产生的诸多社会问题。但是由于日本之前较好地总结了经验教训，国家经济比较平稳，没有出现崩塌。

我至今还在想，当初那个送我们家晾衣绳的日本人，作为普通的日本国民，有过这样的深思吗？

在经过数十年的经济动荡之后，日本终于进入了稳步发展时期，这个发展时期是从20世纪80年代中期开始的。稳步发展时期的日本，还是遇到了很大的麻烦，不是来自"太上皇"美国，而是来自世界几个重要强国的"逼迫"，遭到了世界经济联盟的"追杀"。这是一段很有意思的插曲。在日本的经济实力稳步增长的同时，美国、欧洲的经济实力却相对下降了。在近现代历史上，从来不吃亏、吃一点亏就活不了、永远想占别人便宜的西方国家以及美国，看见过上好日子的日本，心理很不平衡，集体提意见，强烈要求日本不能闷声发大财、低头吃大餐，要分担足够的国际义务。这种集体呼声越来越强烈，几个西方国家伸胳膊挽袖子，举起拳头，恨不得马上围成一圈暴揍日本。终于，在1985年9月，西方七国财长联合在一起，做出了共同协调外汇市场的决定。面对世界经济强国的集体围攻，日本慌乱不堪，日元贬值，特别是工业实体遭到重创。

二战之后的日本人，经历过历史审判，在美国既控制又包庇的情况下，已经变得沉得住气了。他们临危不惧、不慌不忙，相应对策很快出台——著名的《前川报告》。

在书写这段历史之前，坦诚地讲，我对日本的《前川报告》一无所知，了解到存在这个报告之后，我既惊讶又感慨。

《前川报告》是怎么回事？

时任首相的中曾根康弘，在20世纪80年代开设了一个私人咨询机构，叫"为实现国际协调的经济结构调整研究会"。机构里有个重要人物——日本银行前总裁前川春雄。当时在前川春雄主持下，这个机构发表了《为实现国际协调的经济结构调整研究会报告书》。后来人们把这个报告称为《前川报告》。

为了适应全球经济和发展的需要，报告大胆提出"日本观点"，一共有五条翔实的意见，凝结成一句话，倒是非常简单：

政府必须调整产业结构、调整贸易差额。

《前川报告》对20世纪80年代中后期的日本经济产生了非常巨大的影响。如今，包括中国经济学家在内的世界经济学者，都有一个共同的观点：日本经济之所以能够快速发展，除了多方面的外在原因之外，日本独特的工业企业文化也是重要因素之一。

日本企业的文化特点是，特别强调"企业忠诚度"。这使得日本企业具有巨大向心力，在这个向心力作用下，日本企业的技术能力提升，对于及时改善发展进程中遇到的问题，确实起到了重要作用。"忠诚度"使得工人的想法与企业理念一致，能够拧成一股力量。

二战之后的日本，很快实现从"贸易立国"到"技术立国"的快速转变。日本始终没有忘记工业发展强盛的核心——高新科技是工业不可替代的元素。所有的设想、准备、工作，都要在一个框架下，适应新技术革命的需要，同时还应拥有完整的"技术立国"的总体战略思想。

据说，从20世纪50年代至70年代，日本在二十年时间里从世界先进国家引进先进技术达到三万例。我无法核对这个数字的准确性，但这个数字之大，的确让人吃惊。二十年时间引进三万例技术，相当于每年引进两千个项目；再细算一下，等于每天引进五个先进项目之多。这是怎样的力度？相信这个关注新技术的力度，即使到现在，也应该排在世界前列。

在"企业忠诚度"文化基础上形成的日本企业管理制度，再细致分析的话，就是世界企业独一无二的"终身雇佣制"和"序列工资制"。

"终身雇佣制"，用天津老百姓的话讲，"父一辈，子一辈"，就是"子承父业"。在许多大企业中，几代人都在同一家企业工作。这一点特别像过去中国的铁路、邮电、电力等行业，家里几代人都在一家工厂上班，甚至儿媳妇或是姑爷等"外姓人"，也都是在同一个单位"发展"出来的亲戚。

我工作过的工厂，这种情况也很多，亲戚关系、家属关系犹如蛛网一般盘踞在工厂的每个角落里。我们车间也是一对一对的，媳妇是电焊工，丈夫是铆工，每天干活儿都在一起。我那会儿真是无法想象，白天晚上都在一起，无缝隙地天天见面，说什么呀？可是他们过着非常安稳的生活，上班一起来，下班一起走。有时还能看见夫妻俩躲在工具箱旁边，头挨着头，亲热地说着话。家里没说完，还要趁着上班休息时间接着说？我那时白天要应付繁重的体力劳动，晚上再面对稿纸想要写作时，已经撩不起来眼皮了，所以总是感到孤独、忧郁。那时就想，大概夫妻俩在一个车间工作，这种孤独感相对能够减弱一些吧？

"序列工资制"也好理解，职工利益与企业利益相互结合，职工能够有长久的依靠，精神上拥有安全感。犹如球员与俱乐部签协议，都想签约时间长一点，尤其是年岁大的球员，签约期越长，心里越踏实、越安稳。

很多事物都是"双刃剑"，这种企业文化与企业精神，也会带来一些副作用——情绪的压抑与内心的裂变。无论是日本的影视作品还是日本的现实社会中，都能感受到这种情况。日本的公司职员下班后没有几个回家的，特别是男职员，下班后经常几个人聚在小酒馆里，喝着清酒，各自抒发内心情感。婚前的女职员和男职员一样，也是到酒吧里一起喝酒聊天。20世纪80年代，中国青年人蜂拥来到卡拉OK歌舞厅，拿着话筒，体验在舞台上的感觉。要知道卡拉OK就是日本人发明的，为的是通过唱歌跳舞，宣泄工作上的紧张情绪。人类任何一种发明，潜在原因都是自身的需求。

日本人工作压力很大，这是举世公认的。日本的抑郁症患者、有自杀倾向的人，在社会中占比之高排在世界前列，这种社会现象也是日本的企业文化带来的弊病。

不可否认，日本企业非常重视对员工的"感情投资"，不惜一切力量去协调劳资关系，培养员工"以厂为家"的敬业精神，而不是等到问题来了，才去想一些亲近的办法。当年美国钢铁公司以及众多企业出现的劳资矛盾，发展到最后动了刀枪，流了血，死了人，这种情况在日本企业很难想象。日本公司的模式，有助于培养强大的劳动能力以及精神凝聚力。

说到这里，我想到中国人特别熟悉的一家日本公司——索尼公司。

改革开放初期，在天津中心区域的南京路上，有一座著名的大楼，原本是市外贸局大楼，因为楼顶上面矗立着巨型广告牌子——"索尼"，导致很长时间里，那座大楼都被天津百姓称为"索尼大楼"。那时中国还没有广告业务，也不懂得广告的巨大作用。后来不仅"索尼大楼"成为天津的地标，索尼还成为在天津知名度最高的日本企业。那时天津人买电器，一定要买日本的；买日本的，一定要买索尼的。

在索尼公司的发展历史上，有过一位叫盛田昭夫的掌舵人，他有过对日本工业企业发展的描述。他说日本特别优秀的公司，不存在外界讲的什么特别的商业秘诀。一个企业的成功，倚重的是人才，而不是所谓高深莫测的发展理论、经营计划，或是政府某项优惠政策。

这是很多年前日本人"掏心窝"的经验，只要认真分析日本企业的成功经验，应该相信盛田昭夫并没有撒谎。

日本企业管理者的重要责任之一，就是要与员工建立良好的关系，培养亲如一家的感情。风生水起、持久不衰的日本著名公司，都是全体员工同甘共苦的企业。企业管理者千方百计培养同劳动者之间亲人般的感情，关心员工的工作、生活、家庭。温暖在八小时以内，延伸到八小时之外。

员工生日、结婚、病丧等，更是企业"感情投资"的大好良机，这是日本企业文化中雷打不动的管理支柱。日本企业管理者的这些做法，中国企业也有。过去中国企业里的工会组织就是这样送温暖的，员工家里遇到生老病死的事，工会负责同志第一时间前去看望，有时还会按照标准发放困难补助。

日本学者一针见血地指出：西方社会的单位是个人，由个人集合而成为国家；日本社会的单位是家，由家而集合成国家。这是日本企业与西方企业在管理上的根本区别。

日本的企业文化，始终秉持"劳资一体"和"以企业为家"的宣传教育，日复一日、年复一年地宣传、操作、实践，由此形成团结奋进的工作精神。日本的传统文化和传统教育，对日本工业发展的稳定以及国家经济发展，确实有着积极的影响，并由此形成了独特的"工业文化"。

一定不要忘记的是，日本在国际文化交流中，总是"接受的很多，付出的很少"。强力吸收、消化外来先进文化，最后形成了日本文化特征——看重现实、重视实践。

日本可以被称为世界先进文化优秀的继承者和实践者。谁好，他就跟谁学；谁强大，他就膜拜谁。中国唐朝当时先进，他就派大批的"遣唐使"来中国学习取经；美国强大，把他们打得七零八落，他们没有嫉恨，而是匍匐在地，向美国学习。为了学习、为了向强者学到本领，日本人能够迅疾忘掉仇恨、屈辱，这是一种集体行为，或者说是集体文化行为。

尤其是近代以来，日本人成功地吸收和消化了欧洲近现代科学技术，不仅发展迅速有力而且极有效果。他们拒绝失败，做一件事之前，好像没有想过失败这个问题；同样也不怕羞辱，上级打下级耳光，怎么打，下级都会觉得应该。这种服从文化，深深根植于每个日本人的内心深处，并且转移到了工业领域，从另一侧面激发了工业发展。

文化离不开教育，这话说得非常明白，认识常用字都很少的人，还怎么谈文化？

日本重视教育，采用的是普及型教育体制。早在江户时代，日本的教育体制已经初显义务教育的痕迹。日本的工业发展离不开教育打下的良好基础，这个基础非常深厚，深得日本国民拥护。每个走进工厂的工人，之前已经接受过良好的教育，理论上都是高素质的有文化的工人。

二战后，日本政府把发展教育作为基本国策，在当时财政极端困难的情况下，坚持实行小学和初中的国家义务教育。到了后期，日本政府又把义务教育在原有基础上增加了三年时间，每年都要拨出国民生产总值的6%作为国家教育经费，这个比例已经非常高了。如此重视教育的做法，对于提高国民文化、提高科学技术知识水平以及改善国民思想素质，发挥了非常重要的作用。

三

二战结束至今，当今世界最为强势而霸道的国家就是美国。美国的强盛与近代工业崛起有着密切关系。

工业化时代的到来，使得美国诞生了"工业寡头"，也有历史学家给"工业寡头"起了个好听的名字，叫"工业贵族"。在世界工业革命之前，"贵族"两个字是高贵的，闪耀着黄金光泽，是可以世袭的荣誉。但是"工业贵族"不一样，他们没有世袭，完全是凭真实本领。

掌握国家巨额财富的工业贵族们，把美国工业领域切蛋糕一样分成多个领域，每个领域都有独领风骚的领袖，比如石油业的洛克菲勒、铁路业的比尔特、钢铁业的卡耐基、金融业的摩根等，所以分析美国工业，肯定要研究工业寡头。

以比较有代表性的工业寡头安德鲁·卡耐基为例，从他个人的成长路径分析，一定程度上能够看到国家层面的工业发展脚步。这个"成功是靠脚步丈量出来"的钢铁大王，有着传奇般的人生经历，是一个可以进行"剖析"的"范本"。

出生于1835年的安德鲁·卡耐基来自苏格兰。在他十三岁的时候，用中国人形容贫穷的话讲，家里锅灶冰凉，真是到了揭不开锅的地步。因为生活艰难，少年卡耐基跟随家人来到美国东海岸的纽约港，随后又去了匹兹堡，开始了艰难困苦、漂泊不定的移民生活。卡耐基先是在铁路公司当电报员，大概由于精力充沛，或是为了赚更多钱，他还同时兼职做秘书工作。穷孩子有个基本特质：永远都会努力工作。很快，卡耐基升任公司主管。也就是在这一年，不甘被命运驱使的卡耐基，在熟悉他的人们的一片惊讶声中，又创立了桥梁公司。

美国南北战争结束后，不安于现状的卡耐基向公司提出辞呈，前往欧洲旅行。没有人知道卡耐基为什么在顺风顺水的情况下突然转向。为什么放下那么多需要做的事情而去旅行？莫非是寻求其他发展？顺风顺水的情况下，一般都是再接再厉，他怎么会要另辟蹊径？他一定在心里觉得，还要寻找最为适合自己的事业方向。什么叫魄力？就是敢于把顺风顺水的事放在一边，去开辟新的领域，在新的领域里摸爬滚打。

在欧洲旅行的卡耐基，不是游山玩水，而是考察适合他发展的相关企业。很快他"盯"上了伦敦的钢铁研究所。那时候谁都不会想到，生活艰辛的卡耐基没有去享受，而是在买下一项钢铁专利之后，又用辛苦攒下的所有钱，买下了"焦炭洗涤还原法"的专利。随后卡耐基马不停蹄，在宾夕法尼亚州与人合伙创办了"卡耐基科尔曼联合钢铁厂"。

卡耐基为什么有了积蓄不是放在银行吃利息，或是做稳妥的实业，而是去买他并不熟悉的钢铁专利呢？在此之前，卡耐基对钢铁行业并没有独到的研究，甚至没有过接触。是怎样的思考方式，让他能够清晰解读当时的美国社会现状和工业发展节奏，促使他在钢铁领域大展身手？唯一能够解释的是，卡耐基是从国家层面考虑问题的，他没有从自身前途考虑，而是站在美国工业发展全局上进行思考。他一定觉得，在当时的美国，工业发展离不开钢铁，因为钢铁是基础。尽管不熟悉怎么炼钢，但卡耐基不是要做一个炼钢工程师，而是要做钢铁事业的统帅。

一个人的行动离不开外部氛围的重要影响，卡耐基深谙那句著名的西方谚语："幸运之神就在隔壁，有的时候她来敲门，你却没有听见。"

卡耐基是个耳朵好使的人，"钢铁女神"离他很远很远，敲门声也是那么微弱，但他坚定地竖起耳朵，听得那样真切，随后马上抓住机会。这就是前瞻意识、长远眼光。

手握炼钢工艺必需的一项重要专利，卡耐基并不急于出手，他还在等待，等待最佳时机的到来。

很快，第一个机会到来了：19世纪50年代，克里米亚战争爆发。

嗅着战场上的火药味，美国人制造了一种新炮弹，但是原先的铸铁炮管不能发射，需要更加优质的炮管。天天睁大眼睛关注世界的卡耐基闻听此事，立即指示公司研究人员进行科学研究和实验。随后科研人员发现，将熔化的生铁放进转炉内，立即吹入高压空气，可以燃烧掉生铁所含有的硅、锰、磷、碳，然后再进行冶炼，就能产出比铸铁"坚强"百倍的材质——钢。这种新型的炼钢手法，就是后来世界各地广为传播的"转炉炼钢法"。此后，从欧洲开始，世界各国逐渐引进这一先进的冶炼手法，世界也由此进入了"钢铁时代"。

战争给了美国"令人艳羡"的工业机遇。

我记得小时候看国产电影《兵临城下》，里面有个反派人物，光脑壳，穿一件敞着怀的白绸衫，说话、做事带着流氓气，还总是挑着大拇指发表言论。他说过一句话，我至今记忆深刻："大炮一响，黄金万两。"当时不明白，打仗、打炮不是花钱吗，怎么还会赚钱？那时候不了解美国，要是了解美国，就会很快明白这句话的道理。

美国工业与"战争"两个字很有缘分。美国建国两百多年来，打了大大小小两百多场战争，频率之高，着实令人惊讶，毫无争议地高居世界之首。

战争没有导致美国国运衰败，而是带来了好运，给美国工业带来走向高端的发展契机。美国喜欢战争，只要战争机器开动，不仅经济发展上去了，科学技术也会紧跟而上。战争是紧急的，战争"倒逼"科技，没时间等你慢慢琢磨，必须加大马力，以最快速度拿出来最新的研究成果，而且还要马上投入生产。

拥有"转炉炼钢法"技术的卡耐基，没有停歇前进的脚步，而是继续奔跑前行。在19世纪60年代，美国的钢铁制造环节比较分散，从采矿、炼铁到最终成品，生产和经营的每个步骤由许多厂家分别承担。这样的生产分配方式，造成产品成本不断增高。这时卡耐基又做了一个重要决定：建立囊括整个生产销售过程的供、产、销一体化的现代钢铁公司。

这个"集中"起来的想法、做法，是卡耐基走向工业寡头的重要步骤，尽管我们无法知悉卡耐基这时候是否具有清晰的"垄断意识"，但不可否认的是，他的脚步就是这样向前迈进的。还有一点也需要强调，无论卡耐基是有意识还是无意识，此时外部条件已经完全成熟。从技术方面讲，成本低廉的"转炉炼钢法"已经使用到生产当中；从市场角度说，彼时的美国钢铁市场已经是供不应求。那么财力上是否还有不足？此时的卡耐基已经拥有数十万美元的股票及其他财产，用中国老话讲，万事俱备，只欠东风。

1889年，急不可耐的卡耐基，自己"刮起东风"，把他投资的所有公司进行合并组合，正式命名为"卡耐基钢铁公司"。此时其他钢铁公司也在美国各地先后出现，美国终于来到了钢铁发展业的巅峰时代。

以辩证唯物主义观点看，任何事情都具备这样的规律：好事能够转变成坏事，坏事也能变成好事。外因变化，内因变化，内外因同时变化，事情也就开始变化。

卡耐基，在面对一大堆的"好事"之后，"坏事"开始来了。

20世纪70年代末我上高中的时候，有一门课程叫"政治经济学"，很大一部分内容是介绍马克思和他的《资本论》。马克思很早就说过，资本家的财富来自剩余价值，他们要尽一切努力，榨干工人身上的剩余价值。

卡耐基时代的美国大老板们，就像马克思说的一样，为了降低生产成本，发给工人很低的工资。比如1890年，美国工人每周工作八十四个小时，每小时工资却不到十美元。工作环境也不好，事故频发。当时美国的空气也受到工厂排放废气的严重污染，环境遭到极大破坏。那会儿美国人怎样看待工厂呢？说出来令人惊讶，美国人把工厂称为"地狱"；把生产钢铁的工厂，称为"地狱中的地狱"。

从苦日子走过来的卡耐基，能够理解工人的生存状态吗？我们不得而知。事实是，作为美国钢铁工业领头人物的卡耐基，在当时的大环境下不可能独善其身。随后发生的事件证明，曾经的"苦孩子"卡耐基，并没有站在工人阶级的立场上，而是走向了工人阶级的对立面。

1892年夏季，卡耐基钢铁公司和工厂工会组织之间，弥漫着令人难以忍受的煎熬气氛。此时劳资双方矛盾不断升级，关系异常紧张。钢铁公司傲慢无礼，公开威胁工会，工人若再不服从公司管理和各项规定，不但不会涨工资，还会不设下限地削减工资。

公司方面说了狠话。话是说了，可心里没底。于是公司用带刺的铁丝网把工厂严严实实围了起来，不允许工人随意出入，不允许工人与外界进行任何接触。此举无异于火上浇油，已经没有退路的工人，在工会领导下经过严肃的投票，决定立刻罢工。车间里隆隆的声响顿时停止了，工厂变得寂静无声，仿佛坟墓一样安静。

这时候，假如公司派人与工会谈判，可能还有转机。但是傲慢的公司没有那样做，而是花钱雇来持枪的警卫，子弹上膛，手指按在扳机上，阴森森的枪口瞄准工人。冲突已经不可避免，工人们气坏了，怒气如炎热的天气一样迅速升温。愤怒的工人们向公司"请来"的警卫队投掷石块，从车间仓库里把过去修理好的大炮推出来，炮口直接对向警卫队。还有的工人把炸药集中在汽车上，开足马力，不顾一切地冲向荷枪实弹的警卫队。在这次充满火药味的冲突中，有十多名工人遇难，直接死于警卫队枪口之下。

工人们的流血，能否换来资方的醒悟，以及国家工业的重新起步？在此之前，我没有认真想过这个问题，没想到"工业文明"会与鲜血、生命产生如此紧密的联系。

1897年，卡耐基公司与工人冲突、发生死亡惨案后的第五年，经过诸多风波考验，头脑更加清楚的卡耐基开始重新审视自己过往的行为。他又要有新举动了。他聘请了一位工程师担任新总裁。这个人可不简单，他就是日后大名鼎鼎的查尔斯·施瓦布。几年以后，施瓦布说服卡耐基，以4.8亿美元的价格出售了他的钢铁公司。这一举措，不仅是卡耐基一个人的改变，而是犹如多米诺骨牌效应，促使其他行业的工业大亨们也开始调整自己的发展战略。

美国工业在不断调整、变化中，终于迎来迅猛发展阶段。"工业寡头"为美国上了一道"大菜"，也为资本主义注上一道特别的解释。这时候，还有人记得卡耐基公司在工厂周围拉起来的铁丝网吗？还有人记得高薪请来的持枪警卫队吗？还有人记得枪下的工人尸体吗？冷冰冰的钢铁大亨的金钱，散发着炙热温度的工人鲜血，就那么同时"摆放"在一起，让所有的"观者"自己去思考。

所有的思考，都应该是全方位的。

进入20世纪以后，美国的经济发展始终领先世界。这种领先不是在某一局部，而是全方位的。有的欧洲国家，工业先进但农业不敢恭维。比如德国的机器制造业、精密仪器业、医药业等诸多行业，在世界范围内都是响当当的，其他国家难以超越，但是，德国在农业方面实在不敢恭维，这是其短板。

国家强大要体现在各个层面，体现为综合实力。

19世纪初期，美国已经有了完善的农业体系，南北战争前的农业产值占工农业总产值一半还要多。假如把工业和农业比作一个国家的双脚，那么美国农业的这只脚，倒是率先迈出去的，而且还迈出了一大步，这可能出乎许多人的意料。假如按照这样的发展节奏，美国似乎应成为一个农业国家。这样的状况持续时间越长，转变起来就会越困难，因为产值的转变，需要国家产业结构进行重大调整，这可不是一件容易的事。

很快美国开始调整"双脚的步伐"。率先迈出去的那只"农业的脚"，开始慢下来。调整"农业在前、工业在后"的发展体系，美国用了多长时间？一百年。可见调整国家产业结构有多么艰难。

从19世纪后期开始，美国工业产值逐步超过农业产值，开始成为真正的工业国家。但需要注意的是，这时候的美国工业产值，主要来源于轻工业。

假如19世纪中后期的美国沾沾自喜于轻工业领域的成就，也就没有其日后的强大。美国人很快意识到，要想国家强劲有力，必须要在重工业上下大功夫。他们开始改变产业结构，在农业、轻工业和交通业的联合推动下，重型工业开始进入突飞猛进的发展阶段。在还有十年就要进入20世纪的时候，美国已经不得了了，主要工业部门都是机器生产。

美国国力的迅速攀升，离不开重工业的巨大作用。为什么总是强调，一个国家的强力发展，一定要以重工业为基础？美国走向世界第一的过程就是一个活生生的样板。在农业、轻工业、交通业已经完备的基础上，一定要大力发展重工业，这是已经被世界工业历史所证明的。

1880年到一战前夕，美国重工业产值增加了五倍，轻工业才增加三倍，两者之间对比非常明显。一个浅显的道理就是，率先发展轻工业比较容易，收效明显，按民间百姓的说法，属于挣省事、省力的"快钱"。但绝对不能躺在"容易挣钱"上睡大觉，否则一定懊悔不已。

当然，这是19世纪和20世纪国家工业的发展经验。到了21世纪的今天，又有了新的标尺和标杆。

经验，永远是一样的。因为经验可以用来举一反三，想都不用想，脱口而出三个字——钢产量。

中华人民共和国成立后，国家决策层已经看到了钢产量的重要性。20世纪50年代或是更早出生的人，一定还会记得中国"大炼钢铁"的那段历史。

记得父亲曾经指着家里的"连三桌子"（并排三个抽屉的桌子）说："你看看这桌子哪里有毛病？"

那时候我才七八岁，刚上小学，我看着桌子，拍拍这儿，摸摸那儿，一脸的茫然。

父亲指着上面的抽屉、下面的拉门，说："原来拉手上都有铜把手，大炼钢铁那会儿，都给捐献出去了。"父亲还告诉我，他还捐献了铁锅，家里只要是铁的东西几乎都捐了。母亲站在炉子前，举着铲子，连声地问："你说你说，怎么做饭呀？"

那段"大炼钢铁"的历史，在许多资料上都有详细记载，还有许多历史图片可以作证。我们能够从另一个角度，读出当年中国对钢铁产量的狂热渴望。这种渴望始终没有消减，虽然脱离实际的全国性大炼钢铁被及时纠正，但是钢铁产量增长的意识并没有止步。说明那时候，国家已经看到了钢产量是工业发展的基础。

我还想起一件不太遥远的往事。小学五年期间，我印象最深的事是"捡废铁"。

当时学校规定，每个学生每个月要上交三十斤废铁。在我们学校不远处，有一个收废铁、收破烂的废品站，我们把捡来的废铁交到废品站，工作人员开一张纸条，上面写着重量并加盖印章，月底我们凑够数额，把收条交给班主任，就算是完成了班级任务。

学校每个礼拜安排半天时间，以学习小组为单位，四五个学生，从学校借一辆平板车，上大街捡废铁。学校就那么几辆吱吱作响的平板车，去晚了，车子借不来，就要拿个袋子徒步去捡。那会儿为了借车子，学习小组之间经常打架。对于我这个现在快六十岁的人来说，回忆起遥远的"捡废铁"时光，也是充满无穷的乐趣。

我们游走在城市的大街小巷，多远的地方都去过，一边走，一边玩。可哪有那么多的废铁呀，大街上捡不到就去工厂，捡铁刨花还有边角料，实在没有，我们就偷偷地"拿"，为此曾经被工人师傅追得满大街跑。有一次，我们小组在"拿"一家小工厂的"废铁"时，当场被一个五大三粗的工人师傅揪住脖领子，一手揪一个，像是提着两只小鸡崽。他没有打我们，只是让我们站成一排听他训话。他挥舞着胳膊，大声喊："这是废铁吗？这是没用的废铁吗？这是我们加工好的设备！孩子们呀，知道是学校让你们出来的，可你们也要分清好坏呀！什么是废铁，什么是设备，你们得分清呀！"

我至今还记得那个工人师傅的面容，还有他说话的语气，甚至他赤红脖子上的青筋都记得清清楚楚。后来，他给我们拿来一大堆真正的废铁，有好多是"铁刨花"，类似现在用来洗碗的钢丝球，只不过当时的"铁刨花"上都是刺儿，好多同学双手都被铁刺儿刺破了。

工人师傅告诉我们下次别来了，然后又说了一句话："将来我们国家肯定会是钢铁强国，等着吧，会有这一天。"我们回到学校，把这件事告诉了班长，班长又告诉了班主任，班主任……后来还有谁知道，我已经记不得了。

19、20世纪，钢产量是衡量一个国家工业是否强劲的重要指标。1870年，美国钢产量68700吨；到了1890年是434万吨，居世界第一位；到了1913年，已经达到3180万吨，占全世界钢产量的40%。钢产量走在世界前端的美国，快速发展之势已经不可阻挡，并且进入到良性循环阶段，于是美国其他行业也在工业带动下迅猛发展。到了19世纪末期，美国还出现了电气、汽车、石油、化学、橡胶等新兴行业，这些行业也都排在世界前列。

另外还有一点不容忽视：美国非常注重科技的作用。当时"科技"两个字并非代表一件事，而是两件事，一个是"科技研发"，另一个是"科技应用"。研发出来了，能不能从实验室应用到车间，这是需要认真思考的问题。

19世纪末20世纪初，工业社会化大生产已经成为美国的一道亮丽风景。为了支撑这道风景，美国建立了各种形式的研究所和工业实验室，一边学习世界上所有的先进经验，一边大力引进先进的技术，把先进技术在某些尖端领域中大胆应用，因为只有在应用中才能发现存在的问题并且及时改进，最后在改进基础上，再进行大胆的创新。

美国的工业成功，还有一个不容忽视的事实：大批高素质移民进入美国本土，为美国工业发展提供了大量劳动力、科学技术和工作经验。美国是个移民国家，当年不少移民都是熟练的手工业者，美国第一台水力纺纱机就是英国移民斯莱特制造的。美国现在的移民政策，瞄准的都是高科技人才，这些高端人才对美国工业发展起到了重要作用。

另外一点也不应忽视。美国地理位置好，远离当时动乱的欧洲，它的南北与两国为邻，东西有两大洋保护。这种优越的地理位置，一方面使美国长期保持和平安定局面，较少遭受战争破坏，有助于工业生产持续、稳定地发展，另一方面也使美国有条件打着所谓"中立国"的旗号，利用欧洲战争和世界战争，坐收工业发展之利。

再来看中国。工业革命以后，中国从一个发达的农业文明大国，滑落成任人欺负的弱国，就是因为错过了工业革命所带来的发展机遇。但是我们现在认清了这一点，这些年中国综合国力不断增强的一个很重要的原因，就是逐步发展成为制造业大国。2010年中国制造业产值超过美国，跃居世界第一位。

美国在20世纪60年代以后，曾经长时间领导全世界的制造产业，而且相当发达。二十多年过后，来到20世纪80年代，美国逐渐将制造业基地向海外转移，结果美国制造业失去竞争力，与此同时贸易赤字开始加剧。伴随而来的是国家财政出现大幅赤字，这样的结果导致雇佣环境开始恶化，美元汇率也就严重贬值，从而使美国经济陷入危险边缘。

今天，中国已经拥有世界上最完备的工业体系，这是不可否认的巨大成就。但也要清醒地看到，我们还存在"大而不强"的问题。中国制造业要想"由大变强"，必须要有紧迫感和危机感。实现制造业的高质量发展，目前已经上升到国运的层面，甚至关乎能否实现中华民族伟大复兴，这是非常重要的认识上的改变。

转变思想上的认识，首先要做思想梳理。纵向梳理尤为重要，要站在高处向下俯瞰，看看中国制造业曾经走过的路，看看失误在哪里，正确在哪里。

纵观中国工业发展之路，始终没有大的中断。早在动荡的战争年代，毛泽东就指出，工业是决定社会变化的重要部门，要把发展工业提高到发展生产力、获得百姓拥护的政治高度。那毕竟是在战火纷飞的年代，工业举措不可能完全落地实施，但是工业发展方向以及重要性，老一代革命家已经作出指示。

1949年新中国成立后，工业得到国家高度重视，在战争的废墟上，年轻的共和国通过借鉴、模仿苏联工业化模式，在极短的时间内迅速建立起相对完整的工业体系和国民经济体系，为中国工业化发展奠定了坚实基础。现在看来，这个相对完整的工业体系，首先建立在自主基础上，最终没有被他国捆绑禁锢，这是最值得我们骄傲的地方。

改革开放初期，中国突破计划经济体制束缚，在制定工业化战略、产业结构调整升级、对外开放与利用外资、工业投资与基础设施建设等方面，用几十年的时间，阔步走完了发达国家几百年的工业化道路，形成了具有中国特色的工业化道路。这同样也是值得我们骄傲之处。

这两个时期是工业发展之路上非常重要的时期，也是从"自力更生为主、争取外援为辅"，到全面加入全球产业分工体系的两个阶段。在这两个阶段打下的基础之上，中国按照国际形势变化，制定了国内、国际双循环发展道路。

纵观工业历史发展，从简单的"工业体系"到"现代工业体系"，中国工业走过了七十多年的艰辛之路。在这七十多年中，中国完全把握住了工业化基本规律，找到了适合中国国情的工业现代化道路，同时也精准地把握住了从依靠单一的国营企业发展，到转变为国营企业、民营企业、外资企业以及合资企业多种所有制企业的共同发展道路。回顾每一个工业历史发展阶段，无不渗透着中国工业战线工人、科技人员的顽强拼搏和坚忍不拔的努力。

在当下新的历史条件下，如何制定制造业发展路线，国家早就胸有成竹，大致制定了这样几个方面的措施与办法：增强创新机制对制造业发展的带动作用，推动数字化转型与制造业的深度融合发展，以生态文明建设推进制造业绿色低碳发展，继续加快对外开放，大力推动区域协调发展并构建新发展格局，大中型企业互相协同以及多种所有制企业共同发展。这样的政策制定，基本上捋顺了制造业发展的所有路径，形成了一条清晰的工业路线图。

大的布局犹如树木的枝干，显然还要有枝叶，这样才能形成一幅优美的生机盎然的绿树图景——

在大数据时代，数字化转型是制造业发展的必然趋势，要推动制造业加速向数字化、网络化、智能化发展，这是构建中国制造业竞争新优势的重要途径。通过工业化与信息化的融合发展，目前已经孕育出来不少新业态、新模式和新机制，有效推进了中国制造业和服务业产业结构优化升级以及现代化经济体系的建设。

仔细深入分析能够看出，中国工业发展之路已经非常明确，其中之一就是要立足打造制造业强国版图，大力推进互联网、大数据、人工智能同实体经济的深度融合，系统推进工业互联网基础设施和数据资源管理的体系建设，特别是要强力发挥大数据的基础资源作用和创新引擎作用，突出先导性和支柱性，优先培育和支持发展一批战略性新兴产业集群，由此来构建产业体系新支柱。另外还要支持和鼓励制造业与服务企业之间双向融合发展，搭建立体化制造业与服务业的融合平台体系，布局有利于产业融合发展的市场环境，以服务业的高效智能与主动融合的态度，进一步提升制造业的综合竞争力。

无论何时，只要看着这张绿树形状的工业图表，就会想到四十多年前我的那些工人师傅们在车间挥舞十八镑大锤的工作背影；想到解放初期便是产业工人的父亲，骑着"二六"型号的"红旗牌"自行车走在上班路上的背影；想到1860年以来天津三条石小作坊里的工人艰苦劳作的背影……正是所有劳动者的劳动背影，构建起中国一百多年来的制造业之路，尽管走得异常艰难，但始终没有停歇，始终在负重前行。

下 部

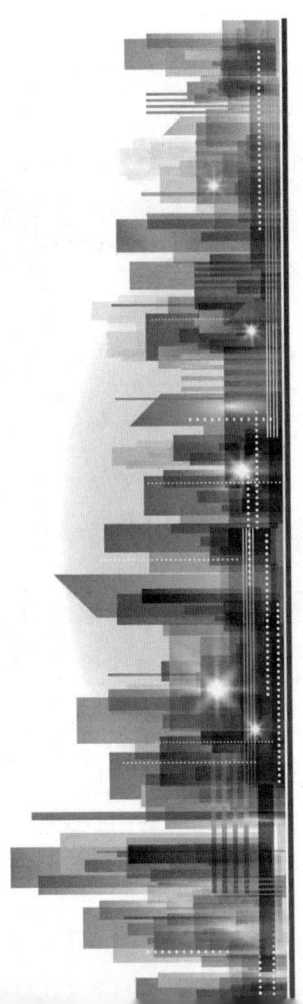

第四章

齐鲁、燕赵的"春秋印痕"

一

写作《三条石》的某天晚上，我梦见了一只大鸟。

大鸟巨大无比，由一块青色巨石雕刻而成。它的翅膀张开，可以覆盖浩渺的天空；飞翔起来的时候，翅膀扇起沉重的风。它的飞翔，能把往昔的故事从岁月的泥塘里掀翻起来，每一滴飞溅起来的水珠，都是一个灿烂的故事。每一个故事，飞到天上去，就会变成一颗星星。

顺着大鸟飞翔的轨迹，我看见了满天繁星。

梦见鸟儿，梦见星空，梦醒之后感到特别惊喜。在我自己的词典中，没有什么动物比鸟儿更具神性，也没有什么物象比星空更引人遥想。

那段日子，经常出现这样的梦境。

有一天再次梦见鸟儿、梦见星空时，却忽然醒来了，对梦境有些依依不舍。隔着窗户能够听见外面的雨声，这一天是"小寒"。在这样寒冷的冬季夜晚，北方的天津没有下雪却下起细雨。我拉开窗帘，看见路灯的光影下，飘着飞刀一样的雨丝。

雨夜会引人生出特别的联想。

想到一个现代人：贾师傅。

想到一个古人：齐桓公。

二

贾师傅是我在发电设备厂工作期间的老师傅。

我来到班组的第一天，最深刻的感觉是：技校学习算是白学了，还得重新当学徒。尽管我学了机械制造原理、焊接学、铸造知识、机械制图，可是到了车间发现没用！最后正式确定"落户"铆焊车间后，几个师傅一同告诉我，你还得从基本功抢大锤开始。

大锤的重量从六磅的开始，有八磅的、十二磅的，最后是十八磅的，据说还有二十四磅的，我没有见过，也没有抢过。为什么用"磅"不用"斤"，我没有问过师傅们，好像他们也没有研究过这个问题，就这样一代代传下来了。

抢大锤是一个优秀铆工匠的拿手好戏，要是没有摸过十八磅的大锤，还敢说自己是铆工，一定会被铆焊车间的人痛骂，找个机会用烈酒灌醉你，他们站在旁边一边抽烟一边看你的丑态。那时候没有手机，要是现在的话，他们可能会拍下来——放心，不会发"朋友圈"，只给你一个人看，让你学会如何做一个好工人，学会如何尊重一个技术职业。我的那些铆工师傅们粗中带细，非常懂得分寸，绝对不会胡来，能够教训你，但还不会让你颜面尽失。

我组长师傅的话，至今犹在耳边回响。他一字一句告诉我，一个铁匠要从拉风箱开始，一个高僧要从打坐开始，一个练武的人要从扎马步开始；一个好铆工匠呢，一定要从抡大锤开始，抡大锤，就是铆工匠的"扎马步"。

组长师傅这几句排比，把爱好文学的我说傻了，惊住了。后来我看见师傅们抡大锤，姿势非常漂亮，不比那些知名的雕塑逊色。

我所在的铆工班组有十二个工人，加上我就是十三个了。除了组长是我师傅，我要跟他学徒外，组里其他人也都是我师傅，他们比我年长七八岁，有几个师傅年岁更大，当时已经五十多岁了。那会儿，五十多岁的人特别显老，面皮又黑又粗，有的还因为抡大锤落下了职业病——严重的腰椎病，走路塌着腰，看上去像是年迈的老爷爷。可是没有人因为干了这份职业觉得委屈、后悔，也听不到抱怨，他们觉得生活就应该这样，好像他们生来就是一个铆工匠。

我是新来的学徒工，都喊他们师傅，也必须这么喊，这是规矩。

当然，还有其他规矩。

每天中午，除了给我组长师傅到锅炉房取热好的饭盒，还要负责班组的"两种水"。一种水，是喝到嘴里的水；另一种水，是下班后的洗脸水。

喝的水好办。我提着一个巨大的灰色铁皮水壶，每天两次去锅炉房打来开水，放在班组中间的铁皮木桌子上。那个大水壶特别沉，我当时体重一百斤出头，腰围一尺九，提那个大水壶时，一定要倾斜身子行走，才能找到平衡，否则根本走不了路。不仅要用胳膊上的劲儿，还要用腰部的力量，用上半身去拖着大水壶走。

洗脸水有些麻烦，还得有一个师傅帮忙。一个大水桶，一根扁担，每天都会有一个师傅跟我搭班。快要下班时，打来一大桶滚烫的热水，每个师傅都往自己加了凉水的小盆里倒上一些热水，先洗脸，再擦身，最后站在小铁盆里洗脚丫子，然后穿戴整齐，干干净净地下班。

贾师傅是组里年纪最大的铆工。虽然年纪大，可是没地位，五十多岁的人了，不会看图纸。不会看图纸的铆工，只能是"大头兵"，一辈子也当不了班组长，一辈子也别想得到大家发自内心的尊重。有技术的人，从十米之外就能看出铸件哪里有问题，不用费心，大家都服你，运气好的话，还可以当上车间主任。

我在铆焊车间待了六年，最大的感受是：在工人眼里，没有好技术、真本事，你就是天王老子，他都不怕你；甩给你一沓图纸，围成一圈看你，能把你的脸皮看红了，能把你的脖子看得缩进腔子里，能把你看得变成一张纸，然后你自己就会乖乖地"顺"进铁板缝隙里。

那是一个崇尚技术的时代，那是一个尊崇工人的时代，那也是一个"手"的时代，绝对不是"嘴皮子"的时代。当然，那也是对精湛技术给予极高待遇的年代。那时候八级铆工挣的钱，比处长都要多，甚至有时还会高过工龄少的厂长的工资。

那时候技术工人地位很高，谁要是不尊重工人，不尊重技术，不尊重师傅，绝对没有好果子吃。

我有个同学的爸爸是八级钳工，他有个徒弟后来当了厂长。过年过节还有师傅的生日，那位厂长徒弟都来看望，看着师傅的眼睛，一口一个"师傅"。坐在凳子上，屁股不敢坐满了，只敢坐一点边，看见师傅有事，随时就能站起来去服务。

我们车间也有这样的风气，我亲眼看到过不尊重技术、不尊重工人师傅的人的遭遇。

车间新来了一个技术员，个子不高，戴副白眼镜，髭须稀落。小技术员不知天高地厚，来到我们铆工组，命令我的组长师傅："你要带领工人甩开膀子干起来，这个水轮机组很重要，是支援非洲兄弟的，一定要赶上工期，耽误了工期谁也负不起责任。"我师傅第一次看见技术员这么牛气，敢对自己指手画脚，就不动声色地故意耍他，把一寸多厚的一沓图纸拿过来，随便翻出一张，小钢棍一样的手指头指着一个斜孔，疑惑地问他："怎么打？怎么也看不明白呀！技术员您给指点一下？"小技术员没有看出来我师傅故意为难他，认真地看了半天，说不出来，但是嘴上不服输，马上抖机灵："你们平时怎么干的就怎么干，这么点小问题还要问我呀？"我师傅不紧不慢地说："这个水轮机组咱们车间是第一次组装，以前没干过。再说了，我是工人，你是技术员，我遇到不懂的地方，不问你问谁呀？你有责任告诉我怎么干！"小技术员答不上来，满脸淌汗，支支吾吾，立刻想走。身高一米八五的我师傅，用膀子挡住他，一挥手，让我"上水"。我心领神会，马上端来一盆凉水，还顺手拿上一条毛巾，雪白的毛巾一尘不染。小技术员看着脸盆，不解地说："我不洗脸，我脸挺干净呀！"一个师傅凑上来说："谁让你洗脸呀，让你洗舌头。"小技术员更是蒙了，嘴里嘟囔着："舌头怎么洗呀……"终于，他在工人们的哄堂大笑中跑走了。那个师傅举着白毛巾，对着小技术员的背影说："这是第一次，给你拿条大的、宽的，下次就给你拿条窄的、细条的……"大家又笑起来，他们都明白怎么回事，唯独我不明白此话含义。我师傅拍拍我脑袋，指着他的部下们对我讲："这帮坏人，别理他们，走，叫电瓶车，跟我去钢板库。"

被教训后的小技术员，下次再看见我们，规规矩矩的，离老远就满脸笑容，仿佛脸上挂着随时会飞起来的灿烂蝴蝶。

我的这些师傅平日说话、做事透着"坏劲儿"，遇到不懂事的技术员、工程师乃至轻蔑工人的领导，整治的办法多得是，他们会让被整治的对象心服口服，以后变得规规矩矩。

贾师傅是个特例。那次整治小技术员"洗舌头"的事，贾师傅没有参与，只躲在一边静静观看。他是我们组里最沉闷的人，从不参与恶作剧。

贾师傅还是一个神秘的人。他不是天津人，是山东淄博人。不清楚他在天津居住了多少年，反正他说的话，我是一句都听不懂，听他的每句话都像猜谜语一样。好在贾师傅也很少说话，休息的时候总是用发黄的眼珠看着车间上空驶过的天车。

贾师傅很神秘，他的右手永远缩进袖子里，无论干什么都是一只左手忙碌。看得出来，他习惯只使用左手已经很多年了，一只手抽烟、点火或是做其他事情，都非常娴熟，好像他生来就只有一只手。尤其是冬天，贾师傅披着棉袄，右胳膊缩在袖子里，左胳膊露在外面，更是感觉他的右胳膊实属"多余"。

有一次，贾师傅让我去工具房借"两米厘"的钻头。我借回来后，他勃然大怒，把钻头往地上一扔，钻头像我小时候玩的"钻天猴"一样，倏地蹦起来，把贾师傅的左手划伤了，很大的一个口子，鲜血流了一地。贾师傅把棉袄抖落到地上，用右手捂住伤口，我这时才看清贾师傅的右手，原来没有拇指。

铆工师傅有个习惯，把"毫米"称作"米厘"。贾师傅的淄博口音我听不清楚，加之刚到车间，没搞清楚"米厘"和"厘米"的区别，他应该是要两毫米的钻头，我却拿来了两厘米的钻头。

面对贾师傅的勃然大怒，我非常疑惑，即使搞错了，也不至于发这么大的火吧？过了几天，星期二开班组会，大家纷纷安慰贾师傅，我才知道他那天勃然大怒的原因。原来，贾师傅唯一的弟弟突然遭遇车祸去世，他那天刚接到消息，心情特别不好。

自从贾师傅在我这个徒弟面前"亮出四个手指"之后，我就能够经常看到他的右手了。我的组长师傅告诉我，贾师傅有个习惯：对刚认识的人，他会极力隐藏自己的右手，但只要被看见过一次，以后他就变得异常大方，随便亮出来。我听了差点笑出来，觉得这个贾师傅倒是有点意思。

贾师傅的弟弟在山东省考古队工作，在前往淄博市博物馆的路上，乘坐的吉普车遭遇失去刹车制动的大卡车，吉普车被硬生生地挤下公路，翻了个底朝天。贾师傅的弟弟脑部受伤，抢救了好几天，还是没有救过来，去世时年仅三十岁。

没有想到，多少年之后我会来到淄博，站在淄博市博物馆的门前。我一下子想到了贾师傅，想到了他那从事考古挖掘、考古研究并且还与淄博市博物馆有过交集的弟弟。

什么叫往事？往事就是多少年以后，总会在某一个节点上，突然想起过去的某件事、某个人。

淄博市博物馆位于市中心的张店区，大门很气派，造型仿青铜方鼎。博物馆建成于1958年，馆藏数量达到惊人的二十五万件，要是不来淄博，根本想不到，这里的馆藏竟然如此丰富。

春秋战国时期的淄博地区，属于古代齐国，也是一个强盛的国家，国君齐桓公位列"春秋五霸"之首。这些知识我在中学时代为了应付历史考试，曾经背得滚瓜烂熟。

齐国为什么称"齐"呢？

根据《史记·封禅书》记载，齐国得名于"天齐渊"的传说。在象形文字时代，"齐"字的书写，是三个并排的箭头，意味着这是一个崇尚箭的部族。另一种解释是，"齐"字很像禾麦的形状，代表这是一个种植小麦的部族。

历史上的齐国，有两大特点值得我们重视。

第一个特点是，齐国非常重视教化。

春秋时期的齐国，有一位非常著名的政治家管仲，人们称他为管子。从齐僖公开始，管仲开始辅佐公子纠。齐桓公登基后，管仲得到鲍叔牙的推荐，担任齐国的国相，被大臣们尊称为"仲父"。正是由于管仲的辅佐和治理，齐国提出了一系列特点鲜明的治国主张，使得齐桓公成为春秋战国时期的"五霸"之首。齐国的教化政策，就是管仲提出来的。管仲认为，人民道德水准的高低关乎国家存亡。他提出治国"四纲"，即"礼、义、廉、耻"，这种理念深刻影响着齐国，并且成为后来中国文化的重要组成部分。

齐国的第二个特点是，特别重视经济发展。

当时淄博大地有一条横贯东西的大道，为商业集市，热闹非凡。齐国以"商工之业"为立国之本，取得一定效果后，开始施行减关税、开商道的优惠政策。当时流传有"天下之商贾归齐若流水"之语，齐国商品遍及其他六国，齐国商人也成为齐国的国家特色标志。

重视教化与商工之业的治国方略，促成了齐国的强盛。

天津早期的工人阶级，绝大部分是来自河北、山东的农民，齐鲁、燕赵文化，也由此渗透进天津工人的文化基因。

淄博之行，让我收获满满。还有一件事情，同样让我感到特别震惊——古代齐国的兵马俑。

在走进淄博市博物馆之前，狭窄的知识面使我听到"兵马俑"三个字，只会想到陕西，想到秦始皇。

已经快到闭馆的时间，偌大的展厅里只有我一个人。

展厅的左右两边都是浅蓝色的光影墙，墓穴里面战马、战车、士兵呈纵向排列，整齐划一。我吃惊地发现，这里的一切都是矮小的、局促的，缺少古代秦国兵马俑的高大威武，缺少顶天立地的气魄。也可以这样来形容：假如秦国兵马俑是一块巨大的岩石，那么齐国的兵马俑就是岩石的局部，怎么看怎么都像是微缩版的秦国兵马俑。

对思想教化、对工商业重视的古代齐国，在兵马俑的形象上显得比较收敛，缺乏霸气。天津工人保守、小富即安的思想源头，莫非与此有一定的关联？当然，这样的联想和判定，缺乏严谨的理论依据，只是提供一个角度，尽可以进行多层次思考。

回过头来，再看天津"三条石"初始时期的作坊以及后来的小工厂，当年对学徒工的要求那般苛刻，有那样多约束性的详细规则，又想到千年之前齐国的"微缩版"兵马俑，两者看上去风马牛不相及，但只要静下心来，依旧能产生无尽的畅想与关联。

批评"三条石"的学徒规则，并不是要抛弃所有的规则，规则还是应该有的，只是不解，为什么是"严厉束缚下的规则"，而不是"开放奖励式的规则"？现代工业企业制定的企业规则，是建立在促进有效增产基础上的规则，是鼓励上进、鼓励探索精神的规则，而不应成为简单粗暴的桎梏。

来到天津的外地人，只要对天津工业文化有兴趣，都可以去坐落于海河三岔河口旁的三条石历史博物馆，看一看当年给学徒工制定的那些规章制度。

工人"勤劳为本"，说得没错，可是，在我们长久以来的观念中，"勤劳"两个字常常伴随着"老实、木讷"，甚至还有"固守"的意思——哪儿都不去，就在这一亩三分地上过一辈子了。我们应该明白，"勤劳"绝对不是"自我束缚"，也不是"作践自己"，更不是让别人作践。遵守法律法规无可厚非，可是束缚工厂的学徒工、束缚工人的独立思考能力，这又是为何？把他们的聪明才智完全扼杀，对企业又有什么好处？

20世纪80年代，我们车间还有技术革新小组。那时候在电影院看电影，正片播放之前，先要播放《新闻简报》或是动画片，然后才开始正式放电影。当时《新闻简报》中总有工厂工人、技术员一起进行技术革新的事迹，许多发明创造就是来源于普通工人。工人师傅们经常凑在一起，把生产中遇到的难题讲出来，然后大家互相出谋划策。全社会都在鼓励工人搞发明创造，大名鼎鼎的"倪志福钻头"便是当时技术革新的成果。

工人倪志福在北京永定机械厂上班期间，发现当时的钻头面对高锰钢就再也无法钻了。倪志福经过钻研、创新，终于在1953年发明了"三尖七刃麻花钻"，提高了钻头的性能和切削寿命，这项发明在国内外企业中引起巨大反响。倪志福发明新型钻头后，受邀前往东欧国家进行现场表演，后来世界知识产权组织给他颁发了金质奖章和证书。工人们在"干一行，爱一行"的氛围中，钻研业务、热衷发明创造，为国家创造了大量财富。特别是粉碎"四人帮"后，"业大"和"电大"非常火爆，要经过考试才能上学，录取分数不比正规大学低。为了上"业大"，好多工人选择自费。说是"业大"，上课也不全是在业余时间，有时也要请事假上学。请事假要扣工资，影响月奖金、季度奖金、年终奖金，即使这样，工人们的学习热情依旧不减。国家也特别重视，将"业大"和"电大"学历等同于全日制大学学历。那时候有多少"工人发明家"诞生？不好统计，但一定不少。

在导致"三条石"工厂走向衰亡的诸多因素中，肯定有束缚工人思考这一点。

三

　　梦境中的那只巨大石鸟，再次飞到高空。它带着我的青春回忆，让我重新看到了"我"，还有"我"的师傅们以及年龄相当的同事。

　　我们工厂里的风气和工人的面貌，在改革开放后发生了一些变化。有的工人穿上西装、打上领带；有的工人穿上"喇叭裤"、戴上"蛤蟆镜"，嘴上唱着"小城故事多"，身上背着吉他。厂里的团委书记站在礼堂兼食堂的大舞台上，鼓励工人上台跳交际舞；厂里的工会主席号召大家上台演讲，发出"尊重知识、尊重人才"的呼吁……

　　1992年的夏季，我得到机会去广州、深圳、汕头、珠海、海口、三亚走了一圈。那是我有生以来第一次离家那么久，回到天津后，才发现自己有了人生中许多的"第一次"——

　　第一次烫头发，第一次穿牛仔裤，第一次穿花格衬衫，第一次使用"BP机"，第一次打响指，第一次唱卡拉OK，第一次在弹簧地板上跳"吉特巴"，第一次得到精装版的《金瓶梅》，第一次管结账叫"买单"，第一次管上厕所叫"去WC"，第一次给我的上级领导提意见……我发现自己有了脾气，敢于对规则和上级领导发出自己的声音。

　　那年我从南方旅行回来，忘了什么原因，与我原先的工人同事见面了，其中就有老孙、老李、老宗。当时我已经离开工厂六年，我们老同事之间的友谊依旧存在，始终没有中断联系。

老孙、老李、老宗看见我的"彩色模样"，走到近前，又往后退了几步，站得很远，瞅妖怪一样看着我。

老孙埋怨道："你都是有儿子的人了，怎么这样打扮？怎么穿奇装异服？你要注意影响。"

那时候我儿子两岁。我烫着"鸡窝头"，穿着花格衬衫，抱着儿子照过像，至今这张照片还放在我写字台上。

我嘿嘿笑着说："南方都是这样的，少见多怪。"

老孙依旧穿着"军便服"，只是常年戴在脑袋上的军帽不见了，额头上压出的帽子印痕依旧清晰，看得出他摘掉帽子的时间不长。老李、老宗也规劝我注意影响，结了婚的人了，怎么穿得跟小痞子一样？

我给他们讲南方的变化。

比如在广州，某编辑部的编辑，下班后做自己的生意，有自己的公司，有自己的员工，单位不干涉。比如在深圳，大人孩子腰上都挂着"BP机"，"有事call我"成为见面与道别时的常用语。在珠海，晚上十二点多了，当地人邀请我们出去吃消夜，走在大街上看着人来人往的场景，想起此刻天津人早已入眠，当时感觉特别激动，胸腔里好像沸腾着什么。

那时的南方与北方，还是有着思想上、行为上的巨大差异。

老孙、老李、老钟给我讲我们工厂的情形。比如学徒工已经"出师"了，可是还得给师傅拿饭盒。拿到什么时候呢，一直拿到师傅退休。难道真要"一日为师，终身为父"？

我能感觉出来，老孙、老李、老宗非常渴望生活发生变化，希望我们工厂发生某些改变。至于怎样变化、变成什么模样，他们又不知道，更不清楚外界变化后自己又会变成什么模样，会不会影响自己的境况。

　　在改革开放之前，你来到一个单位、一个车间、一个班组，意味着你这一辈子都会在这里工作了。除非你当领导，当了段长，当了主任，当了厂长，否则老师傅是什么样子，你就能看到自己未来是什么样子。几十年的人生路程，就是一条直线，可以从"这里"一眼看到"那里"。在这两点之间，你行走的脚印都能看得清楚，一辈子就这样走过去了，日子是重复的，不会有什么重大改变。

　　改革开放改变了很多人的生活。现在的年轻人，可能不清楚中国改革开放之前工人的穿着打扮，我身为其中一员，可以总结一下。那时候工人的外在特征，有三点特别明显：铝饭盒、蓝套袖、自行车。

　　自行车就不用说了吧，大家都明白——工人上下班的交通工具。一般是"二八"型号的自行车，加重的。所谓"加重"，就是后座架的两边多了一个支撑，可以加大载重量。过去自行车的作用很多，甚至可以代替汽车，人们想出各种各样的办法，拓展自行车的功能。

　　蓝套袖——不管穿什么衣服都要用套袖，防止衣服肘部磨破。什么工种特别爱戴套袖？会计。过去会计的形象总是与套袖联系在一起，电影、话剧、舞蹈里所有关于会计的艺术形象，都离不开套袖这个道具。后来套袖的使用范围越发广泛，我们铆工也开始使用套袖。最初套袖都是布的，用破了，再换新的。后来为了节俭，套袖破了，再用布补上，补丁摞补丁。再后来，套袖的材料发生很大变化，改用绸料，不易坏，还好看。工人们都有套袖，不戴套袖的工人太少了。我有过一副灰色绸料套袖，曾经穿着夹克式的蓝色工作服、戴着灰色绸子套袖相过亲，当时怎么看怎么好看。

那时候生活艰苦，人们想尽一切办法让单调的日子丰富多彩。有一个阶段，社会上还风靡过"接腿裤"。所谓"接腿裤"原本是无奈之举，裤子短了，舍不得扔掉，再接上一块，有时用同样颜色的布料接上去，找不到同样颜色的布料，干脆用其他颜色的，后来却发现"接腿裤"有着出其不意的美感，一时间成为一种社会时尚。通过这些小事可以说明，无论生活怎么贫穷，都挡不住人们对美的向往。那时候天津老百姓形容热爱生活的人有句口头禅，叫"臭美"或是"穷美"，一个"穷"字与"美"字并列，想来真是让人无限感怀。

再说拿饭盒吧，看上去不是特别重要的事，其实有着很强的象征意味。

饭盒一般是铝质的，用来带饭上班，不怕摔，好多人的饭盒摔得惨不忍睹，脏兮兮的，还是舍不得扔掉，接着用。过去工人上班都从家里带饭菜，上食堂吃太贵了，吃不起。车间有锅炉房，好几层的笼屉，能供几百人同时热饭。

到了中午吃饭时间，大家围站在锅炉房前，有人把热气腾腾的笼屉从锅炉房里抬出来，小心地放在地上。工人们弯腰上前，犹如等待吃食的大鹅，伸长脖子，脑袋凑到冒着热气的笼屉前，在一片乱哄哄的声音中，努力寻找自己的饭盒。为了避免出现差错，大家一般都会给自己的饭盒做上标记。有的工人把写有自己名字的橡皮膏贴在饭盒上，只是这个办法有些麻烦，总得换新的橡皮膏，水蒸气容易把字迹搞模糊，橡皮膏也容易脱落；有的工人把饭和菜分装在两个饭盒，用细绳子把两个饭盒捆绑起来，捆得特别结实，像是用胶水粘上了，松不开；还有的人，给饭盒进行一番装饰，在盒盖上打上铆钉或是用刀子刻上字。区分的办法多种多样，可就是这样，也还有拿错饭盒的时候。当时铝制饭盒的样式基本相同，稍微不注意就把别人的饭盒拿走了。数百工人的车间拿错了饭盒，不好找，带了好吃的，比如鱼肉之类，也就只能让别人享用了。但大多数时候，人们拿错了饭盒是会物归原主的，在车间走上两圈，另一个拿错饭盒的人也会四处走，一边走一边吆喝两声，也能解决问题。

学徒工给自己师傅拿饭盒，也不用谁告诉、谁教育，自然而然就会了，完全是无师自通。

我上班第一天就主动给我组长师傅拿饭盒，没人告诉我，可我就去做了。师傅坐在铁皮包的长条木桌子前等着，我把饭盒放在他眼前，他点点头，随后我们就各自吃饭了。

我现在努力回想，这个规矩我是怎么知道的？真的忘了。后来有的师傅闲聊天时告诉我，以前的规矩还要大，师傅吃完饭，徒弟还要给师傅刷饭盒，要洗得干干净净，放进师傅书包里。后来因为众所周知的社会原因，师傅们不敢摆谱了。刷饭盒的规矩不复存在，但饭盒还是要拿的，我就一直给组长师傅拿饭盒，拿了六年，一直到我离开工厂。"拿饭盒"算是工厂里尊敬师傅唯一的具体行为了。

改革开放之后，师徒关系发生了微妙变化，徒弟出师后也就不再给师傅拿饭盒了。这让一些老师傅很生气，到处发牢骚，说什么翅膀硬了，没礼貌了，坏了几百年来的师徒规矩。

拿饭盒是尊敬师傅的一个行为，这个行为非常具体，所有人都能看到，也好操作，比过年过节给师傅送礼还要光明正大。我离开工厂这么多年了，想来想去，再没有哪件事更能表现出对师傅的尊敬了。

还有一件事，就是徒弟和师傅之间的称呼问题。那时候，不管徒弟当了多大官，就是当了厂长、局长，见了自己学徒时期的师傅，也要规规矩矩地叫声"师傅"，一直要叫到老，叫一辈子。

当年我从南方旅行回来，我们几个老同事聚会时，老李气愤地告诉我，现在新进厂的小年轻，刚出师就不叫师傅了，"老王""老刘"地叫，成何体统呀？

老孙伸出拇指和食指，捏着我的花格衬衫，向上提了提，问我怎么看这些问题。

我说："不就是一个称呼吗？不就是不拿饭盒了吗？有什么可大惊小怪的？"

老孙、老李、老宗齐声指责我，说工人变得没有礼貌了，就是因为有我这样的"文化人"分不清好坏，才把风气给搞坏的。如今不良风气到处存在，刚出师就不叫师傅，以后还不得闹翻天呀？工厂还有王法吗？车间还有王法吗？没有王法怎么搞好生产？

他们七嘴八舌声讨我、指责我，还让我写文章好好批评一下社会上的不良风气。几个人声讨了好一会儿，又突然醒过神儿来，无奈地对我说，你这个"文化人"都变成这样了，怎么会写批评文章？你都把自己工人阶级的身份忘记了，我们还能指望你吗？指望不上了！你不写批评文章，也能原谅你，你现在不是工人阶级了。

他们越说语调越低，目光却变成了公牛的犄角，恨不得把我顶上天去。我必须转移话题，否则他们会揍我这个"文化人"的。我赶快举起酒杯向他们敬酒、赔不是，说回去马上就写，写好给你们看。一定要尊敬师傅，一定要把"一日为师，终生为父"的口号叫响。老同事们的情绪这才舒缓下来。我也不能说我这几个老同事观点不对，只是有些诧异，他们怎么会如此愤怒？

是要挽回曾经的工人荣誉吗？

如今回想起往事，还是颇多感慨。那会儿我不知道外地企业工人的情况，仅就当时我们厂的情况来看，直到20世纪90年代初，与之前50年代、60年代相比，工厂状况、工人的生活习惯都没有什么太大的变化，要是执意想找出某些变化，也就是拿饭盒和师徒称呼上的改变。

回望历史，不管是天津的地域文化因素还是来自齐鲁、燕赵的历史文化影响，天津工人阶级整体上所呈现出来的文化气质，一百多年来是相对比较"含蓄"的，在历史转变面前显得比较保守。

天津工人的产生，与三种性质的企业有关，这三种企业分别是：外国资本经营的企业、清政府的官办企业（包括官督民办企业）和民族资本经营的企业。这三种企业，前两种所占的比重稍微大一些。民族企业的代表"三条石"，其工人在三者中所占比例相对少一些。

工人参与社会变革，或者说奋起抗争的先决条件是，内心拥有要改变的强烈意愿，也就是不满现状，且希望快速改变。可是技术优良的产业工人，大多数有家庭，上有老、下有小，他们是家庭的顶梁柱，他们需要挣钱养家糊口。让这些顶梁柱们自发地舍弃家人的幸福、稳定，去参与前途未知的社会变革，可能性很小。况且工作在外国资本企业和清政府兴办的企业中的工人，大多数又来自南方，远离故乡，时常有需要稳定的内心暗示。占比例较小的民族资本企业，比如像"三条石"类型的小工厂中，那些来自齐鲁、燕赵农村的工人，在没有巨大的社会变革时，内心也没有自发的强烈要求参与社会变革的思想意识，让这些工人上大街游行、要求改变企业现状和工作条件，甚至是增加工资，客观地说是比较困难的。另外，天津近代工业出现以及天津近代工人产生，要比中国南方的上海、广州、武汉等城市晚了将近二十年。

天津工人队伍真正壮大，是在1914年后的四年时间里，恰是一战期间。西方列强忙于战争，无暇东顾；战争结束后，西方国家又忙于医治战争创伤。在这短暂的四年时间里，中国民族资本飞速发展。天津地区的纱厂一个接着一个出现，比较著名的有1915年成立的裕元纱厂、1916年成立的华新纱厂等。1920年之后，又有恒源、北洋、裕大、宝成等纱厂先后建成。仅这六大著名纱厂就有工人一万多人、纱锭二十二万枚。到了1922年前后，天津已经拥有近十万名产业工人，其中女工比例占到三成以上。

天津工人的性别、性格、出身特殊，早期工人来自农民、渔民和手工业劳动者，这些身份的工人与土地有着天然的联系；还有历史原因——天津工人文化水平低、受封建小生产思想影响很深，存在天然的保守性格，这些性格传承也导致他们缺乏斗争意识，缺乏勇猛性格的弱点。这是历史的局限性，也是文化的局限性。

天津工人阶级从诞生那天起，就在帝国主义列强操纵下的外国资本、中国封建势力把持的国家资本的压迫下，面对险象环生的工作环境。

事例有很多，这里仅举两个。

天津机器制造局的"东局"，在开办初期，工人劳动强度很大，每天工作十二个小时。生产火药的工作更是有一定危险性，可是工厂没有安全防护，工人时刻与死神相邻，车间经常发生火药爆炸事故。有一次，因为制造火药的研药机长时间运转，部件之间摩擦过热，引起火药爆炸，当场把一个工人给炸死了。

工厂没有给死亡工人的家属任何赔偿。厂方的解释冠冕堂皇：这项工作有生命危险，进厂前已经告知，工人是知道的，自己没有注意安全，死了怨谁呢？如此不讲道理的厂方，恬不知耻地宣称自己没有任何责任，真是令人愤慨。

再看看名气很大的开平煤矿。矿方规定，每名工人每天必须挖煤1.25千斤，没有任何机械辅助，完全依靠一把短小的铁镐刨挖，用手捡拾煤块，放到竹编的背篓里，爬着向外运送。如此大的劳动强度和如此糟糕的劳动环境，工钱有多少呢？每天工资0.25元。工人还要随时面对突如其来的危险，如瓦斯爆炸、塌方、渗水等，不知道什么时候矿难就会突然降临。一旦出现事故，特别是瓦斯爆炸，无论矿井下面有多少人，矿方都不会及时抢救，甚至有时还会直接填埋矿井，这样的处理办法可以节省许多费用。

1893年，开平煤矿发生重大事故。因为矿井下面土石崩裂，导致五十名工人被埋在井下，矿上没有采取任何抢救措施，井下工人全部死亡。看见矿上如此冷酷，工人们以及死难矿工的家属联合起来，跟矿主说理，要求发放抚恤金。矿上不予任何回应，同时立刻上报官方，李鸿章竟然亲自批准矿上进行镇压，还明文下令矿上有设立刑具的权力，对那些进行反抗的工人可以鞭笞、上枷，可以直接对矿工判刑。官方给予煤矿的权力很大，矿主根据事态发展程度，可以自主处理，不用上报官方，可见当时官方手段多么凶残。更可以看出来，已经与官方紧密联系的资方，为了攫取最大利润，其手段已经到了没有人性的地步。

即使形势如此严峻、外部条件如此恶劣，工人们依旧没有放弃维护生存和权利的斗争，只不过斗争手段不同。公开罢工也有，但冲突不大。大部分工人面对官方的凶残、蛮横，只是采用怠工、破坏机器和逃跑等办法对抗。

"五四运动"爆发后，天津工人终于勇敢地站起来。

天津距离北京近，最早响应北京学生的是天津大学、中学的学生，随后天津工人也很快加入。天津有七千多名码头工人加入罢工行列，他们集体宣布拒绝装卸日本货物，并且发出誓言——"此后如再有日货进口船只抵埠时，无论其出若干代价，不许为之雇用卸载，如有违背者，从重议罚。"这铿锵有力的誓言，不仅在码头工人中间宣布，还在当时天津的著名报纸——《益世报》上登载。码头工人们向全市市民做出庄严承诺，显示了天津工人从来没有过的豪气、骨气、硬气。这也是天津的文化特点，不鸣则已，一鸣惊人。

天津工人的铿锵誓言，尽管是以"启事"的形式出现，但这已经是天津工人的巨大进步。他们不再唯唯诺诺，不再只有"不要打我，不要扣我工资"这样低声下气的央求，而是挺直腰板，面对天空、大地、人群，把自己不屈服的声音勇敢地大声地喊出来，并且以登报声明的方式，用文字写下永久的记录。码头工人发出的呐喊迅速波及全市，很快带动了纱厂女工等其他行业的工人站起来，还有诸如商会等一些社会组织，他们在学生、工人感召下，也团结起来共同斗争。

为什么有这么多昔日忍气吞声的工人兄弟站了起来？因为天津具有共产主义思想的知识分子发挥了重要的引导作用，尽管人数不多，但是他们启发、培养了工人、学生等重要群体的政治意识和政治觉悟。

四

引导我向世界探寻的"神奇的大鸟"，继续向远处飞去。

它还会看到什么？

在密集、纷繁、复杂的表面之下，能否看到历史皱褶中的更加深邃之处？

其实深邃之处往往又是最为简单的。工业良好发展的根本经验，就是如何看待制造业是立国之本、强国之基。不要想着如何投机致富，不要想着弯道超车，安心科研、安心学习，不要玩概念、玩意识，只有回归制造初心才能创造真正的价值。

中国工业用踏踏实实的具体行动，不仅表明了制造业是工业发展链条上最为重要的环节，更明示了制造业的特别重要性。制造业用一次次有力的腾飞、实实在在的成就，把中国制造业创造的辉煌不断推向世界瞩目的高峰，引起世界媒体的强烈关注，世界各大通讯社通过各种方式予以特别报道。特别是十九届六中全会之后，这种关注更是达到高点，并且每一次论述，都始终与政治关注联系在一起。

比如某国外媒体就说，党的十九届六中全会审议通过的《中共中央关于党的百年奋斗重大成就和历史经验的决议》，是对中国共产党迄今为止业绩的高度评价。中国共产党建党百年的历史进程中有过三次决议，分别是在1945年、1981年以及2021年。中共的第三次历史决议与前两次决议有着很大不同，不是为了处理路线斗争，而是"百年交替"和"继往开来"，总结过去百年执政经验和成就，同时揭示中国第二个百年目标。十九届六中全会审议通过的这一历史性决议，是在中国成为世界强国的历史节点上回顾过去一个世纪的文件，同时在工业发展模式上也进行了重大调整，在不拒绝与外界合作的同时，中国工业新的发展战略开始着眼于国内市场。并且特别赞扬道，在过去的工业旧模式中，中国为外国大公司提供廉价的装配车间，而在新的工业战略中，中国将大力进行创新发展，中国工业特别是制造业将走出低端发展模式，向着高端发展阔步迈进。

还有的国外媒体预言，在中国国际影响力不断上升的进程中，中国十年内将成为世界最大的经济体，随后话锋一转，再次提到中国制造业，说中国制造业已经从低端制造转向科技强国征程，转变了以前不惜一切代价谋求增长的简单做法，开始专注于绿色发展和生态环境。

国外媒体各种评价、评论非常多，证明世界已看到一个确凿的事实，那就是中国制造业正在摆脱低端重复，开始向高精端方向大力发展，正走在由制造业大国转向制造业强国的发展之路上。

将国外媒体声音暂且放在旁边，我们自己冷静下来回顾制造业发展历程，也确实令人振奋。近十年以来中国制造业的发展，以不可抑止的力量在强力转型，政策制定者以及制造业从业者已经在思想上达成共识，要想建设制造强国，必须筑牢实业根基，必须始终如一地高度重视发展和壮大实体经济，把发展经济着力点放在实体经济上，咬紧牙关，克服一切困难，坚定不移走建设制造强国、质量强国、网络强国和数字强国的道路，全面推进产业基础高级化、产业链现代化，尽一切可以壮大的力量，提高经济质量效益和核心竞争力。

制造业的有识之士已经注意到一个问题，并且发出同一个声音：不要一说到"创新"，就把所有旧的抛弃，绝对不是那样简单粗糙。实体经济与传统产业紧密相连，在注重实体经济的基础上，仍必须注重传统产业，那是我们的初心。也就是说，所有的创新都不能抛弃传统产业，不要一说到大数据时代，好像传统产业就落伍了，那样看的话，实在有失偏颇。

为什么必须注重传统产业呢？因为传统产业是工业的重要组成部分，占工业增加值的80%，纺织、轻工、钢铁、石化、机械等传统产业，更是直接关系到国计民生，因此推动传统产业转型升级，同样是建设制造强国最为重要的任务之一。从新中国成立到改革开放，中国的工业城市，特别是像天津这样的工业城市，数十年来的工业支柱就是纺织、轻工、石化和机械等行业，强力支撑着城市的发展。

国家科学把控，实事求是分析中国制造业基础和形势，所以制定出相关政策，特别关注传统产业，因此"十四五"时期推动传统制造业转型升级的同时，也把互联网、大数据为代表的新一代信息技术与传统产业进行深度融合，推动传统企业进行数字化改造、智能化升级。

装备制造业是制造业中体量很大的组成部分，也可以说，装备制造业是制造业的"脊梁"，是"龙头老大"。我国在装备制造业的发展同样可喜可贺，"十三五"期间就已经获得巨大成功，除了一艘艘巨轮还有一件件大国重器相继问世：天问一号火星探测器、C919大型客机、复兴号高铁、八万吨模锻压力机……

"十四五"期间，中国在研发、制造重大装备时，在自身提升前进的同时，还注重给国内配套企业更多应用、试错和提升的机会，要把配套企业拉进来，通过互动来推动整个制造业的技术进步。重大装备制造是一项系统工程，对产业链要求很高，因此带动性也就很强，可谓牵一发而动全身。

第五章

文化、知识、学习与教育

一

我想到了渡口。

站在渡口，需要明确前进方向。

古代航船需要"碇石"。所谓的"碇石"，就是航船远行的"保护神"。

我在广东阳江市参观过"南海一号"发掘现场。他们用了最先进的整体移动方式，把沉船移到岸上，并为这条千年沉船建起一座遮蔽风雨的"水晶宫"，保持与海底一样的温度、湿度，最初几年还引入海水，在继续浸泡船身的情况下，进行考古发掘工作，并成为可以参观的"发掘现场"。已经十几年了，还在慢慢进行考古式的发掘，所有的地方，包括污泥，都是一寸一寸地过滤、整理、收集。

我在现场，被眼前的一件东西吸引。

它叫"木瓜碇石"。木材制作的"木瓜"，中间部分凿出孔洞，穿进一块条石——也就是"碇石"。石块有多重？四百二十千克，完整的一块花岗岩，菱形，三米多长。木瓜碇石固定在帆船前部，用来压住船头，防止船头遇浪遇风上翘，同时还能起到平衡船体的作用。更重要的是，木瓜碇石还能稳定航行者的心理。

大海航行需要保持稳定的心态，人生航程则需要开阔的文化视野，需要文化积淀。

这让我想起久远的往事。

20世纪70年代末期，上中学的我第一次听说了"亚洲四小龙"。告诉我"亚洲四小龙"的，是一位英俊潇洒的建筑设计师，如今回想起来，他长得有点像明星金城武。当时我坐在他的办公桌旁边，他的另一侧放着带有支架的设计图版。他戴着一副白边眼镜，手指细长白皙，眉头总是微微凝蹙，似乎有着无边无际的心事。只有在说到"亚洲四小龙"这个话题时，他忧伤的目光才瞬间发生变化，带着憧憬说，将来我们一定能比"四小龙"做得更好。沉吟片刻，他哼起李光羲的《祝酒歌》，随后激昂地说，我们国家将来要走到世界第一……

青年设计师"金城武"说了很多的"超过"。现在想来，"超过"的理想确是应该拥有，但关键是我们更要深思，怎样才能超过？要发展高科技，要注重教育。

拥有居世界前列的"高科技"工业，是一个国家能够挺起胸膛的根基。要想达到世界前列的目标，只有一条路：必须拥有科技创新的能力，要拥有不被他人钳制的本领，如此才能走得更远。

必须鼓励青年多读书、多实践，认识到高科技的重要性。

20世纪80年代初期，国家刚刚"拨乱反正"，有那么多人拼命要上大学。即使考不上脱产的全日制大学，也要上"电大"，上"业大"，上"职校"。夏季夜晚的街边路灯下，到处都能见到拿着书本刻苦学习的青年人。所有市级、区级图书馆，一大早座位就没有了，但大家即使坐在台阶上，也能专心读书。图书馆里鸦雀无声，真是掉根针都能听见，人们都在认真读书、学习。

那时候我也疯了一样，发誓要学习两样本领，一个是英语，一个是速记。现在想来我自己都糊涂，当时怎么会把"速记"当作科学本领？

那会儿，我每个星期都要去天津劝业场附近的一家外文书店，书店对面就是赫赫有名的中国大戏院，梅兰芳、尚小云、马连良等许多京剧名角都在那里演过戏。在那家位置显眼的外文书店里，英、法、德、日、阿拉伯等许多语种的报刊都能买到，其中英文报刊最多。我买来英文报纸，对照英汉词典学习，还买了英文版的长篇小说《根》。我英语说得不好，但是借助英汉词典，还能囫囵吞枣地看懂英文报刊。后来专心写作，英文学习放一边了，想起来就觉得遗憾、可惜。

关于速记学习，我也是下了狠功夫的，天天对照一本速记学习手册，描红一样学、写。如今想来，当年立下的两个志向——英语、速记——都没有学到手。特别是学习速记的缘故，还把字给写坏了，至今还是一手丑字，怎么都改不过来了，只要遇到有关于签名的事，我心里就特别慌，想来也是哭笑不得。

回忆往事，总是令人感慨不已。

我至今还清楚地记得那个告诉我"亚洲四小龙"的青年建筑设计师手里的铅笔，当时他不断在一张白纸上来来回回地戳、来来回回地写。铅笔戳破白纸的声响，至今还会在我耳边响起；那张被铅笔戳得满是破洞的白纸，看上去充满无限怅惘和哀伤但又充满希望。每个有志青年都有报国之心，没有人不想让自己的国家繁荣富强。

二

用文化作为"显微镜",去审视工业出现的某些问题,对工业发展大有裨益。文化思考的深度和广度,决定了其对工业的有效把握程度,并势必会对国家前进方向形成一定的助推。

反过来,国家发展方向又会决定文化形态。

无论什么时候,只要说到"文化",肯定离不开"教育"。假如把"教育"和"文化"当作两个具体事物的话,两者之间应该是托举的关系,毫无疑问,"教育"托举"文化"。

教育延伸的方向非常广泛,与文明、素质、教养、形象等都有很大的关系。搞好教育,特别是搞好中小学基础教育,决定了一个国家的基本文明程度。教育做得好,国民素质会有整体提高,一个国民素质很高的国家,工业水准也差不到哪儿去。

中国是一个重视教育的国度。

记得看汪曾祺的小说,提到民国时期的师范生,国家管吃管住,上学期间还会发薪水。给师范生这么好的待遇,就是因为他们毕业后要去当老师。但是也有规定,将来他们要是考大学,想要中途转行,那就必须先有两年教小学生的经历,否则不允许转行,这是硬性规定。1949年中华人民共和国成立以后,更是重视师范生,在生活待遇上同样管吃管住,也会发放生活补贴,甚至对幼儿师范专业也是同样对待。

中华人民共和国成立时,全国文盲率80%,剩下的20%又是怎样的受教育水平?为了提高教育水平,国家竭尽全力,能想到的办法几乎都用了。我看过一张配有文字的某运动会的老照片，运动会也要与识字有联系。在短跑赛场上，每个运动员起跑前都会领到一张纸板，发令枪响后，每个人按照先前的规定，在纸板上写字，谁写得快——前提是书写正确——就可以扔下纸板起跑了。如果写错了字起跑，那是要扣分的。可见当时我们国家为了提高国民识字率，各种办法无所不用。

由此我们也不难想象，一个文盲率如此之高的国家，近代受到帝国主义压迫剥削以及日本军国主义侵略，在贫穷落后的基础上，开始新中国教育前进的脚步，该有多么困难、多么艰辛。

还有一个事实也不容忽视。

中华人民共和国成立时，全国人口5.42亿，其中农业人口达到4.84亿。这样的社会现状、城乡社会结构，发展工业该有多大难度？当时农业和传统手工业的收入占国民经济收入的90%，我国人均国民收入不到邻国印度的一半。那时候的中国，主要工业产品产量在世界份额中占多少呢？大概可以忽略不计。

农业大国、众多文盲，这些必须正视的情况，制约着刚刚成立的新中国的经济发展，教育、知识、文化的作用显得非常重要。

知识分子的作用，就是要发出时代的强音，要大声地喊出来。

洋务运动从1860年开始，但是知识分子发声——还不是全体一致的发声——却晚了三十多年。

1895年，梁启超、康有为集结了六百零三名举人，联名上书光绪皇帝，反对政府与日本签订《马关条约》，历史上称为"公车上书"。这次事件被认为是"维新派"登上历史舞台的标志，是维新派的公开发声，也被认为是近代中国知识分子参与社会变革的开端。

"公车上书"之后，维新派要求变法的呼声，昼夜不停地响彻中国大地。但是有一点我们要看清楚，"公车上书"是知识分子"央求"皇帝进行改革求新，把社会变革的希望寄托在皇帝一个人身上，认为圣旨下达，社会改观，一切都会变成新的模样。知识分子尝试推进国家上层进行变法求新，期待从上至下焕然一新。

清朝末期觉醒的知识分子，依旧沿袭旧有的传统观念，没有注重普通民众的觉醒。他们只关注上层人物的心理变化，天真地以为只要皇帝点头了、支持了，中国就有变革希望，就会走上一条富强之路。如此稚气的理想，导致维新派变法失败后，"六君子"在菜市口被砍头时，有那么多普通百姓围观叫好，还有人向他们身上扔垃圾。慈禧下令钝刀行刑谭嗣同，刽子手砍了三十多下，谭嗣同才终于咽气。每一刀下去，围观人群就会热烈欢呼。没有咽气时的谭嗣同，听着那些叫好声，他心里在想什么？

中国早期知识分子崇尚帝王的行为，是因为他们没有认识到要在普通民众之中求变，一定要通过社会基层群体的改变，来进行进步思想的传播，这才是社会改变、前进的最佳途径。

中国近代知识分子注重上层结构，很少涉及下层社会。当世界平稳的时候，他们的美妙理想尚能飘浮，遇到军阀割据、混战，刀枪棍棒满天飞的时候，理想立刻变成泡沫。

国民党政权1949年被赶离大陆前，政体已经变成一具空壳，基层组织早就不复存在。许多地区的县党部，在国民党失败溃逃之前，只有一个人，只剩下挂在老旧房屋外面的一块斑驳的破牌子。国民党政权不把老百姓当回事，在他们眼里，百姓如同草芥，所以他们的失败也就理所当然。相反，中国共产党重视广大贫苦百姓的利益，也就有了淮海战役期间，山东百万劳苦大众用小推车、用大煎饼、用"红嫂"的军鞋，齐心协力支援共产党军队的伟大壮举。共产党一心为了人民利益，所以人民支持共产党。

如果认为把西方法律和西方观念输入中国，就可以万事大吉，国家就可以鲜花灿烂、社会进步、人民幸福，那无异于空中楼阁，注定失败。

从"公车上书"到中华人民共和国成立，相信许多人以为时间间隔久远，其实计算一下，不过才五十四年的时间。为什么在如此之短的时间里，中国能够发生翻天覆地的变化，从"帝制时代"一步跨越到"新民主主义时期"？

中国共产党的成功绝非偶然，社会主义制度建立也绝非那么简单，其中有着深层次的历史原因。1921年中国共产党成立，那时候无论世界还是中国，大概都没有哪方政治力量给予足够的重视。"十月革命"胜利后，世界上所有政治力量，也包括中国大地上的所有政治力量，都真切听到了"十月革命的炮声"，感觉到布尔什维克摧枯拉朽的强大力量。但是共产党作为中国政治舞台上新生的政治力量，普通百姓还是不知道是怎么回事，除了国民党政府、各地军阀诽谤宣传之外，不要说普通民众，就是相信共产党的进步人士，对其也并非完全深入了解。

中国共产党人取得胜利的法宝，就是唤醒广大贫苦民众的思想觉悟，同时，让革命阵营中的人，时刻清楚自己追求的理想——为了广大劳苦大众的根本利益，提高普通民众的思想觉悟，用广大民众的力量去推翻阻碍社会进步发展的旧体制。

中国共产党人在文化教育、启迪思想觉悟方面的代表性杰作，一个是"农民运动讲习所"，另一个是"工人夜校"。

不可否认的是，中国工人阶级的组成部分中，农民是占有一定比例的，无论是清朝中后期，还是之后的各个历史阶段，从农田里洗净双脚、走向工厂的农民不在少数。中国共产党人早期的"农民运动"，也为后来中国工人阶级队伍的壮大奠定了重要基础。

我想到了农民运动讲习所。

这个名字早就曾出现在我高中时的历史课本里。后来我来到广州，看到眼前的讲习所时，完全颠覆了青年时代的想象。数十年前，十几岁的我以为"农民运动讲习所"是在绿树成荫的乡野中，是在清澈溪水旁的茅草屋里，是在荒无人烟、鸟鸣阵阵的树林深处。

可是，讲习所原址却在红墙黄瓦、古色古香的古建筑群落中。明清时代这里是番禺县培养儒生和祭祀孔子的场所，叫"番禺学宫"，建于1370年。当年的建造者不会想到，五百多年后这里会成为中国共产党人宣讲救国道理、唤醒农民精神觉悟的地方。从1924年开始，农民运动讲习所一共举办了六期，前五期在其他地方，第六期才迁到这里。

第六期讲习所所长是毛泽东，萧楚女任教务长，周恩来、瞿秋白、吴玉章、邓中夏、澎湃等人担任讲习所教员。讲习所还聘请过郭沫若、何香凝等人进行专题演讲，受到学员们的热烈欢迎。

讲习所的性质决定，这里主要讲授有关农民运动的各种课程，中国革命早期的"农运"干部，大都在这里学习过。这里是共产党启蒙民众的地方，是发动农民运动、提高农民思想觉悟的"农民黄埔军校"。

1926年5月到9月，近半年的时间里，毛泽东在这里主讲，分别讲授了"中国农民问题""农村教育"和"地理"三门课程，他还编辑了《农民问题丛刊》作为教材。毛泽东讲授的这三门课程，前两门比较容易理解，但为什么他还要给从事"农运"工作的革命者讲授地理课呢？

毛泽东的精神世界里蕴涵着中国传统文化精髓，但他说的话、他讲的道理，用老百姓的话说都是大白话，朗朗上口、通俗易懂，"打土豪，分田地"，"枪杆子里面出政权"，多么简明扼要！"泥腿子"们完全听得懂，这就是我们常说的"文俗则远传"。

毛泽东的授课内容非常注重实际，注重与中国革命实际相结合，仅从课程安排上就能看出来。注重"问题"、重视"教育"，在提高文化的基础上，让来自乡村基层、将来也要回到乡村从事"农运"工作的学员们掌握处理各种复杂工作问题的方法。另外，地理课的设置和教授，有着让学员增加多重视角看世界的设想。多年之后，许多来自农村的学员成为工厂里的工人，成为中国工业发展、工业革命的"顶梁柱"。

早期共产党人提高民众思想觉悟的另一法宝——"工人夜校"，又是怎样的情况？

团结劳苦大众，争取大多数人的自由解放，在绝大部分人处于贫穷、文盲状态的国度里，要想唤醒民众精神、独立意识，不能缺少教育和文化。用"公车上书"的办法是行不通的，要用百姓听得懂的语言，要用百姓能够接受的方式。

当时共产党人创办的最有名的"工人夜校"，是广为人知的安源工人夜校和文化补习班。正是由于中国共产党人注重启迪大众文化水平与思想觉悟，"安源路矿工人大罢工"才能取得最后胜利。

安源路矿是萍乡煤矿和株萍铁路的合称，株萍铁路是专为运输萍乡煤矿煤炭而修建的，路矿两局共有一万三千名工人。萍乡煤矿是当时中国最大的工业企业——汉冶萍公司的主要厂矿之一，公司也是当时最大的官僚买办企业，受日本帝国主义的控制。煤矿工人在帝国主义、封建主义和官僚买办的压榨下，生活极为悲惨，随时都有可能丢掉性命。

安源路矿我去过，那里至今还在产煤，但已不是安源路矿所在地萍乡市的经济支柱，当地已经有了更加环保的产业模式。

毛泽东在安源组织过工人运动。那幅他拿着油纸伞、身穿灰布长衫走在山间小路上的油画，在上世纪六七十年代风靡全国，至今我印象还特别深刻。我上小学的时候，在老师指导下，还描摹过这幅画作，用蜡笔上过颜色。

1921年秋季毛泽东前往安源路矿，他当时的身份是湖南第一师范学校教员，另外还有一个身份，一师附小主事。所谓主事，相当于校长。他利用这个公开身份来到安源，走亲访友，参观访问，推广平民教育。毛泽东在安源期间深入矿井、锅炉房、餐宿处，广泛接触工人，了解工人生活疾苦，启发工人思想觉悟。在之后的几年里，毛泽东先后去过安源三次。

刘少奇也去过安源，也从教育入手，经过一段时间的艰苦努力，创办了第一所工人补习夜校，白天小学生上课，晚上工人上课。工人夜校的经费，由湖南和上海一些热心工人教育的人募集而来，由工人俱乐部拨给。夜校教材采用粤汉铁路工人学校的讲义，后来夜校教员自己也先后编写了《补习教科书》《小学国语教科书》和《工人读本》。

毛泽东、刘少奇等老一辈无产阶级革命家，通过文化与教育这两门看不见的"重型火炮"，轰击出了一条工人阶级前进的道路，同时也起到了启蒙、教育、普及的作用，真正把教育和文化扎根在大地上，扎根在底层民众中间。

三

作为天津人，并且是有过六年工厂经历的产业工人，我始终在想，从工业视角出发，站在"工人、工厂、工业"的角度上，普通民众应做哪些具体工作，特别是来自工业领域的知识分子要如何关注、呼吁，才能形成合力？

无论陆上还是水上，天津都是北方的交通要道。历史上天津的人口流动，主要来源于河北、山东两地农民，以及一部分早年淮军的后代，再加上"码头文化"的影响，使得天津文化有着明显的消闲文化的特征，这也是天津能成为"曲艺之乡"的原因，但是其消闲文化中还蕴含着尚武威猛的遗痕。其实，这样的特征同时也蔓延到河北、山东两地，多多少少产生了一些影响。

如何在满足市民阶层文化需求的基础上，提高文化营养，增加文化厚度，提升文化高度？这需要所有知识分子共同努力，特别是需要来自工人阶层的知识分子的呼喊。

我想到一个人，他就是因"改革文学"名扬中国文坛、中国大地，并在中国改革开放四十周年之际，被授予"改革先锋"称号的著名作家蒋子龙。

出生在河北省、曾在部队服役、最后在天津写作的蒋子龙，不仅作品与工业相关，他本人的命运也与工业密切相连。20世纪六七十年代，蒋子龙在天津重型机器厂工作。他当过厂长秘书，后来成为车间主任。他所在的车间很大，将近千人，放在今天那就是一个颇有气势的企业。

　　蒋子龙书写天津工业、中国工业，始终关注天津工业发展。正是在天津重型机器厂期间，他创作了中国当代文学史上的名篇佳作《乔厂长上任记》。这部作品不仅影响了文坛，也影响到了天津社会。

　　我记得，大约是在1983年，有一天早上，我一边吃早点，一边看蒋子龙的一本短篇小说集，中青社出版的，蓝色封面。这本小说集是蒋子龙送给一位记者作家的。那位记者作家，是我接触到的第一个写了小说还能够发表的人。记者作家把蒋子龙的书借给我看，他跟我讲，你也在工厂，一定要好好看看蒋子龙的小说。当时一个师傅看见了，把书拿过去，举着书向周围的人喊道："'天重'的蒋子龙又出新书了。"那时候，身边工人没有一个不知道蒋子龙的，至今我与老同事们相聚，他们还会说起蒋子龙。可见，只要你书写了工人心中的真实想法，书写了真实的工业状况，工人们永远不会忘记。

　　不久前，我看到蒋子龙接受白岩松的采访，那段对话令我产生了无限感慨。从对话中能够看出来，这位从天津工业战线走出来的"改革先锋"，至今仍对工业、工厂和工人有着无比深厚的感情。

　　白岩松问蒋子龙："当时写《乔厂长上任记》的冲动是什么？今天人们说是'改革文学的发端'，您当时想要改革的是什么？"蒋子龙回答说："改革，很多人认为是政治概念、政治口号，其实它也是文学概念或者是哲学概念。我写《乔厂长上任记》，当时也是最艰难的时候，那会儿人们只求平安，只要不出事就可以了。当时不知'改革'为何物，也没有'改革开放'的概念。我总有这样一个想法：如果我当厂长会怎么做？……写《乔厂长上任记》是发泄，不然会得病。"

白岩松继续追问:"您当时想过如果自己当厂长会怎么样,有了这部小说后,如果真把您提拔成厂长,是不是就不会写小说了?"蒋子龙立刻回答:"其实我真的不愿意写小说,如果在作家和厂长之间做选择,我会选择做厂长。如果我主持那个厂子,厂子不会垮。"

当我看到这句"如果在作家和厂长之间做选择,我会选择做厂长。如果我主持那个厂子,厂子不会垮"时,作为曾经的工人队伍一员、文学后辈,我有一种要流泪的冲动,有一种想要呐喊的冲动。

知识分子、文化人士,无论拥有怎样的文化身份,只要心中能够拥有蒋子龙这样对工业、工人的炽热情感,天津的工业、中国的工业怎么会没有希望?国家工业的发展,不单是工业领域之事,而应是全社会所有人的共同责任、共同担当。不可否认,天津工业、中国工业发展到今天,依旧需要蒋子龙这样的铮铮硬汉,在文化层面发出强力之音,为工业奋勇前行而振臂高呼。

文化人士要把制造业是立国之本、强国之基讲得透彻,要用文艺作品形式去表现,要让社会中所有人都明白这个国家发展的根本道理。

第六章

三条石历史博物馆、望海楼、"天津之眼"

一

在书写《三条石》初期，我感觉自己是大海上的漂浮者，面对来自历史、现实的犹如滔天波浪的资料和信息，时刻处在紧张、茫然、无措之中。我像是在捕捉一个没有边际、随时可能飘移的物体，心境始终不能安稳下来。古代大海中的航船，除了大船前端有"木瓜碇石"，大船底舱还有稳重的"压舱石"。那么《三条石》这部作品的"压舱石"是什么？没有人问过我，我只是时刻在问自己。

再次想到三条石历史博物馆。

"三条石"是我思考天津工业、中国工业的出发点，之后遇到的所有难题，都应该回到这个出发点，静心寻找正确的思路。

无数次前往这座给我灵感、给我激情的博物馆。尽管只是一座经过修复后的逼仄小院，在周边高层建筑还有漂亮别墅的包围下，小院犹如大海中的一座孤岛，显得那样微不足道，那样孱弱无力，可它却是我"天津工业心境"的"精神支点、分析重点"，更准确地说，如今这个"点"已经悄然变成关于天津工业未来的"瞭望哨"。

从这里，我能看得更远。

可以做这样的设想：把海河边上的三条石历史博物馆、望海楼和"天津之眼"，当作分析天津工业、天津文化的三个视角，正好也是地理意义上的"下、中、上"三个位置；继续引申的话，还是思想层面上的"低、中、高"三个角度。

无数次分析、比较，还要继续研究、探讨，每一次深入都不是无用功，都会有所发现，都会清晰思路，都会有所启迪。

继续前行。站在三条石历史博物馆这个"点"向远方瞭望，我已经由"点"看到了"大"，无限的"大"。

二

回忆天津往昔，畅想天津未来，还是要从"水"说起。犹如开篇从"水"讲起一样，无论怎样望远，也要以"水"作为基点。

据历史记载，在海河航运鼎盛时期，河面上可以通航千吨大轮船。如今站在海河边上的亲水平台，微泛涟漪的河水如此安静，像个害羞的姑娘，实在无法想象千吨轮船行驶在海河该是怎样的壮阔场景。

因为海河与渤海相连，所以它拥有海的气势、海的内蕴，在"河"的前面缀上"海"字，使天津这座始终低调内敛的城市拥有了外在的阔大气势。这是历史的赐予，更是历史的必然。无论天津经历怎样的爬坡过坎，这种由"水"带来的阔大气势，始终是天津战胜一切困难的底蕴。

天津"水"的经历，也是一路艰辛。

潮起潮涌，天津人在家门口就能嗅到海水的气息、享受海风的吹拂。早年涨潮的时候，在海河边上随便下网，就可以打捞上来品种繁多的海鱼。这些海鱼把天津人的生活品味吊得很高，也就有了后来流传民间的"当当吃海货，不算不会过"的俏皮话，把家里东西送到当铺换来钱也要吃口海鲜，可见天津人的日常生活与大海有着怎样的密切关联。

20世纪90年代初，最后一条客运航线在海河停运。海上航线的悄然中断，意味着天津与大海的日常生活联系的中断。我查遍当年天津的报刊，关于这条客运航线停航的新闻报道，只在《天津日报》上找到"豆腐块"大小的一点消息。

没有办法，只能从自己的记忆中寻找历史痕迹。

海河边上有一条街道叫台儿庄路，在这条马路上，曾经有一家客运轮船售票处，高高的台阶，窄窄的窗口。买好船票，到了开船的日子，到小白楼附近的码头上船。市内客运码头被称作"大连码头"，位于小白楼地区浦口道。

大连码头名气很大，最早修建于1895年，因为位于德租界，理所当然由德国人修建。1937年天津沦陷后，日本的大连汽船株式会社在原来的基础上加固修建，于是码头又被称为大连码头。1945年日本投降，码头被国民政府天津招商局接收，成为一个官办码头。中华人民共和国成立后，继续扩大码头规模，成为北方重要的航运路线节点。20世纪50年代，这里全年客运量将近十万人次，基本能够满足天津、北京地区前往辽宁大连、山东龙口和烟台的生活与工作需求。为什么单要满足上述三个地区的客运需求呢？因为当年天津人、北京人前往上述三个地区，没有火车也没有长途汽车通达。后来有了火车，但人们还是愿意乘坐轮船，因为价钱实在便宜。比如天津到大连的火车票价是19.2元，坐三等舱的客运轮船，只要7.5元，少了一半多。关键还有一点：路程时间完全相同，坐轮船还能观赏海上风光。多说一句，当时天津所有的客运船只都购自上海江南造船厂，而江南造船厂的前身，就是江南机器制造总局。天津与上海的关联，总是在不经意间悄然出现。

我送过妻子坐客运轮船。本来她要回烟台老家，因她大伯在龙口上班，她想先去大伯家看一看，然后与大伯一家人一起回烟台。

我至今清晰地记得送她上船时的场景。遗憾的是，因为海河水面下降，大船进不来，且客流量增大，所以登船地点已经不在市区内浦口道的大连码头，而是改在更远的塘沽。

在火车站的站台送人，与在轮船码头送人，有着千差万别的情绪。坚硬的土地与柔软的水面，会带来完全不同的感受。

我记得她已经上船了，又突然回过身子，把脖子上的红色纱巾解下来向我尽情挥舞。那时候红色纱巾最为时髦，女孩子能有一条红色纱巾，犹如现在女孩子拥有漂亮的包包。挥舞红色纱巾告别，也是那个年代颇为浪漫的举动。于是她挥舞红色纱巾的那个场景，永远定格在我的记忆中。我想那是海河给我的美好回忆，也是渤海给我的波涛礼物。多年以后，到了二十年结婚纪念日，为了重新找回当年海边的感觉，我们坐船走了一次三峡。我讲起当年挥舞红纱巾的往事，妻子只是笑，什么都不说，怎么问也不说。我始终搞不明白，那清淡的笑容，到底代表什么含义。也可能是一个天津人和一个烟台人对于"海"的不同认知吧。

后来，天津人心中似乎越发少了海的感觉。前些年还有朋友问我，你们天津的夏天不是应该很凉爽吗？我问为什么，朋友说你们守着海边呀。我无法回答，只能哑然失笑。

天津塘沽海边与市区离得不算太远，开车一个小时左右，最近几年天津大道修好了，时间又缩短了一些。但是因为海河防潮大闸的耸立、轮船的停运，海河只是海河了，或者说只有"河"的轮廓，没有了"海"的意境。但，这就是历史的变化，天津人理智接受。防潮大闸的修建有效避免了河水泛滥。1939年的天津水灾，城市被浸泡三个多月，至今仍令天津人难以忘记。此外，每年汛期的河水泛滥，也让天津这座工业城市提心吊胆。防潮大闸的修建，尽管让城市市区没有了海的风韵，但老百姓再也不会看见天上飘雨心里立刻发颤了。

还有一点非常有意思：渤海的海风从来不向天津市内方向吹拂，而是朝大海方向劲吹，就是地理课上老师讲的"离岸风"。因此无论天津气象预报怎么预报大风浪、大台风之类吓人的消息，天津人没有紧张的，连听都不听，因为天津市区永远都是风平浪静，感受不到台风的存在。大概关于风浪、台风的预报，是说给天津港听的吧。

生活境况的变化以及独特的气候特点，会对天津文化产生什么影响？

西北的风沙塑造了西北人粗瓷大碗喝酒、张开嘴巴大块吃肉的豪爽；东北地区漫长寒冷的冬季，造就了东北人整日窝在家里唠嗑的习惯，闲聊一定要有乐趣，所以东北人每句话都有包袱，如此才能打发悠长枯燥的夜晚；还有江南缠绵的小雨、墙角的绿苔、弯曲的小巷，才与轻柔的吴侬软语相匹配。

没有了辽阔大海的接连，天津人的性格也在悄悄变化。

人的性格发生变化，怎么会不影响其思维与行动？当集体思维、集体意识发生改变的时候，又怎么能够不与当地工业态势发生关联？即便不是直接的关联，也一定会有间接的联系。

于是，在三条石历史博物馆中屏息凝思，再一次顺理成章地回到我的"职业出发地"——天津发电设备厂。从其近百年的变化中，也能折射出天津工人性格的改变。

"人"和"事"永远相辅相成，不会割裂开来而单独存在。

我之前工作过的天津发电设备厂，经历了辉煌、合并重组、合资及至消亡的过程，铁板碰撞、机器声鸣响、电焊弧光闪烁之地，变成了蓝色围板包围起来的住宅楼工地。去年夏天，我终于忍耐不住想念，独自前往。站在没有一点树木遮蔽的蓝色围板前，想起我离开工厂后的一些事。无论离开工厂多久，内心始终挂念着它，因为这里有着我的青春记忆。

工厂有过艰难时期，有个阶段，工人工资无法全部发放，解决困境的办法是与天津重型机器厂合并。开始，"天发"（天津发电设备厂简称）和"天重"（天津重型机器厂简称）两个工厂的职工欢天喜地，老孙、老李还有已经调离"天发"的老宗，打电话给我，高兴地说，咱们厂子有救了，"天重"多厉害呀，能人多了去，这叫"强强联合"呀！

说起工厂里的能人，永远让人兴高采烈。

我看过一篇文章，作者说他们一家三代都在"天重"上班。爷爷从抗美援朝战场回来，进入"天重"当工人。爷爷过去打猎，一把猎枪在手，全家人都有饭吃，天上飞的、地上跑的，只要他抬起枪，都会变成桌上餐。爷爷枪法好，手更巧，后来在"天重"当了八级钳工，给他一把钢锉，再给他一堆材料，不借助任何动力机器，就能"锉"出来一把威风八面的机关枪。

心灵手巧的工人在天津工厂有的是，用天津老百姓的话讲，那叫"海了去了"（想想吧，形容人多，都与"水"有关，一定要把"海"挂上）。一个上万人的大型工厂，就是一个"五脏俱全"

的小型社会，职工从出生到死亡，几乎任何事都能在工厂里顺利解决。我记得我们工厂保健站的大夫，除了不会开刀做手术，其他什么病都敢看、都能看。他们是有处方权的，有时还到附近医院，与其他医院的医生一起进行疑难病症会诊，牛得很呀！

想想吧，"天发"和"天重"这两个拥有雄厚底气的老厂"强强联合"，未来大有希望呀。但颇为遗憾的是，"好起来"的时间并不长。

"强强联合"后的工厂，生机勃勃地过了几年好日子，很快又遇到新问题，关键技术始终无法突破，无法打开新的市场渠道，道路越走越窄。无解之后开始求助外国，经过多方协调联系，终于获得某家外国公司投资，变成当时颇为时髦的"合资企业"。所谓合资企业，最明显的标志是工厂名字后面加了括号，有了外国公司的名字。

记得那年春节，我们这些老同事经过七转八绕，你联系我、我联系他，三十多人重新聚在一起，大家一边吃一边聊，畅谈工作变化、生活变化，感觉迷雾重重的天空豁然开朗。但是，我又隐约发现问题，因为许多人欲言又止。我的这些老同事，什么时候变得含蓄起来了？

喝了几杯酒之后，有个别老同事低声告诉我，所谓合资，除了外国公司注入不多的资金之外，只是派过来几个人，有外方经理、财务总监、人事总监，这几位外国人住在五星级宾馆，隔上几天去厂里转上一圈。

我问那位面容沉静的老同事，对于这种状况有什么感觉？他认真地想了想，说，没什么特别的感觉，周围还是那些老同事，干的还是原来的活儿，唯一不同的是，隔三岔五地能在车间看见金发碧眼的外国人。

　　我感到老同事们始终秉持冷静态度，他们的观点非常一致：不能依靠别人，必须靠自己。

　　确实，外商投了资，派过来几个人，但这是不是过于简单？我始终认定，真正的合作，不只是简单的资本融合，应该有技术上的融合，假如更加深入的话，还应该是核心技术、关键技术的合作。假如没有核心技术上的密切合作，双方"分手"就是很容易的事，犹如没有重大财产分割、没有孩子抚养的一对夫妻，分手多么简单呀，签个字就完了，没有骨血相连，没有资产联结，分手时刻也会当即形同路人。

　　果然，合作时间不长，那家外国公司不知道因为什么原因，撤资了，走了……再后来我们"天发"——不，还有"天重"，"天重天发"遗憾地倒闭了，工人回家了。

　　在这几十年的时间里，我与老同事们每次相见聊天，都感觉他们的表情是有变化的。从他们的表情变化上，也能感受到天津工业的发展变化。

　　在"天发"和"天重"合并之前，"天发"工人的表情是骄傲的，眼睛稍微向上看，脸庞呈四十五度上扬，说话也是大大咧咧，有些蛮不在乎的神情；两厂合并之后，表情发生变化，没有了往昔的骄傲劲儿，神情有些落寞，即使说笑也是强作欢颜。

　　老孙、老李他们给我打电话，跟我进行过探讨，为什么两个工厂要进行合并？犹如让两只威风凛凛的公狮子抱团狩猎，一只公狮子足以傲视群雄，那么让它们合作的目的是什么？不可否认，新形势下他们各自遇到了困难，否则两个曾经辉煌的工厂，加起来两万多人，怎么还需要合并前行呢？接下来与外国的合作，许多工人都看到了潜在的危机，他们流露出不安、焦急和期待。

　　我热爱的"天发"走过这样一条伤感之路，天津许多重工企业也有类似的命运。这是一场工业转型期间必须经历的阵痛，不仅是天津，其他省市的重工企业同样面临这样的问题。

　　天津的重型工业全国闻名，说起"四大天"更是威名远扬，他们曾是天津重型工业的优秀代表。"四大天"是指天津拖拉机厂、天津重型机器厂、天津机械厂、天津动力机厂。

　　"四大天"中，天津拖拉机厂名气最大，也最具典型性。天津老百姓把天津拖拉机厂简称为"天拖"，厂子当年有职工一万多人。要是在"天拖"上班，意味着你这辈子都有饭碗了。那时候没有人想到"天拖"会有闪失。端着"天拖"的饭碗，那可不是铁饭碗、铝饭碗，是不锈钢的饭碗，百年不锈，千年不烂。许多"天拖"工人都是"父一辈、子一辈"继承下来的，按照当年的就业政策，儿女可以接替父母上班，像铁路、邮电系统一样有着辈辈传承的就业传统，很多家庭都是全家人在一个系统工作。"天拖"同样也是一个工人辈辈传的企业。

　　我认识一个老作家，曾经是"天拖"工人，因为创作小说出色而离开工厂，去了一家区级文化单位。因他直爽的性格与文化单位氛围不合拍，非常不顺心，于是萌发了重回"天拖"的想法。想要回去，那可是有难度的，老作家找了好多人，说了许多好话，才把自己重新调回"天拖"。有一次我在大街上见到离开文化单位后的老作家，他气宇轩昂地跟我讲，哪儿也没有"天拖"好，还是在"天拖"待着心里踏实，我这一百多斤的肉，哪儿也不给，就给"天拖"了。

　　追溯"天拖"的发展历史，不仅能看出天津工业的代表性特点，还能由此看清天津重工业的发展脉络。其中可令人深入思考的问题也很多。

天津拖拉机厂是20世纪50年代我国自己设计、自己建造的大型拖拉机厂，是中国"自力更生、奋发图强"的典范，当时隶属国家一机部。从1956年开始，"天拖"逐渐发力，一直到1961年，共生产拖拉机两千台。按照现在中国"制造大国"的眼光来看，产量似乎少得可怜，但是不要忘了，那是新中国工业的起步阶段。那段时间因为冒进，导致出现了很多不符合科学精神的现象，产品质量不过关，后来才逐步按照科学规律办事，脚踏实地发展。从1959年到1966年，"天拖"生产量达到八百台，正在"爬坡"阶段，又遇到特殊历史时期，"天拖"也没有幸免，最后到了完全停产的地步，那些年的产量可以忽略不计。

除去被耽误的特殊时期，历史上"天拖"的产品名扬天下。

"天拖"生产的拖拉机型号中，最著名的是"铁牛55型"。这一型号的拖拉机在中国农村特别受欢迎，在平原地区更是受到追捧。因为此种型号的拖拉机能够满足农业机械化的所有要求，一台"铁牛55型"可以当牛用，也可以当马当骡子当驴使，什么都可以用它来做。那时候生产大队是不敢奢望拥有"铁牛55型"的，全县要是能有一台，都可以对外吹嘘了。

我在天津的街道上见过它，个头不大，红色的，右前方有一根竖立起来的黑色管子，车子开起来，那根管子一边颤抖一边向外突突突冒白烟，噪声很大。在它旁边说话，你要尽量扯起嗓子。从烟的颜色可以推测出来拖拉机的使用年头，要是开始冒黑烟了，就可以毫不犹豫地断定已经开了很多年。要是在广袤的田野上，噪声白烟黑烟都不算什么。出生于20世纪70年代的中国小孩，那时候嘴巴里寡淡，鼻孔里也无味，有点尾气闻一闻，没人当回事。

当年的"天拖"工厂大门外，是一片特别开阔的空地，大概有半个足球场大，大门两边摆满了各种型号的拖拉机，在明媚的阳光下特别耀眼闪亮。其中"铁牛55型"摆在最显著位置，按现在说法，叫"C位"。后来"天拖"受到形势变化的干扰，逐渐减产，工厂大门外的空地上不见了拖拉机，都是矗立起来的大标语，每个大字的高度都赛过成年人的身高。

"天拖"再次扬名（也是距离当下最近的一次），是在20世纪70年代中期。当时周总理在全国工业会议上提到了天津拖拉机厂，说到了"天拖"，说到了工厂的停产。最后总结经验时，周总理讲话声调突然提高起来，语气中既有惋惜，也有批评，更多的是希望："你们要把天天拖变成天天超。"要知道，那次全国工业会议，台下坐着的都是全国的"工业大腕"，共和国总理发话了，说得这么明确，"天拖"有救了。

在周总理的直接关怀下，"天拖"走上正轨，尤其是打倒"四人帮"后，"天拖"迎来了灿烂的春天。最好的时期是1979年以及整个80年代，那个时候"天拖"周边的宾馆、招待所天天爆满，住宿的都是来自全国各地的业务员，请求"天拖"发货给他们。要是没有拿到货，这些业务员们就在招待所住下来，天天一大早就来到业务科，赖在办公室说好话，趁人不注意，还会放下一条"大前门"香烟或是一瓶"直沽高粱酒"。那会儿"天拖"的业务是求大于供，"天拖"大门前面永远都有川流不息的外地车辆。业务员们操着南腔北调，互相交流"拿货"的好经验，目的只有一个——把"铁牛"欢天喜地地"牵"回家。

好日子也要居安思危，否则就会把好日子变成苦日子。

仅仅风光了十年左右，才刚刚进入90年代，"天拖"再次陷入困境，原本供不应求的拖拉机，突然变得无人问津。我至今都很困惑，难道农村不需要拖拉机了？为什么以前那么急需，突然就不需要了？农村又用什么替代了拖拉机？难道仅仅是因为大量农民工前往沿海城市打工，导致大量农田荒废改变属性，还是另有原因？大概与现在农村大量使用联合收割机、播种机有关，更是与"铁牛"拖拉机几十年没有改进功能有关。

我不知道这些问题，"天拖"人想到了没有，也不知道在最为风光的十年中，"天拖"人深思熟虑了没有。

还有天津动力机厂，虽然没有"天拖"名气大，但也有过耀眼的辉煌。

天津城市道路改造力度很大，平时开车出门办事，即使是在有导航的情况下，也还是经常走错路。在写作《三条石》这本书的过程中，有一回我去河北区办事，脑子一走神儿，错过了一个路口，想着下一个路口转回去，不知为什么，稀里糊涂地转到了南口西路上。好像冥冥之中有什么安排，我竟然把车子开到了天津动力机厂。

看见门口挂着"天津动力机厂"的大牌子，当然不会错过，我开着车，围着工厂慢慢走了一圈。

周边住户很少，商铺也少。因为是下午，路面上特别清静，看不到行人，好半天才过去一个骑自行车的老年人。我把车子停在"天动"大门口，独自站了好长时间。

天津动力机厂的前身，是1935年日本人在河西区小刘庄开办的一家名叫"甲装"的铁工厂。1939年，一家日本洋行收购了"甲装铁工厂"，改名"星亚铁工株式会社"，专门生产纺织机械和矿山机械。那个时候，天津已经沦陷两年，完全是日本人的天下，他们怎么折腾，谁管得了？到了1941年，工厂迁到了河北区小王庄。

小王庄一带比较荒凉，曾经是枪毙人的法场，很浅的土层下面，埋着无人认领的尸体。日本人把工厂迁到这么荒凉的地方，当然是有原因的。这个时候的星亚铁工株式会社主要生产枪炮武器，专门用来对付中国的抗日武装。1945年日本投降，工厂改为天津机器厂。中华人民共和国成立后，到1953年才正式改名为天津动力机厂。

中国第一台4146型高速发动机就是"天动"生产的，这款发动机当时在世界博览会上获得了业内的广泛好评。后来大庆油田使用的"红旗100"推土机的发动机，也是"天动"生产的，"天动"也为中国石油工业做出过贡献。还有一件事，也特别令国人扬眉吐气。美国总统尼克松访问中国时乘坐的中国专机，所使用的双脉冲调速器，依旧是"天动"生产的。天津动力机厂辉煌的时候，全年能够生产七千多台柴油机。

"天动"当年自主设计、自主生产的130系列发动机闻名一时，这款发动机油耗小、噪音低，可以在极端低温状态下迅疾启动。

后来，"天动"从20世纪90年代开始逐渐走下坡路，如今已成为静悄悄的废旧厂区。

如果综观中国乃至世界范围内，百年以上名牌老企业走过的路，相信会对天津"四大天"有新的理解。百年老企业最大的特点是，总是要在自己屁股底下放上荆棘之类的东西，主动让自己坐立不安，不能让自己坐得舒服，时刻充满危机意识。要把挣来的钱拿出一大部分用于技术改造、技术创新，这样的企业才能走过百年、数百年乃至更长时间。

再次想起周恩来总理当年在全国工业大会上的话语——"你们要把天天拖变成天天超。"相信这样的话，不仅可以说给20世纪70年代的天津工业听，它还会穿越时空，对今天的天津工业形成巨大的鞭策。

　　我去过"天拖"那片住宅小区，地名叫"天拖南"。以工厂位置命名周边道路，可见当年"天拖"的名气。现在这个地区环境不错，紧邻地铁线路，离市中心繁华地段也不远。20世纪80年代，这里还属于市区边远地段，如今已算是中心地区的好地段。当然这里房价不低，每平方米四万多元，好楼层、好位置的话，价格还要高一些。

　　人们时刻议论着这片地区房价的变化，可是关于"天拖"的现状却没有人提起，似乎它早已被遗忘在漂亮的小区里，消失在日常生活的烟火气中。

　　那么，"天拖"是消失了，还是依旧存在？我相信"天拖"不会消亡。道理很简单，难道现在耕地不需要拖拉机了？

　　果然，不负众望的"天拖"，给了我们欣喜的答案。

　　许多天津人以为辉煌的"天拖"完全消失了，其实没有，它已浴火重生，以另一种崭新的面貌继续傲立津沽大地。1996年12月，老"天拖"改制为天津拖拉机制造有限公司，同时按照天津工业结构调整布局，新"天拖"实施整体战略东移。如今的厂址位于京津之间的宝坻区，是一个拥有三个股份公司、一个中外合资公司和三个生产分厂的大公司。

　　"新天拖人"面对新的形势，没有丢掉"铁牛精神"，原来的"55型"依旧存在，并且已经实现了跨越式发展，在原有产品"铁牛系列"的基础上，又开发出来许多新产品。如今，"新天拖"的产品不仅继续受到广大中国农民的喜爱，还远销东南亚、南美二十多个国家。"新天拖人"不断在新产品上下大功夫，保持走在形势前面的市场预判能力。

　　其实，只要勇敢面对新形势，冷静下来进行科学分析，就没有闯不过去的坡、迈不过去的坎。

早在2005年，国家就有一个硬指标，中国耕地红线为十八亿亩。所谓耕地红线，指的是经常进行耕种的土地面积的最低值。虽然城镇化发展迅疾，大量农民前往城市打工，导致很多耕地荒废无人耕种，土地或是流转，或是转包，但无论什么情况下，永远不应忘了中国还有十八亿亩的耕地。只要这十八亿亩土地存在，就会需要拖拉机！这个"十八亿亩"的数字，就是所有拖拉机厂不会垮掉的保证，只要不断进行科技改进、科技创新，就能够继续前行。"新天拖"的改制成功，也体现了天津人善抓新的发展机遇以及永不服输的精神。

天津"四大天"的成败，再一次告诉天津人，所有的问题都出在人的身上，出在每一个人的身上。只要人能够改变思维模式，时刻有向前的意识，不会因为外界变化、自身变化而变得消极、丧失斗志，状况肯定不会太差。

我那三个亲如兄弟的老同事，老孙、老宗、老李，过去与他们相聚，他们跟我谈论的话题是什么？喝大酒之后发牢骚，骂天、骂地、骂人、骂一切，这样的"骂"势必也会影响自身的情绪，对于干工作没有好处。没听说哪个事业成功的人，是在天天抱怨中走向成功的。

那时候，老孙、老宗、老李他们发过牢骚之后，就会开始上演"小满足"，什么今天吃螃蟹了，昨天吃虾了，前天喝了一顿好酒，大前天多拿了几十块钱奖金，还有谁谁的儿子娶媳妇没花多少钱，谁谁的闺女嫁了个好人家……全都是个人生活上的小满足。

现在呢？现在老孙、老宗、老李聊天的话题已经变了。

记得有一次与他们相聚，发现话题有了重大改变。他们说起大数据的神奇，说起国际象棋人机大战里的"深蓝"，说起"阿尔法狗"……听着这几个将近六十岁的老工人的聊天话题，我感慨万千。

一个城市的变化，不是看新盖起了多少高楼，不是看电视上、报纸上、报告上的数据多么漂亮，而是要看普通百姓思考什么、说什么、做什么、得到什么，假如普通老百姓考虑的问题"上了档次"，那么这座城市文化和精神面貌就会"上档次"。

假如老孙、老宗、老李今天谈论的科技话题，是20世纪80年代"四大天"的老工人日常谈论的话题，还会有那么多工业企业消失吗？当一个地区普通工人思考的问题达到一定思想高度时，这个地区的工业水准也绝对不会太低。这就像一座城市、一个地区的文化水准，当整体文化水准上去的时候，这座城市就会发生重大改变。

绝对不能用"中国有那么多有名的工业企业都倒闭了，我们厂子倒闭算什么"的心理来安慰自己，那样的话就是自甘堕落。"人往高处走"以及"取其上，得其中"等老话，无不蕴藏着普遍真理。

把清代天津"工业一哥"天津机器制造总局，跟上海"工业一哥"江南造船厂相比较，就会发现许多令人深思的问题。

清政府1865年购买外国人开设在上海虹口地区的"旗记铁厂"，随后将原洋人开办的两个炮局合并，组成一个更大规模的新厂——江南机器制造总局，专门制造船炮、军火和各种机器。江南机器制造总局比天津机器制造局建厂早一些，但近代历史上南北两大工业企业的发展轨迹则是完全相同的。

江南机器制造总局，后来改名为江南造船厂。这里诞生了中国诸多"第一"：车床、蒸汽推进的军舰"惠吉"号、铁甲军舰"金瓯"号、步枪、钢炮以及中国的"第一炉钢"等。

　　江南造船厂的发展不是一帆风顺的。1949年国民党撤离上海前留下了"礼物"，准备了数百吨炸药炸毁船厂。可是江南造船厂没有倒闭、没有消亡，而是继续存在，依旧在发展。这是一件令人惊讶的事。为什么能够继续前行？关键的一点，是上海人特有的精明，他们保留下来一支精干的人才队伍，这支队伍有五百多人，都是手艺高超、技术精湛的技术工人。

　　天津机器制造局在时局发生重大变化之后，关键环节没有做好——技术工人没有保留下来，都远走他乡。如今想来似乎也能理解，毕竟当时天津机器制造局的工人大多来自南方。

　　一片废墟的江南造船厂，在1949年中华人民共和国成立之后，依靠那些技术工人起死回生。房子倒了，可以再盖。技术工人没了，工厂建得再好又有何用？

　　江南造船厂的那些技术工人，当时完全依靠手工操作，能够加工同心圆，误差率在0.02—0.2毫米。这是什么概念？即使现在用电脑加工操作，大概也就是这个水平。现在的企业中，恐怕也没有多少这样高水准的技术工人。正是有了技术工人精湛技术的保留和延续，国家在1959年把上海定为"工业基地"，利用上海的技术力量支持全国工业发展。单是这样的国家决定，就可以看出来技术工人的重要性。要知道，当时工业基地的任务，不仅是要自己"照顾好"本地的工业发展，还要有强劲的技术输出，这才是工业基地的硬性指标之一。

　　上海的人才和技术输送到哪儿去了？只说三个省吧：吉林、河南、广西。这三个省威名远扬的工业标杆——"一汽"、洛阳拖拉机厂和南宁轻纺工业——都得到了来自上海的技术输出支持。上海不仅自己保持全国工业领先状态，还在人力、物力、技术力量上，大幅度输出其他省市，为全国工业发展做出了杰出贡献。

上海重型机械厂1962年就能够制造1.2万吨水压机，改革开放之后依旧在发展，继续制造更大吨位的水压机。反观天津重型机械厂，如今已经不见踪影，连厂房都没有了，只留下一个很短的路名——天重路。

天津与上海相比，关键短板在于技术力量的流失，这里面有历史原因，也有我们自身的原因，没有想出好办法留住技术人才。"东三省"工业出现问题，同样是这个道理，转型期间大量技术工人远走他乡，没有把他们留下来；"东三省"想要恢复昔日的工业辉煌，难题也是技术人才没有了。

20世纪初期，天津是仅次于上海的中国第二大工商业城市，一百年过去了，差距显然已经拉大。其中隐含的诸多原因，天津人一定要深思、反思，如此才能继续前行，否则就是愧对历史了，真就变成"麻绳穿豆腐——提不起来了"。

一座城市的经济发展，要依靠真金白银的技术能力，要靠硬功夫——实体经济。

三

天津海河边上的望海楼，在中国近代史上知名度很高。它与三条石大街离得不远，相隔海河，遥遥相望。

这座教堂之所以在近代史上名气大，主要因为它是"天津教案"的重要遗址。1870年望海楼第一次被烧毁，天津剧团还排演过《火烧望海楼》的评剧、京剧、河北梆子等剧目，现在都已经成为重要的保留节目。

　　"火烧望海楼"与天津这座城市的气质密切相关。清末北方义和团的蓬勃兴起与地域文化有着相当大的关联，对西方的鄙夷、仇恨，从某种角度来讲，也下意识地阻碍了对先进文化的学习。

　　记得我小时候，胡同里的一位老人摇着大蒲扇，讲起当年的"洋人"时，满脸带着鄙夷。老人说，洋鬼子没有膝关节，打洋鬼子很简单，不用刀，不用箭，不用炮，只要用一根竹竿就可以打败他们——"扫堂腿"一样击打他们的膝关节，洋鬼子就会像泥胎一样直直地倒地，想怎么收拾就怎么收拾，容易得很。老人之所以得出这样的结论，是因为当时人们普遍认为，洋人没有膝关节，走路身子笔挺，双腿不会打弯。

　　正确地看待历史，需要从科学的角度出发。这个道理同样适用于工业发展、经济发展，要一如既往地站在科学角度，用实事求是的态度去看待事物发展，从实事求是出发去看待科学技术问题，假如抛弃实事求是的立场和态度，就会背上沉重的精神包袱。

　　我看过一张图表，简明扼要，非常清晰。图表显示，在影响人类的一百种发明创造中，美国有三十九项，德国有十四项，英国有十八项，法国八项，荷兰两项，日本四项，意大利四项，古埃及、苏联和瑞典各一项，中国有七项。从中能够看出，在创新领域，我们还缺少竞争力。另外，美国的三十九项发明创造，时间跨度非常大，从18世纪中期一直到2008年的"安卓系统"，各个历史时段都有。中国的七项发明创造，除了20世纪末的U盘之外，距离我们最近的，是元代发明的火铳。

　　我们有着悠久的文明历史，也有着久远的发明历史，为什么越是靠近我们生活的年代，发明创造反而越发减少？究其原因，大概在于我们解释问题的能力在减退，从而导致发明创造方面始终落后于近现代世界强国，没有走在世界前列。可喜的是，这种情况正在逐渐改变，我们对发明创造的激励力度也正在逐渐加大。

纵观历史，有人说我们注重研究"人与人"的关系，不太注重"人与自然"的关系。其实不然，中国古代非常关注"人与自然"的研究。第一个想到的人，一定就是伏羲；首先想到的事，就是伏羲的八卦。

我去过甘肃天水三次，每次都要前往伏羲庙。

伏羲是传说中的华夏民族人文先始，也是三皇之一。无论是否确有其人，都可以看出华夏民族对自然世界的重视。另外，他作为中国医药鼻祖之一，对中华民族贡献很多。传说伏羲还创造了文字，结束了"结绳记事"的历史；他还将结绳办法推广到生活中，结绳为网，用来捕鱼、捕鸟，甚至捕捉大型猛兽。伏羲的发明创造还丰富了人们的生活，比如瑟——十六根弦或二十五根弦的一种能够弹奏好听声音的乐器。

伏羲还有一个重大贡献——八卦。

伏羲非常关注人与自然的关系，认真思考自然界发生的一切。天上云彩、下雨下雪、打雷闪电、飞鸟走兽……他观察得非常仔细，后来创造了八卦。所谓八卦，是以八种简单而又寓意深刻的符号来概括天地之间的万事万物。八卦蕴含着"天人谐和"的整体性、直观性的思维方式和辩证法思想，是中国的一种古老文化。

中华文化的发展，后来发生了微妙的变化，由关注"人与自然"的关系，发展为更加关注"人与人、人与社会"的关系，这也是我们从元朝以后，影响人类的发明创造逐渐减少的原因之一。具体体现之一就是，从伏羲的"八卦"，发展到后来的"庙算"。

"庙算"的最初形式来自遥远的夏朝。国家凡遇战事，都要告于祖庙并且在此商议应对措施，后来便成为一种固定的仪式。帝王在庙堂占卜吉凶，祈求神灵护佑，通过巫术假托神的旨意，迫使人们进行残酷的战争，

春秋战国以后，特别是《孙子兵法》问世后，第一次用文字形式提出了古代最早的战略概念——庙算。

"庙算"的准确解释是："夫未战而庙算胜者，得算多也；未战而庙算不胜者，得算少也。多算胜，少算不胜，而况于无算乎！"

这里的"庙算"指战役之前的战略筹划，作为先秦时期对军事决策、实践的概括和总结，体现了这一时期军事决策的特点。但是秦汉以后，在庙堂里谋划战争布局的陈旧形式逐渐被打破，再以"庙算"表达战略概念已经不合适了。这个时期的兵书与兵论，开始寻求更为恰当的用语，以"兵略"这个词语来表达战略含义。再后来，"庙算"又逐渐成为"作战会议"研究克敌制胜方略的代名词。

"庙算"时代有着许多绝妙的精品，比如《孙子兵法》，还有诸葛亮的《隆中对》。要注意的是，这些精品都是研究"人与人"之间关系的。还有另一个"精品"，就是朱升送给朱元璋的九字治国理念——"高筑墙、广积粮、缓称王。"这也属于治国方略范畴。

不能否认研究"人与人、人与社会"关系的重要性，但也绝对不能舍弃"人与自然"关系的深入研究，应该对"人与自然"的研究予以足够重视，这样才能发现、解释发明背后的关键问题。

"人与人、人与社会"的研究，要与"人与自然"的研究并肩而行，两个方面同等重要。

近代以来，我们没有特别重视"问题"的解释与研究，科学

技术落后，导致近代、现代中国科学技术落后于西方国家，这也是近现代历史上中国受尽西方列强欺辱的原因之一。可能有人觉得，这是灭自己威风、长他人志气，其实真没有必要这样想。一个国家就像一个人，既不要自卑也不能自傲，要实事求是看待自己、实事求是看待他人，既要昂扬民族精神，也要努力寻找自身问题，两者并不冲突，并不矛盾。

任何国家在某一历史时段，都有这样那样的问题出现。即使是科学技术先进的美国，也有严重的"保守主义思想"弥漫。过去有，现在也有，甚至保守得令人不敢相信。

比如在通讯领域。世界上第一个商用移动通信网1979年在日本建立。在世界各行各业总是拔头筹的美国，1981年才建立移动通信网，比日本晚了两年。其实，美国完全有能力地成为世界上第一个拥有商用移动通信网的国家。

世界上最早研究蜂窝式移动通信系统的国家是美国。20世纪80年代末90年代初，购买一部蜂窝式移动手机，也就是我们那时候说的"大哥大"，要花两万多元人民币，把那个"大砖头"摆在桌子上，生意一般就能谈成了。在城市居民座机拥有率还比较低的年代，"大哥大"是有钱人的象征以及社会地位的综合体现。生产那个"大砖头"的公司，就是美国的摩托罗拉。这家公司的天津生产基地坐落在天津开发区，当时天津人对开发区经济概况的描述是"一个机，一碗面"；"机"就是摩托罗拉手机，"面"就是康师傅方便面。

摩托罗拉公司曾经走过一条荆棘之路。

最初美国政府没有把许可证发放给在世界通信领域内最先研究移动通信的摩托罗拉公司，首席执行官加尔文实在没有办法，又气又急，完全可以用"走投无路"来形容。最后他抱着试一试的想法，首先接触时任副总统的乔治·布什，然后通过乔治·布什，用"走后门"的方式，找到总统罗纳德·威尔逊·里根，说明发放许可证不仅对摩托罗拉公司很重要，更是对美国通讯发展至关重要。

当时认识加尔文的人，认为这一次"走后门"可以实现愿望了。里根总统当时很是欣赏加尔文，也看好摩托罗拉公司的发展前景。当然副总统布什就更不要说了，要是不看好、不欣赏的话，也不会把加尔文介绍给总统。

加尔文也以为许可证可以解决了，摩托罗拉公司可以大展宏图了。但是并没有，保守主义思想弥漫在白宫，在大家极为看好的情况下，计划又人为地被推迟了八年。八年呀，多么漫长的八年。也就是说，在我们中国人看到摩托罗拉公司生产出那个"大砖头"之前，竟然还有着八年等待许可证的漫长时光。

没有人知道经过多少次讨论，许可证才终于发放给摩托罗拉公司，美国这才得以走进移动通信时代。那时候我们看到的美国影片中，有许多在街头公共电话亭打电话的镜头，很少看到电影中的人物举着"大砖头"。因为"大砖头手机"时代非常短暂，很快就被更小、更轻巧的手机替代了。

美国错过了蜂窝式移动通信系统的第一步，那么来到移动通信时代，是否会及时吸取历史教训，改正自己犯过的保守错误？没有，依旧"蹚过了同一条错误的河流"。

因为政府对于行业竞争缺乏有效控制，再加上国内几个大公司"内斗"严重，美国政府始终在利益集团之间左右摇摆，一会儿支持高通，一会儿支持英特尔，总是拿不定主意，下不了最后的决心。之所以这样，是因为这几个利益集团的实力难分伯仲。在政府优柔寡断的摇摆下，在利益集团无休止的争斗中，最后的结果也就可想而知：美国移动通信在能够超前、能够领先世界的情况下，最终却被欧洲国家瞬间超过。

仅凭这两件近在眼前的事，就让我们在惊讶之后更加明白，超前与保守并不是一成不变的，即使工业先进、技术领先的美国也是如此。如果不能及时更新自己的创新意识、领先意识，随时都有可能犯下不可饶恕的错误，最后留下不可更改的历史遗憾。

美国缅因州有个小城镇，叫奥尔德顿。小镇是曾经的工业之城，如今已经没落、萧条。作为这座城镇经济命脉的造纸工厂，有着一百三十年历史，可是在2015年的时候，造纸厂宣布永久关闭。世世代代在这里工作的人失业了，未来一片迷茫。年轻人走了，上了年岁的人也要走。

几年后，一个叫张茵的中国女人来到小镇，收购了这个工厂并承诺负责运营一百年。要知道一百多年前，这座小镇的造纸厂可是美国最好的造纸厂之一，每年可以为市政府上缴税收五十万美元。

中国女人来到之前，厂房已经成为贩毒制毒的秘密场所，工厂大院内杂草丛生、小动物出没。尽管被称为"纸业女王"和"废纸女王"的中国女人的到来，让小镇的大多数人感到欣欣鼓舞，但是由于美国北部乡村和中国人几乎没有合作过，他们心存怀疑，认为中国人是看中了他们这里丰富的林业资源——中国发展太快，资源已经消耗殆尽，所以来美国抢夺自然资源了，中国人目的不纯、心术不正。还有的人说，美国要变成中国的工业资源提供地了。

一些美国人抱着百年前的陈旧观念在哀叹："我们的国家在当妓女，把自己卖给别的国家，以此获得可怜兮兮的一点工作岗位。"更有极个别人竟然发出世界末日般的哀号："你得承认世界很小，它已经不再是美国白人统治的世界。"

拥有强烈反讽意味的奥威尔小说、萨拉马戈小说也不过如此吧，面对一些美国人的"傲慢与偏见"，也真是无话可讲了。

我们还是以通信领域为例。

5G时代即将来临，中国已经走在前面。在这个领域，全世界标准立项通过的企业，中国占了二十一个，而美国只有九个，欧洲有十四个，曾经领先世界通信领域的日本，也仅有可怜的四个。中国通信后发制人的韧劲，已经令世界刮目相看。

在令人喜悦的现状下，我们要自省，向西方国家学习先进技术、先进管理理念，但也不能盲目崇拜西方。还是那句话，要始终如一地用客观、理性的目光和心态去看待瞬息万变的世界。

看世界，心态非常重要。

日本学者大前研一在他的《做十分之一的国家》一书中说，根据他的观察，从中国改革开放时代开始，中国人变得善于学习了，这才是中国的可怕之处。一个善于学习的民族和国家，肯定会有腾飞的时刻。所以大前研一不断强调，日本只有首先做好"十分之一的国家"，才能静下心来谋求发展。这是日本的聪明之处，非常符合"谦虚使人进步，骄傲使人落后"的理念。

盘点中国近代工业发展历史，必须从文化视角仔细端详。

从"鸦片战争"到"五四运动"之间的七十七年，所有变革都没有能够对中国社会形成实质性的改变，工业革命、工业发展也会出现迟缓、停滞的问题，因此近现代历史上，在复杂的国际背景下，中国在寻求改变的路途上，各行各业也就有了更多的主义、思想、行动。

"五四运动"以来的历史证明，许多问题在中国古代历史上尚无先例，近现代历史的复杂局面，也是古代中国从来没有遇到过的。如何进行最为有效的社会创新、社会变革，需要全社会进行深思，特别是需要有良知、有远见的知识分子向社会发出创新变革的呐喊。所以，千万不要忘记一个基本事实，那就是工业革命应该始终与思想革命"紧紧拥抱"，互相督促、互相支撑。

这是我在"天津之眼"遥望到的无比激动的"肢体语言"。

历史已经证明，制造业将是一个国家未来是否强盛的根基。看一看过往历史，第一次工业革命受益最大的国家是英国，由此成为世界霸主；第二次工业革命受益最大的国家是德国和美国，他们成为资本主义国家新贵；第三次工业革命发源于美国，于是他成为新的世界霸主。那么，第四次工业革命受益的国家又会是哪个？

抛开具体国家，首先要看看第四次工业革命的具体落脚点。显而易见就是制造业这个"点"。

未来制造业应该从四个发展趋势来看：软性制造；从"物理"到"信息"的趋势；从"群体"到"个体"的趋势；互联制造。

再来看看这四个趋势的简单内容。

软性制造就是增加产品附加值，拓展更多更丰富的服务和解决方案。因为相对于硬件来讲，产品内置的软件、附带的服务或者解决方案通常是软性和无形的，都是看不见的事物，所以称为软性制造。

从"物理"到"信息"的趋势，意味着未来制造业将更加重视系统化。如果以系统化为主导，就能相对于"物理"意义上的零部件，获取更多的带有"信息"功能的附加价值。

从"群体"到"个体"的趋势，是未来发达国家的制造业走向，将要根据个性化需求来定制，凭借先进的设计，与规模化生产形成差异化竞争。

互联制造，就是未来工厂将通过互联网，实现内外服务的网络化，向着互联工厂的趋势发展。

我们应该清楚一点：未来的工业变革其实就是社会变革、思想变革，每个人都会与之发生关联。

我们都是"局内人"。

既然社会中的每个人都是工业的"局内人"，那就需要普及工业知识，尤其是让更多人明白制造业在国家经济发展中的重要地位，了解加快制造业强国建设是服务中华民族伟大复兴战略全局的重要性。这是一个需要反复说明的过程，需要不断向社会各界宣传、推广、解读的过程。

制造业是国民经济的主体，纵观世界经济发展历史，有着清晰的脉络和发展路径：制造业发展上去了，经济就会上去，国家就会强大；制造业衰败，经济也会跌落下去，国家就会衰弱。

中国改革开放四十多年的发展历程告诉我们，就是因为立足以制造业为重要基础的实体经济发展，经过建国以来七十多年艰苦卓绝的奋斗，中国才能成为全球第一制造大国，拥有全球规模最大、链条和配套最为完善的制造业体系，中国才能成为世界第二大经济体。

建设社会主义现代化强国，对制造业高质量发展提出新的更高的要求，事实已经证明，科技强国、质量强国、网络强国都需要制造强国的有力支撑。

快速推进、加快制造强国建设，有着现实的紧迫性，因为这是应对世界百年未有之大变局的战略需要。百年变局以及世界性疫情叠加，所有事情的不确定性越发增加，单边主义、保护主义蔓延在世界所有领域，全球产业链、供应链面临重新建构重组的状况，世界工业强国都在忙着一件事，重视制造业发展已经提到前所未有的高度，几个重要发达国家实施"再工业化战略"已经成为迫在眉睫的大事。中国制造业转型升级步伐的不断加快已经有目共睹，但关键核心技术还是存在很多棘手的问题，制造业整体稳定性与竞争力还是不够强劲，这也是需要尽快解决的事情。

"十四五"时期是我国全面建成小康社会、实现第一个百年奋斗目标、乘势而上开启全面建成社会主义现代化国家新征程、向第二个百年奋斗目标进军的第一个五年。万事开头难，所以这"第一个五年"尤为关键。

制造业在"十四五"期间，提升科技创新能力、强化自主可控能力、推动布局结构优化升级、加快数字化智能化绿色化发展，成为下一步发展的重要方面。这就需要制造业企业主动布局前沿性技术，特别是关键核心领域技术要进行强力攻关，还要打造一大批从事应用基础研究和关键核心技术的科技创新团队。除了掌握核心技术之外，另外一个关键环节也非常重要，那就是产业链与供应链的自主可控能力。产业链与供应链就像人的两条腿，要步调一致往前走；也要像一对双胞胎，要有天然的联动性。

制造业有着一系列关键环节，每个环节都要抓细、抓准。举个例子，比如要特别明确"产业基础再造工程"的技术要求，也就是关键基础性的零部件和关键基础材料，这些看上去似乎不起眼的方面，也要加大研发力度，并且还要始终如一地保持相对稳定，锲而不舍地研究突破制约整体发展的关键技术。在基础工艺方面，要以提高产品质量和生产效率为主攻方向，重点发展兼具安全性、可靠性和稳定性的先进制造工艺，全面提升基础工艺水平。还要建立市场化运作机制，完善技术基础公共服务体系，为企业提供优质高效服务。可以这样说，制造业这根链条，是一个环环相扣的发展系统，每一个环节都极其重要，都不能轻视。

中国制造业的从业者们，还要不断探索新技术、新业态和新模式，要从心理上、行动上，积极顺应第四次工业革命发展趋势，要努力把每个环节上的设备，在科学统筹基础上进行升级改造，还要把大专院校、科研院所的研发能力充分调动到积极参与制造业的科技创新征途上来，实现科学推进现代化信息技术与传统业务之间的相互协调。

尾　声

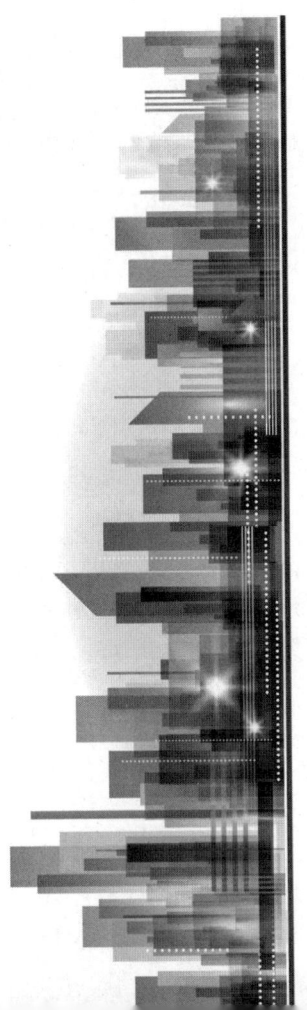

"重工业变奏曲"

一

"现在"的概念，并非单纯指"现在进行时"，而应该是一个比较宽泛的时段。我对"现在"的理解，不是当下，不是"这一年"，是指"最近几年"和"近十来年"。

先从"最近几年"说起。

最近几年，人们格外关注工业、工人、工业文化，普遍认识到引领国家发展的引擎还是工业，还是重工业。进入21世纪以来，对于工业的发展概念不断有新的认知，工业范围从地上扩展到太空领域，工业疆域已经有了立体的延伸。

社会关注工业的明显标志之一，是工业题材的文化艺术作品的悄然跟进，比如电影对工业的关注。

有一部国产电影叫《钢的琴》。

最初关注这部电影，是因为演员——王千源、秦海璐。这是两位新闻不多的演员，都属实力派、演技派。因为喜欢演员我才走进电影院，之前并没有关注电影内容，开演了才发现，原来是表现中国东北工业的故事。

电影有两条线索。一条线索是父亲为了女儿的音乐梦想而努力，通过身边朋友的帮助，用钢铁为女儿打造出一架钢琴；另一条隐藏线索是，女儿的母亲也就是这个工人父亲的前妻，一直在争夺女儿的抚养权。电影中的大部分场景，是工厂大院、废旧的车间。影片的另外一个特点，是鲜活的工人语言和鲜明的工人服饰。在东北工业逐渐黯淡的时代背景下，生活艰难的产业工人的亲情、友情并没有"下岗"，他们依旧在用东北人惯常的幽默来化解生活中遇到的种种艰辛。

这部电影的工业背景给我留下了深刻印象，让我想起久远的厂房、车间内永不停歇的轰隆声，还有工人之间淳朴的友谊。工厂就是这样一个矛盾之地：尽管有过无数次逃离，用请病假、请事假的办法远离工作的辛苦，但当远去数十年后，只要看到熟悉的工作环境，内心却又无比怀念。那是矛盾中生发的真切感情。

工业、工厂、工人，是社会不可或缺的重要组成部分，没有这个组成部分，社会是不完整的。

2011年，《钢的琴》获得第二十三届东京国际电影节"最佳男演员奖"；一个月后的香港亚洲电影节上，获得"最佳导演奖特别提名"；之后又相继在第三届悉尼中国电影节、第二十八届迈阿密国际电影节以及后来众多电影奖项中有颇多斩获。

"最近几年"，一部工业题材电影，受到如此的欢迎以及获得众多国际奖项，想来真是不多见。《钢的琴》，演员演得好当然重要，更重要的是"工业背景"在银幕上的真实呈现，这才是可喜可贺的事。

还有一部外国电影也跟工业有关——国际大导演斯皮尔伯格执导的《头号玩家》，2018年在中国隆重上演。电影营造出来的未来世界的"重工业感"震撼人心，同样给观者留下了深刻印象。

在我并不丰富的电影知识储备中，近年来工业题材的电影很少，能够引起社会反响、民众共鸣的工业电影更是少之又少。这说明，尽管工业文明在社会前行中占有不可撼动的重要地位，但在日常生活中却没有多少人真正关注；虽然时刻在享受工业文明带来的生活上的种种便利，但大多数人仍感觉工业与自己的生活离得很远。

其实人们关注生活的同时，也就是关注工业本身，日常生活中有无数东西都是工业制造的产物，只不过人们的认识角度、认识深度不同。

不可否认一个事实：未来社会对工业的理解以及工业内容本身，都将发生重大变化。人类将要进入的社会阶段，站在工业角度审视，将是一个"移动互联、智能感应大数据、智能学习"三方面共同整合起来的形态。简单地说，就是"智能互联网时代"。它与过去工业文明所带来的生活形式完全不同，无论内在还是外在，都将有翻天覆地的巨大变化。

未来社会的工业画面，肯定不会再是我们过去熟知的工业形态。厂房、机器……曾经熟悉的工业符号将被彻底改变，而更早时候的工业形态——冒着浓浓烟雾的烟囱、隆隆作响的机器声、进进出出的大卡车、成群结队穿着统一工作服的工人——已经变成教科书中的历史图片，变成文学作品中的遥远传说。

"工业"这个词在高科技助推下，也会变成非常抽象的概念，但将以更加具象的方式，环绕在我们的身边，与我们如影相随。"智能互联网时代"的工业形态，也将改变人的思考方式，改变社会关系，以低成本构建高效率的社会运作体系的社会形态将会产生。

中国进入社会主义新时代，作为"京津冀一体化"中重要一环的天津，未来的发展出路在哪里？在一体化中又将有哪些重要的工业技术支撑？

十年前，天津工业已经精心布局，改造"傻大笨粗"的工业配置，重新确定符合时代需求的新型工业，并且围绕一个我们颇为熟悉的词前行——科技创新。

为什么这样讲？因为十年前我有过对天津科技工业的细致走访，有着切身体会。

不可抑制地再次想到"三条石"。无论它存在怎样的局限，有一个事实不容抹杀：它毕竟给天津确定了工业方向，留下了机器制造业的发展基因，留下了对技术、对工人尊崇的社会传统意识，这才是"三条石"对天津的最大贡献。

二

十年前，天津在大火箭、大飞机、民用直升机等制造领域率先尝试，同时还引进了世界瞩目的空客A320组装线。回首十年前的天津，这个被外界冠以"保守"之名的北方工业城市，已经在发展前进中悄然转航。只不过十年前的转航，被很多人忘记了，尤其是被天津人自己忘记了。

天津工业转航后的起步阶段非常有魄力，瞄准了世界先进的高科技领域。只不过由于天津"内敛、低调、谦逊"的风格，没有引起全国乃至世界的高度关注。那会儿的天津人，还是坚信"酒香不怕巷子深"——只要做得好，肯定能被世界发现。

如今让我们非常欣慰的是，天津人敢于宣传了，敢于面对世界说"大"了。这是一个还未被天津人注意的文化层面的微妙变化。

过去天津人的口头语，总是以"小"和"少"为伴。家长见孩子找不到工作，劝慰说："实在不行，做个小买卖吧，挣点小钱过小日子。"有好朋友请吃饭，客气的人总是要说："别破费，找个小馆儿喝点小酒，好朋友说说话，别搞大了。"几个人凑钱做生意，也总会有个人站出来，面色严峻，谨慎地说："看着走，一步一步来，资金少投点，要是赔了怎么办，慢慢来，看看再说……"这样的社会文化、民众气质，从社会的各个方面包围着工业领域，此类例子太多了。

十年前，天津人终于喊出了"大"字。大火箭、大飞机，把"大"字放在前面，敢于叫得响。但是仔细研究，这个"大"字也绝非偶然喊出来的。

天津人崇尚技术，对机器、设备、运输工具特别尊崇，有深厚的"机器文化"的历史根底。举个简单的日常例子，比如吊车，天津老百姓不叫吊车，叫"大老吊"，我小时候就是这样叫的，如今上年岁的老人还是这样叫。人们还把火车、轮船前面加上"大"字，叫"大火车""大轮船"。所以静下心来回忆，喊出"大飞机"一点也不奇怪。当时喊出"大"的工业项目，还有"大无缝"（钢管公司）和"大化纤"（石油化纤公司）。

对"机器文化"的崇尚，包含天津近代工业沉淀下来的文化氛围，再往远处说，是工业历史文化的沿袭。不能不说，其中也有"三条石"对天津工业文化的贡献。

当年我在天津滨海新区的高新企业与科技人员和工人有过长时间的密切接触，虽然已经过去十年，当年的情形依旧历历在目。我与科技人员接触时，特别关注他们的心理状态。我总是想起上海江南造船厂的理念，什么都可以没有，但是一定要有技术人才。

　　人才就是"火种"，技术就是"地基"，多么漂亮威武的厂房都可以建起来，都不是大难题，但是属于一座城市的人才、属于一个国家的人才，特别是专业技术领域的拔尖人才，那可不是随处可见的。人才，需要进行系统的培养，需要长久的梯队建设，需要多方面的爱护。

　　仔细分析天津这些年的发展，天津早已认识到人才问题，绝对不会再像百年前那样，随着天津机器制造总局的没落，而让大量技术人才"遗失"；也绝不会再像"天重"和"天发"那样，工厂没了，让那些手握"金刚钻"的技术人才自谋生路。一定要把技术人才组织起来，重新开发新的领域。

　　天津老城已经不复存在，厚重的围墙消失了一百二十年。束缚老一代天津人的"精神城墙"，对于滨海新区的年轻人来说，几乎没有留下精神上的烙印。滨海新区都是外来人口，全国乃至全世界各个城市的人都有。洋务运动时期，官办工厂只雇佣南方人的狭隘思维，早已经一去不复返。思想意识上的守旧藩篱，在滨海新区——焕发勃勃生机的天津新城——没有任何思想根基。

　　天津工业从"准备"过渡到"行动"，假如划分一个具体时间节点的话，就是在十年前，滨海新区开始向"大"的方向奔跑。

　　记得当年我最初前往的地方是直升机生产车间。虽然天津人没有在这个项目上加个"大"字，但心目中还是有"大"的概念。

　　车间阔大、无人，与我过去对车间的印象几乎没有任何相同之处。走进去很远，才看见身穿淡蓝色工作服的工人匆匆走过。我过去工作的车间，到处都是人，人比机器多。科技进步最明显的标志之一，就是人力使用的减少。想想我当年工作的发电设备厂，一个车间有四百多人，如今够得上一家大公司的员工规模了。

　　当时我在直升机装配车间寻寻觅觅，终于看见三个穿着淡蓝色工作服的青年工人，围绕着两个像是变电箱一样的柜子在干活，地上铺展着数百条各种颜色的电线。我好奇，慢慢走过去，想要借机和他们攀谈。到了近前，又犹豫了，我发现那几个年轻工人的脸上带着高傲的神情，对走近的人视而不见，没有任何反应。

我在距他们三米远的地方站定，等待他们中间的某个人朝我这边看，也只有目光接触后才有可能走过去和他们交谈。

但，始终没有。

这与我十八岁走进厂房时的感觉完全不同。

20世纪80年代的工人，不管师傅还是徒弟，虽然身材魁梧、粗犷有力、勇往直前，目光却是拘谨的，言语是稚嫩的，行为也是简单直白的。只要身边有陌生人出现，他们都会第一时间主动走过去打招呼，说一句"您找谁"之类的客气话。

对21世纪的青年工人，我无法在短时间内进行系统总结。他们的目光淡定、专注；他们与我当年走进工厂时的年纪不相上下，却与我当年的状态完全不一样。那也是我离开工厂多年后，第一次看见脸上挂着高傲神情的"蓝领"。他们用一种独特的神情完全征服了我。正是他们那种高傲的"蓝色神情"，让我带着太多的好奇，想要"接触"天津高科技企业，了解新时代工人。

后来经过了解才知晓，中航直升机有限责任公司由中国航空工业集团与天津保税区投资有限公司共同出资，是中国航空工业核心产业和大型航空骨干企业之一。

当初我接触这家公司的时候，公司才成立三年，资产总额二百亿，职工有一万多人。面对"一万多人"这个熟悉的数字，犹如跳伞时降落伞打开的瞬间，有一种突然被往上拽的感觉，让我想到曾经辉煌的天津拖拉机厂。一个在大地农田上行走，一个在天上展翅飞翔，假如说两者并肩站立，它们之间的角色转换，似乎也昭示着天津工业发展开辟了新的路径。

国家为什么要大力发展民用直升机产业？难道百姓还能像现在驾驶汽车一样，买一架直升机上下班？与业内人士交流后我才搞清楚，国家发展民用直升机，是与那场大灾难有关。

四川汶川地震，碍于当地特殊的地形地貌、气候和起降条件，以及堰塞湖突发溃堤等紧急情况，只能依靠直升机进行救援。当时是用直升机搭建起了一条空中生命线：将中央领导和救护人员用直升机送入灾区；将药品、食品送入灾区中心；从灾区运出伤员；将通讯设备送进灾区；将超过十三吨的重型设备调运上唐家山堰塞湖。

但也有遗憾：当时参与救援的一百五十架直升机，民用直升机有三十架，其中国产直升机只有十四架。更加无奈的是，国产直升机在救援现场只能充当配角，无论吨位还是高原功能，都无法与国外直升机相比，更别说与著名的美国"黑鹰"直升机相比了。

发生在中国的灾难，却用外国直升机救援，犹如一个家庭出了事，自己人手里拿的抢救工具用不上，需要敲别人家门借来救援工具，那种滋味好受吗？发生在同一年的美国新奥尔良州的卡特里娜飓风，美国政府出动了四百架救援直升机，全是不折不扣的"美国造"。

汶川地震后，中国政府决定加大民用直升机的研发和生产力度。促使中国政府下决心开发民用直升机领域的，还有几个听上去令人震惊而又尴尬的数字——

巴西圣保罗一个城市民用直升机的数量比全中国都要多；中国百万人拥有直升机的比例还不及泰国的水平，甚至要低于印尼的水平；十年前就有专家做过统计，当美国的国民生产总值达到万亿美元之时，民用直升机的拥有量是八千多架，而当我们国家的国民生产总值达到这个标准时，民用直升机的数量却不及美国当年的百分之一。

这些冷峻的数字，说明中国民用直升机的发展还处在世界落后地位，与我们正在和平崛起的国家地位极不相称，必须奋起直追，否则还会落后得更远。

至今记得我第一次坐进直升机驾驶室的心情，只能用非常激动来形容。

驾驶舱空间不大，但坐进去非常舒适。眼前一个小型电脑屏幕，显示着各种飞行参数，取代了我们印象中令人眼花缭乱的各种表盘。驾驶直升机，操作非常简单，犹如开家庭小汽车。坐进驾驶舱，立刻想到一个字——飞。人类对飞翔永远有着不衰的痴迷。

中国工业的每一次重大布局，都没有缺少天津的参与。

天津滨海新区承担起了自己应该承担的责任，由此天津人也看清了未来，21世纪工业前行，必须要以发展高端产业为引擎，要有自己的核心技术。直升机产业就是前瞻产业。未来中国交通的发展方向，除了高铁之外，还要努力从"地上"转移到"天上"。按照国外成熟的城市发展规划，要充分利用低空领域。

开放低空领域，肯定会遭到一些人的指责，观念保守的人永远存在。私家车已经造成地面交通问题，难道还要在空中造成堵塞吗？地面堵塞大不了耽误时间，空中堵塞怎么办？

其实对于民用直升机的用途，许多人存在认识上的误区，说到"民用飞机"则立刻联想到"私人飞机"，马上就会单纯地与影视明星、富豪老板联系在一起，就会衍生出来愤怒、气恼以及牢骚，随后就会出现一大堆的"闲言碎语"。其实，这样的想法，误解了"民用直升机"。谁说"民用直升机"就是"私人飞机"？

私人飞行只是民用直升机的极小一部分用途，民用直升机还有更为广泛的国家用途，比如救护、消防、探测、公安执法等。在过去很长时间里，我们对此认识不足，所以导致民用直升机研发和生产上一片空白，与世界发展拉开很大的距离，已经落后于一些发展中国家。

十年前，天津就开始重视直升机发展领域，目光如此远大，谁还能说天津发展意识落后呢？

一座城市的发展，需要具有高远前瞻的眼光，城市才能融入国际产业链，未来才能拥有国际话语权。否则只能在低端产业徘徊，成不了大气候，也绝对成不了国际都市。

如今想来，天津没有了"天重"，重新改组了"天拖"，"四大天"各有成败，真是没有必要骂天咒地哭鼻子，要看清我们的未来，我们还有天上飞的呢。十年前，就已经在进行 AC301 和 AC311 型直升机的试飞和交付工作，天津在新时期工业发展进程中，并没有我们印象中的保守与落后，只是还存在韧劲不足的问题。大有希望的是，通过"局部"带动"全部"，还是能够看到美丽的前景。

十年前，天津直升机公司已经和"欧直"公司合作，当时双方共同开发研制七吨级 AC352 型直升机，合作双方各占50%的股份。这说明什么？说明中国的实力早已经得到了世界民用直升机先进生产公司的认可。

另外，我们自主研发的 AC313 大型直升机，也获得了中国民航局颁发的型号合格证。这是一款拥有完全自主知识产权、已经具备世界第三代直升机性能的高原直升机，也是一款各项性能达到世界先进水平的大型民用直升机，还是世界上第一型取得在海拔四千五百米地区Ａ类型号适航证的大型民用直升机。

正是因为ＡＣ313获得民航局型号合格证，才终于结束了中国无大型民用高原型直升机的历史。这款型号的直升机将在抢险救灾、森林防火、交通运输、海上作业、医疗救护、旅游观光、公务飞行等领域发挥巨大作用。在这方面甚至超过了美国的"黑鹰"直升机——因为他们的直升机当年还没有领到"高原证"。

近十年以来，这个行业没有停滞，始终奋力前行，已经成为天津标志性的高新产业。

三

假如说，直升机研发在天津工业领域还属于"小打小闹"的话，那么天津的"大火箭"则真正有了现代工业的大气势。

"大火箭"，这是天津人的亲昵称谓。它的"婆家"是天津航天长征火箭制造有限公司。天津人对新生事物、对新工业带来的新气象，内心深处有着浓浓爱意。

"大火箭"对于天津这座以化工、机械、纺织闻名的工业城市来说，一度是一个非常陌生的名词。这是社会关注度非常高的事件，我记得当年电视台播出这个消息时，好多天津人互相询问，天津能造"大火箭"了？我那几个工厂老同事还给我打来电话，说我认识新闻行业的人多，打听打听，到底是怎么回事？

"大火箭"项目主要进行长征五号、长征七号等新一代运载火箭型号的研制生产、组装，以满足我国未来五十年发展空间技术、和平利用空间的需要，同时开展航天技术应用产业项目的经营开发。天津火箭公司是中国航天对外展示实力和成就的窗口，也是中国航天运载火箭产业化发展平台、滨海新区先进制造业代表，更是国内一流、国际知名的大型航天制造企业。业内专家总结了一句话，清楚明白——"一门户、两中心、三基地。"展开来讲，即中国航天展示制造实力的重要门户，中国航天高新产品的制造中心、中国航天制造技术的研发中心，国家重要的现代制造业基地、国家重要的科研成果产业化基地、国家重要的制造人才培养基地。

如此也就能够看清"大火箭"的综合实力了。尤其是"制造人才培养基地"，更是让我浮想联翩，想到了天津机器制造总局衰败后，技术人才的大量流失。如今新时代的中国工业、新时代的天津工业，让历史的遗憾戛然而止。

当年"大火箭"基地与直升机公司一样，让我惊讶的还是那里的"学生军"，恍惚之中以为走进了大学校园。这些"学生军"可不简单，他们是奋战在第一线的技术工人。他们的年龄与我当初走进工厂时差不多，应该也与一百多年前的"三条石"工人年龄相仿。

当年我初进工厂车间，负责打水、扫地，给师傅拿饭盒，完全是重复性的简单工作。可是眼前这些"学生军"，进厂的第一时间便成为科技发展的生力军，他们最低学历也是大学本科，还有不少硕士、博士。他们来自机械加工车间、铆接车间、焊接车间、设备管理部，都是实打实的一线部门。他们年轻、有朝气，脸上带着青涩，当着众人说话脸会发红。我不敢相信，这些年轻的"学生军"就是受到全国乃至世界关注的中国火箭事业的生力军。

年轻工人的精神状态，依旧是我关注的重点。倾听这些年轻的"学生军"给我上课，听他们讲述"火箭生活"——每个人都给我讲述了一段平凡故事。

我渴望了解他们的"学徒生涯"。

我这个20世纪80年代的"高中老工人",与新时期的"博士、硕士新工人",在十年前的天津滨海新区,面对面进行了一场关于生活、工作、理想的对话。

有一位来自铆接车间的"蓝领"告诉我,他们车间有三十名员工,平均年龄二十三岁。就是这样一群年轻的技术工人,在铆接高度四米、直径五米的火箭外罩时,要面对异常艰苦的工作环境。

当时工厂周围还是一片荒滩,车间还没有完全建成,他们甚至在缺少必备升降机的艰难条件下,仅仅用一天时间就搭建好了一个简易的脚手架,随后在一片无遮无拦的荒地上,开始了火箭外罩的铆接工程。他们是跟随企业一起成长的工人。这些"学生军"的工种,与我当年的工种一样,但是所带来的事业感与成就感却完全不同。

假如创业初期的情景不是由他们这些亲历者亲口讲出来,任何人都不会相信。在许多人印象中,神秘莫测的"火箭"要在防护严密的地方组装出来,怎么会在厂房正在施工的条件下开始生产呢?如今想来,什么是天津现代工业的气魄?这就是。不等待,一分钟都不等,而且工人没有牢骚,没有畏难情绪,敢于创造一切条件,就是一个大大的字——上!

我在铆焊车间工作过,对于相同职业的人,心里总有一种攀谈的欲望。

铆接车间主任刚刚三十岁,一点不像车间主任,文绉绉的,像是中学教务处主任。想起我当年五大三粗的车间主任,不说话则已,只要说话就会拍桌子。我第一次参加车间大会,车间主任拍桌子讲话，把我吓得差点蹦起来，后来就习惯了，他要是讲话忘了拍桌子，我还觉得别扭。

一座城市的工业发展，需要太多太多方面的改变，工人气质的变化、基层领导的变化也是关键环节。

铆接车间主任给我介绍了火箭和飞机的不同之处，每一艘火箭的外罩，都需要大量的铆接工作，工人的劳动强度极大。

这位不爱说话、即使开口也是话语简短的车间主任，他的工作作风给我留下深刻印象，虽然已经过去了十年，我至今依然记得他的相貌。

我还认识一位来自南方的硕士小伙子。他告诉我，来到这里工作，像是经历了一场心灵地震。他从海河畔的天津火车站下车，乘坐出租车来到开发区，一路上抱着宏伟的想象，想象自己的人生以后就像冲天而上的大火箭，夺目而显赫。现实情况却很糟糕，出租车越往前面开，环境越是荒凉，一个人都看不见，也看不见想象中高耸的厂房，眼前只有一望无际的荒草地。

小伙子当时的讲述，也让我想起1980年去天津发电设备厂报到的情景。我骑着一辆二十块钱买来的旧自行车，还是一辆"除了铃铛不响哪儿都响"的女士车，骑了一个半小时，浑身大汗，当时也是越往前面走，环境越是荒凉。

我和硕士小伙子在工作初期有着相同的感觉，但是未来道路却是不一样的。滨海新区的起步，犹如重新打造一座新津城、新高地。

小伙子还跟我讲，他提着几件行李住进小招待所，刚把行李放在前台，还没有进屋，前台服务员就让他接电话，随后他在电话指引下，马不停蹄地跑到车间。

小伙子一身大汗地到了车间，穿上工作服，立即开始干活儿。

他说他当时懵懂不解，这就开始上班了？怎么连个欢迎仪式都没有？后来他才明白，他所供职的"大火箭"，是一个没有寒暄、没有客套的地方，因为没有时间寒暄，没有时间客套；这里也没有任何浮夸的迎接仪式，因为"工作"就是最大的欢迎仪式。

滨海新区从开发建设那天起，就没有了天津古老的社会风俗。过去外地人到天津，本地人热情得恨不得把你抱起来，来回转几圈。聊天、吃饭、送礼，热情得简直会让客人觉得拘谨。但是在滨海新区，这些久远的天津社会习俗已经消失了，风气变得更加务实，把寒暄和客套时间变成了工作时间。

我还认识一位博士生，工种是"钣金"。所谓"钣金工"，其实就是我们过去市井叫法中"黑白铁匠"的文雅称谓。

这位身材瘦弱、手指白皙的博士生，"新时代的黑白铁匠"，也给我讲了一件"有趣"的事。他说他刚来时，面对的只有一间厂房，周边都是尘土飞扬的大工地，再远处就是荒地。看不到人，连鸟儿也看不到，这里没有树，鸟儿无法落脚，飞过来也会被累死、晒死。那年冬天，车间刚建好，没有暖气，没有厕所，也没有食堂。到了吃饭的时间，这些博士、硕士学历的新工人，端着装在泡沫饭盒里的盒饭，在厂房外面的太阳地里，靠在墙边吃饭，与周围一同参加土建工程的农民工吃饭姿势一样。有趣的事出现了：大学生和农民工在午后阳光下开始了一场特殊的对话。农民工问大学生一个月挣少钱，大学生说，两千多块钱。农民工说，工资太少了，我帮你介绍一个活儿，推沙子，每个月四千多块。

博士小伙子说，想起刚来厂时这场对话就会禁不住笑，觉得开心有趣。

博士小伙子还给我看了他们车间干活的视频：一群年轻的高

学历大学生，在高温环境和轰隆隆的噪音声中，耳朵里戴着橡胶耳塞，赤裸着上身干活。

胸怀大志的大学生们，来到这里后，没有去搞技术工作，更没有坐在科室喝茶水，而是直接走进车间，全都从"小工"做起，递板子，堆放工料，打扫卫生，比如光是练习蹲着干活，他们就练了很长时间。刚开始，蹲上几分钟双腿就发麻了，浑身难受，头也发晕，更别说专心工作了。后来经过锻炼，他们可以连续蹲上一个多小时，腿不麻，眼不花，绝对不会因为身体原因影响工作。

这些大学生工人初来乍到时，也算是"学徒工"，也是从基础性工作做起，但跟我四十年前做基础性工作时的心态不一样。他们是体验基础性工作，而我那时的工作心情，则是必须经受无法躲过的痛苦。

不一样，完全不一样了。

近十年来，我在天津滨海新区走访了众多工业企业，接触了很多青年工人。如今想起来，只有那天在铆接车间里待得最久，当我站在厂房门口眺望四周、准备离开时，已是晚上十点多了。厂房外面漆黑一片，没有任何声响，周围也没有灯光，只有天上微弱的星光。可想而知，工厂周边也没有任何休闲娱乐设施，对于这些二十岁出头的年轻人来说，是身体与心灵的双重考验。

我有过这样的经历。加完班，独自一人回家，骑自行车累了，就坐在路边休息。记得有一次中秋节加班，回家时骑车累了，坐在马路牙子上，一个人望着皎洁的月亮，望了很长时间。所以十年前站在"大火箭"铆接车间门口，看着如此熟悉的场景时，感觉一代又一代的天津工人，在用相同的心境走过不同的年代。

我还想起一件有趣的事，也是青年工人讲给我的。"大火箭"坐落的地区，原是一片滩涂。你大概不知道滩涂的厉害，挖掘机工作完毕，停在工地上，第二天没了，无影无踪。去了哪里？原来沉陷进了泥沼里。就在这样一片不毛之地，仅用几年时间就诞生了工业奇迹，而且还是关于"大"的奇迹。

像不像1860年三岔河口天津近代民族工业的起步？两次不同的起步，相隔一百五十年，却有着不同的历史意义、不同的历史境况。

这些奇迹，我们的"老师傅"、1860年的秦玉清，能听得明白吗？还有那个不甘使用乳名狗宝、总是向往新鲜事物的学徒工秦玉宝，能听见吗？还有"三条石"的那些从业者们，你们能听见吗？我们相隔一百多年，但从事相同的工作，有着相同的身份，想必可以相互理解。

多年以后，为了写作《三条石》这本书，我又去了滨海新区，感受天津工业当下的巨变。

树木、绿地，还有湛蓝的天空，走在工厂周边的道路上，犹如走在花园的小径。那些厂房里，没有任何噪音传出来，周边也看不到一根冒烟的烟囱。

认不出了。

同样认不出的，还有那些年轻人。

在快速的工作运转中，边学习边实践，那些刚出校门的博士生、硕士生，在各种困难的磨砺下快速成长。十年后的今天，他们已经独当一面，成为各部门的科研带头人、工业战线上的科技精英。

他们也是同样感慨，跟我滔滔不绝地讲述十年的心路历程。面对如今也只有三十多岁的年轻人，我总是禁不住想起"三条石"。

一百多年前"三条石"的学徒工，与这些博士学徒工最初的起点都是一样的，需要经过"干杂活"这道门槛，没有打过杂的徒弟，绝对当不了师傅。"打杂"，本是熟悉工作环境与工作性质的过程，但这些新时代工人的"打杂"，与一百多年前"三条石"小作坊里年轻人的"打杂"，却有着天壤之别。"打杂"不是扼制工人成长，不是扼杀工人思考。这些新时代工人从进厂那天起，始终有着独立的精神畅想。当工作出现疑难问题时，师傅告诫他们，所有人都要拿出自己的想法，想法可以不成熟，可以接着想，但是不能没有，否则师傅是要大发雷霆的。绝对不允许工人闷头干活儿，让干什么就干什么，那不是好工人，要脑袋瓜想着问题干活儿。而"三条石"的学徒工以及工人与新时代工人的不同之处在于，他们是不能有自己想法的。

这才是最根本的区别。

别说当年的"三条石"，就是当年发电设备厂的铆焊车间，与现在"大火箭"的铆接车间，相差一个字，工人工作性质一样，但不一样的，是工人的数量和文化程度。那时候我们铆焊车间有四百多名工人，大多数是中学学历，有的还是小学文化，车间技术员是中专学历。可是"大火箭"的铆接车间呢？当年工人不到四十人，两个博士生，九个硕士生，其余是大学本科和大学专科。这样的比较，任何人都能清楚其中的意义。

铆接车间专门制造火箭的外罩，是"大火箭"的"门面"。

火箭外面能够看见的部分，都是在这个车间铆接出来的。每个外罩要经过十三道工序，每个工序都不能出差错。他们要在零点三毫米厚度的合成板上焊接，稍不留意，就会焊出一个洞。无论那个洞有多小，都意味着这块合成板当即报废，没有任何补救办法。每个人干活儿时都高度紧张，刚开始这些博士、硕士工人手脚发颤，因为他们的一个失误，将会意味着彻底的材料报废，意味着别人的劳动成果毁于一旦。可是这些年轻人经受住了考验。考验的结果毋需多言：铆接车间拿过航天"长征奖"。

为什么能够经受住考验？就在于拥有宽松的能够激发工人努力思考问题的空间。无论遇到什么难题，每个人都要拿出自己的想法，可以没有解决的办法，但必须要有自己的思考。每个人都要讲，大家都在琢磨问题，不是单纯地干活，拒绝没有思考的工作。这就是可以使工人快速成长的外部环境。

再次让我想到一百多年前的"三条石"工厂。

当年"三条石"的学徒工，怎么能允许有自己的想法？师傅让干什么，徒弟就干什么。"狗宝，把火加大。"学徒工狗宝马上颠颠地去抱木头。至于为什么此刻加大火力，师傅不告诉，徒弟也不能问，只能自己慢慢琢磨，瞅准师傅高兴时，抽冷子问一句。

"三条石"就是在桎梏工人独立思考的氛围中，逐步走向衰败的。只有让每个工人都有独立思考的空间，拥有激发想象的宽松氛围，才能充分调动个体积极性，才能让工人有主人翁的感受。只有这些条件全都具备了，集体的力量才能强大，企业才能阔步发展。

想当年，"大火箭"的"青年学生军"，正是在外界大力督促思考、内心善于学习的"内外联合"下，才快速掌握了精湛的焊接技术。比如在直径五米、长二十米、厚度只有零点三毫米的箱体上焊接，难度之大，没有接触过焊接的人无法想象。怎么形容呢？犹如在一根软面条上焊接，要求很高，焊接处绝不能有微小的缝隙。这些箱体，一个要装零下二百七十度的液态氢，另一个要装液态氧，这两个相邻的箱体，如果发生任何微小的泄露，两种物质相遇就会立刻产生爆炸，火箭也就上不了天了。

如今中国非常重视航空航天业，这是过去几代航天人难得遇上的大好机遇。但是这一切必须建立在时刻进取的基础上，必须拥有不断前行的决心，绝对不能有"吃老本"的想法，否则的话就会前功尽弃。

看到过一个新闻，20世纪90年代风光无限的某个著名服装品牌，2019年夏季宣告破产。这个品牌曾有过百亿级的辉煌，电视上天天都能看到他们的广告宣传。破产后负债数十亿，创始人的子女没有一个愿意接受遗产，因为接受遗产，就意味着要背负数十亿的债务。

什么原因使得这个"百亿级大厦"轰然倒塌？原因其实很简单，他们先是错过了电商方面的发展机会，随后依旧按照实体经营模式前进。于是也就仅仅几年时间，一道坎儿没有迈过去，或者说没有给予足够的重视，便迎来无情的破产。

我至今记得某个著名商业创始人离职时讲过一句话，后来不断被媒体引用——"我战胜了所有对手，却输给了时代。"

无论什么企业、什么品牌，只要不能跟上时代步伐，就会被时代无情抛弃。把你打倒的，不是同行业的对手，而是你想不到的其他行业。但是归根结底，打倒你的还是你自己。

有一句商业名言讲得非常好："时代抛弃你的时候，连声招呼都不打。"还有一句，如今也很有名："我消灭你，与你无关。"

四

我至今清楚地记得空中客车A320系列飞机总装线刚落户天津时的盛况，它立刻被天津人亲切地简称为"大飞机"。这也是近十年来天津工业战线转型期间的又一大手笔。

在滨海新区众多知名企业中，"空客"在天津老百姓心目中最具知名度。不仅因为它早在 2007 年就开始建厂，相比其他企业，诸如大火箭、直升机生产要早上两年，主要还是"空客"具有更加普遍的民众认知度。坐落在滨海新区的大飞机、大火箭，开工当年就立即成为"饮食三绝"那样的天津当代工业新代名词。

许多人只知道空中客车 A320 系列飞机天津总装线是空中客车公司首次在欧洲以外地区建立商务飞机的总装线，也是亚洲第一条商务干线飞机的生产线，却不清楚它是如何组成的。那么就让我们看一看，天津在"大飞机"中的分量或者说有多少"含金量"，一定要明白，这可不是天津提供土地那么简单。

空客天津组装线是由天津保税区、中国航空工业集团公司组成的中方联合体，然后共同再与空中客车公司签订合同，成立空中客车 A320 系列飞机天津总装线合资企业。天津绝对不是空吆喝，而是有实打实的"参战"内容。

说得再详细一点，空中客车公司持有合资企业 51% 的股份，中方联合体持有 49% 的股份；在中方联合体持有的股份中，当时天津保税区又占了 60%，中国航空工业集团公司占 40%。为什么要掰开揉碎地说"股份比例"呢，就是为了让大家看到天津的发展力度和合资发展中的话语权。

当年，从中方和空客公司签订合同的那天起，在占地五十九万平方米、建筑面积约十一万平方米的天津滨海土地上，来自全国四面八方的科技人才，始终是以奔跑的速度向前挺进。至今说起来还是令人激动，当年仅用了一年零三个月的时间，就建起了专用的飞机总装车间、行政办公楼、空客公司交付中心以及其他相关配套设施。随后迅即开始生产，同样的建设规模，建设时间比国外减少一半。这个项目从开始阶段就让合作的西方人刮目相看，关键在于所有建设环节完全符合国际标准。

再次前往滨海新区看看"大飞机"，感觉十年弹指一挥间，真是太快了。

如今的中国节奏、天津速度，国外客商们已经适应了，已经熟悉了，从改革开放三十年到改革开放四十年，中国人在用一个又一个鲜活的实例，讲解着中国工业前进的每一步。

空客公司在全球有六条总装生产线，天津总装线是六条总装生产线之一，也是欧洲以外唯一的总装生产线。十年前，这在空客历史上还是第一次，天津就把这"第一次"写在了中国工业发展历史手册上。

空客A320系列飞机天津总装线项目，是以空客公司汉堡A320系列飞机总装线为原型，按照不低于欧洲的质量、工艺标准进行设计生产的，采用空客公司当时最先进的移动站位技术，将飞机部件及零件进行总装、喷漆、测试和飞行试验，并交由空客公司独资的空客（天津）飞机交付中心进行客户交付。在中国总装和交付的飞机，与在欧洲制造组装的飞机，品质完全相同，没有高低之分。

空客总装线落户天津，对于天津工业是个很好的发展机遇，它使得天津在中国乃至整个亚洲的飞机制造业中，抢占了一个制高点，让我们能够更近距离接触到飞机总装、喷漆、测试等具有很高技术含量的程序，也使得大批世界各地的著名配件供给企业来到天津。它们在天津设立办事机构、建立生产企业，已经形成了较为完整的飞机制造产业链，拉动了中国航空制造产业的快速发展，也带动了中国国内相关产业的发展、进步。

一个城市的工业发展，选择一个制高点非常重要。它就像一棵参天大树，把根须扎向更加宽广的大地，并形成向高、向上的聚合力。

比如中国远洋运输集团，过去没有大部件运输经验，正因为承担了空客机身的运输工作，使得他们有了"实战"经验，如今中国远洋运输集团已经能够承揽世界其他公司的大部件运输项目。这就得益于天津空客总装线在中国的落地建厂，使得一些相关企业及时充分吸收"这棵大树"的营养。

我深入了解过天津一家专门生产轮胎的私企公司，与这家企业的两代掌门人都有过接触。他们曾经为空客飞机配件运输生产过技术含量极高的运输夹具。这也是因为空客落户天津而产生的业务，否则遥远的欧洲空客公司怎么会来到天津，更不会去找天津一家民营企业制造相关产品。

十年过去了，至今可能依然有人心中存在误解，认为落户一个总装线不值得高兴，因为组装的经济效益在整个飞机产业链中所占份额不高。其实这种想法，是由于不了解飞机生产制造环节而造成的。

"空客"的核心技术，分布在飞机的整体设计、技术标准、质量体系、大部件组装、飞机总装、飞行测试等几个关键环节。大部件生产分别在法国、德国、英国和西班牙等国家的空客公司完成，众多零部件进行全球采购。其中大部件之一的飞机大翼，已经实现中国天津本地化生产。

科技工业需要一个渐进过程，不仅要跑得快，还要尊重客观规律。面对科学技术不能操之过急，一口吃不成胖子。

在世界商用飞机的市场上，波音和空客是两大巨头，目前这两大巨头各占世界50%份额。空客A320系列飞机，又占空客世界市场的70%，由此可见，落户在天津的这条总装线，意义该有多大。

包括A318、A319、A320、A321在内的A320系列飞机，是世界上最畅销、最成功的单通道系列飞机。先进、省油的空气动力学设计，成熟的运营可靠性和更长的维修间隔时间，使得A320在同级别飞机中，拥有最低的运营成本。

天津航空航天产业的快速发展，给这座有着六百年深厚底蕴的城市赋予了崭新的现代化理念。在天津重型工业纷纷转型、混改的时候，这些拥有高科技内涵的新兴工业的兴起，为这座工业城市注入了新的发展活力。

五

分析一座城市的经济发展，永远不要忘了它的历史，要在历史背景下审视城市的发展路线。不仅要了解所在国家的工业背景，同时还要了解世界工业背景，只有把这大小两个背景搞清楚，才能拥有话语权。

要"主动"去看。荷兰人斯宾诺莎在他的名作《伦理学》中，对于"主动"行为有过细腻、准确的阐述。在论"理智的力量或人的自由"时，他这样讲："例如一个人如果有意去看一个远距离的东西，这个意愿便使他的瞳孔放大，但是假如那人只是想要放大瞳孔，这个意愿却不会产生所期望的结果。"

所以说，主动去看有具体内容的事、主动思索这件事的所有背景与现状，该有多么重要。绝对不能忘记"主动"二字。

世界工业历史上有过三次工业革命——蒸汽机时代、电气时代、计算机时代。中国在前两次工业革命中，处于落后状态。令人高兴的是，到了计算机时代，我们属于前列方阵。如今智能时代已经来临，中国没有落后，还是世界"领跑者"之一。

"智能时代"的内涵，是带有"智能"标签的三大主题——智能工厂、智能生产、智能物流。在中国工业快速发展的大背景下，十年前的天津工业就已经发生重大变化，如今经过十年的不懈奋斗，天津工业发生了天翻地覆的改变，特别是在高科技工业领域。

北方重要工业城市天津的变化，从某种意义上来讲，也代表着中国工业的巨大变化。

2019年度，天津共有十七项科研成果获得国家科学技术奖，其中自然科学两项，包括一等奖一项、二等奖一项；科技进步奖十五项，包括特等奖两项、一等奖一项、二等奖十二项。在这些获奖项目中，由天津市牵头的项目有三项。最引人注目是中国三代疏浚人的"国轮国造梦"，也就是中国轮船中国制造。

由中交天津航道局有限公司等单位共同完成的"海上大型绞吸疏浚装备的自主研发与产业化"项目，获得国家科学进步奖特等奖。这项技术对于中国在海洋事业上的拓展有着极大的推进作用。我们常说的"海上基建狂魔"，指的就是这种船只。这种船只的威力到底有多大？几个月时间内，就能把一个岛礁变成一座海岛。

天津这座临海城市，终于有了与大海气息有关的高科技工业项目。尽管这个项目是国家驻津企业的"国企"行为，但毕竟发生在天津这片土地上，是由天津牵头组织的项目，不客气地讲，它包含着天津的突出贡献。这个项目的获奖也是提醒我们，要重视航海、重视远洋，具有"深蓝意识"才是真正具有现代发展观念。

发展意识的转变，也是开拓性思维的具体表现。

濒临渤海的天津人，从"望海楼"的称谓就能看到我们的远海向往。这是一个意识问题，好在我们已经深刻认识到大海对于国家工业发展、经济腾飞的重要。

六

不声不响的天津人，在"发展观念"变化的大背景下，行动也有了看得见的"画面"。特别是天津年轻人的变化，这是最令人欣喜的事。

假如说，十年前天津滨海新区的一群年轻人，用自己的行动书写了天津工业新篇章，那么十年后的天津年轻人，则聚焦在"世界概念"之下。他们从天津视角看全国，在实际工作中认真思考世界，思考"自我"在世界上的具体方位。

讲一个具体事例。

我认识一个在电商行业工作的"90后"青年，他给我讲了许多有关国际互联网的故事。

比如美国最大的网络电商"亚马逊"，其中有个"日本部"，日本人把客服项目包给了中国天津的一家公司。这家公司在天津武清开发区建立了面向日本全岛的电商平台，客服人员都是天津青年，以"90后"为主。我认识的这个"90后"青年就在日本部工作。

2019年10月，日本遭遇2019年第19号台风"海贝思"。台风10月12日晚在静冈县的伊豆半岛登陆，仅仅一天的时间，便造成21人死亡、16人失踪，另有166人受伤，10条新干线被无情地浸泡在海水中，大小超市里的生活用品以及其他商品瞬间就被买光，只剩下光秃秃的货架子。

在亚马逊日本部客服组工作的天津青年，二十四小时昼夜加班，来自日本的订货电话昼夜不断。假如在过去，日本静冈县的台风，与中国天津有什么关系？一毛钱关系都没有。可是现在却有了非常紧密的联系。

什么叫世界经济一体化？从某种角度来讲，电商就是一条看不见的一体化枢纽。如今的天津人尤其是年轻人，以各种不同的形式，自然地参与到世界经济发展的环流之中。在参与过程中，也就不可避免地有了自己的真实体验，有了自己的独立判断。这是经济发展给文化思考带来的新内容。

"90后"喜欢看日本动漫，他们很喜欢日本文化，也正是这些"90后"在日本部整天与日本人打交道，虽然只是在电话中沟通，但依旧能够接触到生活中真实的日本人。于是他们有了亲身感受：并非所有日本人都是彬彬有礼的，也有不可思议的人，也有不可思议的行为。素质低下、蛮不讲理、行为粗鲁的人，甚至带有欺诈企图的人，他们也都在电话中"相遇"过。

这个青年告诉我，过去他对日本、对日本人印象极好，认为日本人都是高素质的，可是经过一场台风，经过台风中的"电话亲密接触"，他有了自己的客观判断。他真诚地说，要辩证看待日本，理性看待日本人。

动漫好看，并不代表日本社会方方面面都好看，这就是"接触"中得到的真实体验。这是教科书上没有的体验，也是呵护备至的家长无论说多少大道理，都达不到的良好教育效果。

试想一下，当年"投奔"天津机器制造总局、来自直隶乡村

的学徒工"狗宝"秦玉宝，要是不被厂方拒绝，他在机器局也会
与洋人打交道，看见洋人的一举一动，相信他也会对外面的世界
有自己的客观判断；相反，要是"狗宝"秦玉宝被拒绝后，能够
被"三条石"的秦玉清重新接纳，有机会继续在秦记铁铺工作，
他又会有怎样的思考？相信他的思考也会传递给他的工友们。

"90后"一代当然是幸运的。他们不仅可以直接去日本旅游，
也能直接与日本人打交道，他们想不独立思考，生活都不同意。
这就是现代社会给予他们的思考便利。他们比当年的"三条石"
工人，少了多少精神桎梏？

不仅要关注世界工业的宏观层面，也要关注世界工业的细微
之处。

互联网销售不再是过去传统工业时代人们印象中的"灯火辉
煌"和"花枝招展"，而是以"静悄悄"的方式串联世界。天津
武清区内的亚马逊日本部，一座简单的灰色大楼，除了夜晚楼里
亮起的灯光，一切都是那样平常，但却与世界时刻发生联系。

从事互联网行业的青年人，并非远离现实世界，也并非不能
了解历史。他们在看不见的人与人的接触中不断成长。历史就像
一条脐带，不会因为接触方式的改变、时间的变化而中断。历史
永远向着新事物"输血"，历史沟壑中的记忆不断被现实激活，
只不过有着不同的表现方式罢了。

十年前，我关注的是科技战线的人、"科技人"的心理状态；
十年后的今天，我可能要把目光转向"方向"，也就是我们常说
的"未来"。科技战线的人们比我更明白，工业发展的"方向"
有多么重要，"方向"错了，使的劲儿越大，错误越是不可扭转。

天津非常关注智能经济领域，因为未来世界就是智能世界，

这条路走得对。比如天津走在世界前列的"天河一号"的"云计算"，以及智能机器人等高端科技项目，都是十多年前就开始瞄准的工业方向。天津工业的发展变化、方向的调整，从某种角度来说，也是"京津冀"的工业态势变化，还是中国工业不断科学调整的缩影之一。

有一点必须明确：一座城市、一个国家，想要实现科技可持续性发展，一定要重视教育。教育是"地基"，不把这个"地基"打牢固，可持续性发展就是天方夜谭。

1977年国家恢复高考后，有份全国各大学本科教育成果资料，2014年首次发布，随后2015年、2017年、2019年进行过三次更新。这份资料对各个大学中当选中国科学院、中国工程院"两院院士"的校友名单进行汇总，在此基础上进行全国大学教育成果总排名，从这个角度去看每个城市的教育状况。天津大学培养出来的本科院士有八人，排名第十五位；南开大学培养三人，排名第四十四位。应该说，天津教育还有很大的提升空间。

但是从另一个角度来讲，假如一个国家或是一座城市只重视普通高等教育而忽略职业教育，又显然有悖教育体系的完整性和科学性。

职业教育是国家教育体系中不可或缺的组成部分，也是构成人力资源开发的重要组成部分。对于人口众多的中国来说，完善职业教育和培训体系显得尤为重要。中国的职业教育体系从顶层设计到改革落实，目前已经非常清晰、明确。

天津是全国职业教育发展最好的城市之一。从中国近代第一所工业技术学校——天津北洋电报学堂到今天，天津目前已有一百多所师资力量雄厚的职业学校，职业教育已经与普通高等教育并驾齐驱。

天津与其他省市"较量"普通高等教育的同时，也要把职业教育"拿到桌面上"来。天津是全国唯一一个现代职业教育"改革创新示范区"，已经有十五年发展历史，五年前再次升级为全国唯一的"职业教育改革创新示范区"。所以说，国家职业教育发展质量研究中心设在天津是有道理的。

全国第一所本科层次的职业教育院校中德应用技术大学、我国最早建立的职业技术师范大学都在天津。中国与德国率先构建起了高中、本科、硕士全部贯通的人才培养体系，这种模式很早就成为中国职业教育改革的"先行者"，出发地就在天津。还有天津职业技术师范大学首创的"双证书、一体化"人才培养模式，构建了学士到博士层次的完整职教师资培养体系，已经成为"中国培养职业教育师资力量的摇篮"。

天津还有一个引人注意的项目，就是2015年开始建立的"鲁班工坊项目"研究。2016年中国第一个境外"鲁班工坊"在泰国建成，如今"鲁班工坊"已在亚洲、非洲和欧洲的八个国家建立。这让我想到当年天津羡慕上海的技术人才输出，如今天津不仅向国内其他省市输出技术人才，还逐渐开始向国外输出，而且包含欧洲国家，这是非常不简单的。天津终于可以在面对工业城市的称谓时，有了充足的底气。特别需要强调的是，天津向国外的技术人才输出，已经成为"一带一路"建设中技术人才交流的平台，还成为天津工业向国际舞台展示的最好的"工业名片"。

只是关注当下并不完整，还应有憧憬与展望。用充足的数据、事例去展望未来天津的发展道路，而且是在雄安新区背景之下，显得更具有重要意义。

毫无疑问，"高科技"是未来社会追求经济发展的主要目标和主要手段。如何让"高科技"安稳落地？这是必须认真考虑的问题。也就是说，"定位"很重要。

天津有着雄厚的工业基础，在未来科技发展、科技转化生产的过程中，正在或将要实现以下规划——

将天津港打造成为内陆腹地的国际贸易"桥头堡"；京滨城际铁路跨青龙湾大桥主体施工；全国首张人工智能专业职称证书颁发；北京房山—天津南蔡五百千伏线路工程施工已经开始；国内首条"京津冀"地区直飞南昌全货机航线开通；对"京津冀"三地合作具有重大历史意义的北京大兴国际机场航站楼已经投入使用以及北京到雄安的高铁已经运行。

"京津冀"三地融合也在加紧推进。从2020年初开始，天津已经开始推行多种举措来承接北京非首都功能。比如对落户到滨海新区的"天津滨海—中关村科技园"和"宝坻京津中关村科技城"等众多优势项目，第一时间推出了多项优惠政策，特别是对引进人才极为重视，"海河英才计划"已经成为"京津冀"快速发展、快速推进的重要推手。

天津，从来没有像今天这样，对于人才引进有着从上到下的高度认同与高度重视。这是工业发展进程中的"关键动作"。

七

2020年岁末，天津发生了一个重要事件。一份公开报告发布，"制造业立市"将成为天津工业当下以及未来的发展方向。这是一份令所有天津人特别是工业战线从业者万分激动的报告，有必要把这份报告的全名写出来——《中共天津市委关于制定天津市国民经济和社会发展第十四个五年规划和二〇三五年远景目标的建议》。

在这份报告中，阐明了天津"制造业立市"的历史与现实原因以及如何理解这份报告。随着时间的推移，这份报告将成为天津经济发展重要的历史文献，也可能成为天津工业发展的重要转折点。

首先，天津提出的"制造业立市"，有着重要的大背景——国家战略。因为"制造业强国"战略是国家制定的重大战略，关系到我国的经济命脉，也是立国之本、强国之基。

其次，在国家战略之下，天津明确、清晰了自己的"身份"。在"京津冀"协同发展的国家战略中，天津是全国先进制造研发基地，这在中国大陆三十一个省、自治区、直辖市中是独一无二的。这样的定位也足以说明，这是天津千载难逢的重大历史机遇，再不能以任何理由错失这个大好机遇。

最后，天津把发展制造业摆在战略高度，并且形成高度共识：制造业是天津的根基，是成就天津未来的战略支撑，也是天津高质量发展的战略选择。

为什么选择"制造业立市"的发展目标？追溯过往历史，首先要明白按下"制造业立市"发展按钮的历史原因。

从1860年开始，天津这座城市就以工业面貌呈现在世人面前，尤其是天津机器制造业已闻名全国乃至世界。工业发展永远伴随着现代文明，所以天津还是现代工业文明的发祥地，并在1949年之后成为新中国的工业摇篮。所有这一切，都因为天津有着深厚的工业历史积淀。在这片孕育工业的北方大地、渤海之滨，除了机器制造业，还有令人骄傲的轻纺工业，留在我们美好记忆中的飞鸽自行车、海鸥手表、北京牌电视机、牡丹缝纫机等一百多个"全国第一"的品牌，便是最好的佐证。

明确"制造业立市"，还因为天津有着完备的产业体系。在现代工业全部四十一个大类中，天津占了三十九个；二百零七个种类里，天津竟然占有一百九十一个。天津是全国工业产业体系最完备的城市。不说不知道，摆出这些特点、优势，大概天津人自己都会大吃一惊。

最后一点，就是"区位优势"更不容忽视。天津交通便利，是海、陆、空交通枢纽；紧邻北京，面向三北，辐射东北亚，具有发展制造业的战略区位优势。

综合以上优势，发展制造业不但是天津的看家本领，还是天津工业的最大优势。如今天津的工业目标已经变得清晰，要走先进制造业、先进研发业之路，不断发展壮大"实体经济"。

可能还会有人发出疑问，有这么多的优势，天津经济为什么没有走在全国前列？发出这样疑问的人，肯定不了解天津，所以才会做出轻率的判断。

天津是一座诚实的城市，不会"弯弯绕"，一切本着实事求是的原则。之前按照中央整体部署，天津率先行动，主动挤掉经济发展的"水分"，导致天津在全国经济排位处于落后状态。虽然当下经济数据不好看，承受着巨大的压力，但是要数据，还是要老百姓真实体验到的发展水平，可以看出一座城市是否有担当。天津人不假思索地选择了后者。反过来讲，挤走了"水分"，脑袋上没有了"漂亮数据"的"高帽子"，也就没有了思想负担，变得更加精干，更有利于轻装前进。这也正是天津人对"实事求是"精神最好的诠释与理解。

除了以上说明，天津的经济形势依旧让外界留有很大疑问。作为直辖市，有区位优势，也有如此之多的优势企业，这么好那么好，怎么天津没有走在全国前列？除了主动"挤水分"的缘故，到底还有什么具体原因，影响到了天津目前在全国的排位？这的确是个大问题，不说透了，总是让外界感觉诧异、懵懂，天津人自己也糊涂，腰杆子总是硬不起来。

先说当下天津工业的优势。

不用多想，首先是闪烁在眼前的四个大字——集成电路。中国有五大集成电路产业中心，天津是其中之一，已经形成了IC设计、芯片制造、封装测试等一系列产业链，而且这个产业链非常完整、齐备。天津目前有一百多家集成电路企业。

天津的另一个优势行业是生物医药。简单科普一下，生物医药不是指简单的药房里的医药，这个行业还包括化学药物、中药、生物药三大系列，目前也有一百多家企业，这些企业全部具有相当规模。在这个领域中，天津同样是产业中心之一。

不应该忘记的，还有IT互联网以及人工智能领域。天津是中国大中城市中这一行业的领跑者，拥有一大批具有相当影响力的科技公司。正是因为这些大公司立足天津，所以天津才有资格多次举办世界智能大会。可以这样说：天津在互联网、软件信息、云计算、量子技术、人工智能、机器人等领域的发展程度，绝对处在中国第一方阵。

说完天津这几个优势行业，再回过头来看当下现状，也就是全国排名。以2020年为例，按照GDP的排名，前三季度天津已经被挤出全国前十行列。这是令人震惊的，也是一百多年以来，天津排位第一次不在全国前列。是什么原因让天津面临如此严峻的形势？在几大优势行业领跑下，到底又是什么行业拖拽了天津发展前行的脚步？这非常容易回答：传统工业企业拖了后腿。

坦诚地讲，仅靠集成电路、生物医药、人工智能等几个优势科技行业，还不足以把天津发展"拽上岸"来，因为天津工业肩头还有沉重的负担，双腿还有沉重的羁绊，怎么能迈动步子？放眼全国，排名靠前的几个城市，都是传统工业企业与新兴科技企业各占半壁江山。

天津传统工业恰是过去引以为豪的行业，如纺织、钢铁、物流、商业、机械制造业……但是这些过去辉煌的行业，如今全都面临巨大危机。比如过去赖以骄傲的天津港，曾是中国北方第一大港。如今左右一看，身边有了青岛港、唐山港；回头再看，又有日照、烟台、大连。无论身边的还是身后的，都具有发展潜力和发展实力，它们随时都有可能把天津港超过去。

问题能看得清楚了，正是传统产业的危机，才导致天津经济出现摇摆、出现滞后，导致经济发展失去"压舱石"。一座城市要想发展，一定要有一个最佳结构——以传统产业作为基础，高新技术产业作为增长点。天津的窘况在于，支撑半壁江山的传统产业，在新世纪的工业转型期间，没有重新构建好发展框架，因此始终没有提上来。

必须清楚这样一个现实：抛开传统产业，单纯发展高科技产业，将会面临极大风险。永远要记住一句话：高投入带来高利润，高利润必然伴随高风险。还有一点也要看清楚，当下天津的这些高科技产业，虽然在国内处于领先地位，但在全球范围内却还没有走到前沿，还没有占据牢不可破的"头把交椅"。如此一来，一旦遇到世界范围的巨大动荡，这些看上去非常优异的高科技企业，随时有可能面临崩盘的危险。

眼下拥有集成电路、生物医药、人工智能等优势科技行业的天津，怎样才能重回工业巅峰状态？不用多讲，就在于重振传统工业，把天津过去的传统优势工业推上去。所以说天津提出"制造业立市"真是恰逢其时，找到了城市发展迟缓的关键。在摸准了天津发展的历史脉络之后，重新回到自己最熟悉的领域，按照科学规律办事，脚踏实地发展，一切困难都不在话下，因为天津有这样的实力与能力。

天津人做事认真，没有虚的，一是一，二是二，绝不含糊。如今形势已经明朗，"制造业立市"这张"作战地图"已经高挂起来。

既然这是一场战役，首先要"挖战壕"，强力构筑新的工业体系。这个体系是这样的：以智能科技产业为引领，以生物医药、新能源、新材料为重点，以高端装备、汽车、石油化工、航空航天为支撑——简称为"1+3+4"的现代工业产业体系——培育"世界级产业集群"。

"战壕"挖好了，还要有锐利的"进攻武器"——打造新动能。把科技创新作为第一动力，加快打造以信创产业为主攻方向、以生物医药和高端装备制造为重点的"一主两翼"的产业创新格局。

一场战役怎能缺少"望远镜"？要看清制造业"武器"的核心内涵，毋容置疑，就是"新智造"。接下来，天津的重点任务就是大力推进人工智能、互联网、大数据与制造业的深度融合，把天津建设成为第四次工业革命的"先锋城市"。

最后就是发起冲锋了——"布局新基建"。加快5G、超级算力、数据中心等新型基础设施建设，发展工业互联网，为"天津智港"提供有力支撑；另外还要"培育新主体"，把培养优质市场主体作为重要抓手，构建大、中、小型企业的梯次培育、融通发展新格局。

天津重新回到全国前十行列以及走到全国前端，关键之关键，是要把工业结构布局合理，按照既定目标，向前稳步推进。

还有一点也是势在必行——打造"天津工业文化"。任何行业都要有自己的相关文化匹配，如此才能够吸引社会注意力。既然"制造业立市"已经确定，就要围绕这个发展根本，打造相关文化氛围，让天津人关注、热爱"天津工业"。一座城市的发展，不能仅靠决策者，也不能仅依靠某个行业的业内人士，一定要有全社会的参与。

"天津工业文化"，同样需要天津文化人士发出声音。

八

看到天津优势、中国优势的同时，也不要忘了国际状况；了解国际工业背景，才能做到心中有数，才能在世界大格局中看清自己的真实面目——哪里是劣势、哪里是优势。

从现在开始，在未来十年之内，将会出现改变世界面貌的十件科技大事。这是2020年颇为流行的工业大事，到处都能看到相关的介绍。为此，我问过好几个工厂老同事，包括老李、老宗、老孙，他们告诉我，早就知道这件事了。

尽管没有特别的衡量标准，但可以将其作为工业发展的"别样"参考。

慢慢说来。

首先就是"手表里的医生"。它可以对人的身体进行无创口化验，随时随地进行一场完美的疾病诊断。这对具有中国特色的"体检"，会是一场特别的考验。如今只要你是有单位的人，都会拥有一项健康福利——体检。假如"手表里的医生"

完美亮相，体检的福利将会消失，也不排除体检行业的消亡。与此同时，"手表里的医生"还能遥控无人机送药上门。但是这种无人机送药，如何与当下的快递区分开来，将会考验我们的科技想象力。

其次是自动化技术。当自动化适用到各行各业之后，社会将是怎样的情景？这个改变也会与众多劳动力"被动下岗"联系起来，如何进行有效控制，同样考验我们的应变能力。当太多的劳动力完全空闲下来，一定要有让年轻力壮的青年知识充电的学校。

与每个人息息相关的，还有一件广为人知的事情——"司机的末日"。将来汽车肯定能够实现自动驾驶，如今该技术已经开始应用，在某些特殊领域已经开始汽车的自动驾驶，只是还没有完善，还没有出现在我们身边，还需要进一步改进。我觉得这件事已经不会引起恐慌，大家已经心知肚明。计划经济时代，司机是一项好职业，那时的司机不比现在的处级干部权利小。在没有私家车、没有出租车的年代，每个人都躲不开婚丧嫁娶、生老病死这些日常之事，过日子遇到的大事小事都得求助司机。我就有这样的亲身感受。儿子出生后，就是单位派司机接回来的，总不能让刚生完孩子的媳妇坐公交车回家吧，况且还有襁褓里的孩子。那时候这些事情要么求助单位，要么就得私下求助司机，所以当时司机很有社会地位。一般情况下，开小车的司机，地位更加了不得，也是众多女孩子眼中的"抢手货"。我认识一位女会计，父亲是著名京剧演员，她自己也是票友，人长得漂亮，大高个、大长腿、大眼睛，皮肤白皙，眉目传情，风姿绰约。她择偶条件特别高，挑来挑去，最后嫁给了一个开小车的司机。那位司机我也见过，脸上有许多暗黑色疤痕，后来还有严重的家暴倾向。改革开放以后，很多家庭逐渐有了私家车，司机这个职业也就顺理成章地淡出了。所以全自动驾驶汽车的全面普及，大家都能坦然接受。

对于十大新科技中"量子计算机"的出现，可能普通人的感受不会过于强烈。其实，它已经运用到社会的方方面面。

再看看"身在电影中"这项科学技术，现在来看，作用还仅局限于休闲娱乐。这项新技术的产生，至今还没有完全调动起人们更大的热情，毕竟人生时光不可能天天待在电影院里。但是，"身在电影中"这项科学技术，未来极有可能向日常生活层面大跨步迈进。比如现在应用到医疗方面的"电影手术"——有的小手术，病人可以在大脑清醒的状态下，通过屏幕看见自己手术的进展情况，让患者对自己的身体状况也能"知根知底"。这项技术的普及，还可以避免医疗纠纷，一张光盘在手，手术好坏，所有人都能看得清楚，而且还能促进医疗知识的大众普及。

还有一项科学技术——太阳能板。这项科技似乎不会让人们有多大惊喜。不过，因为太阳能板的广泛使用，我们将会呼吸更加洁净的空气，这才是人们希望快一点看到的。可以肯定的是，"太阳能板"这项科学技术，将会适用于更广泛的领域。谁知道哪一天，"太阳能板"就会给我们带来意想不到的更大惊喜呢？

将来商业银行会消失。对于现在的银行服务业来说，这是一项"最具破坏性"的技术。其实现在很多年轻人已经不去银行网点了，完全在手机或是电脑上操作账目往来，不带钱包的年轻人遍地都是。再过十年左右，可能商业银行真的会关门了。

还有一项技术，或许能引起更多人的兴趣，那就是"能够共情的机器"。据说有的国外智能公司，通过来自近百个国家和地区的数百万个视频，收集人们的面部表情数据，使得机器能够模仿人的情绪，使人工智能与人类"情绪共有"。这是一项足以改变我们现实生活的重大科技创新，想想吧，身边有一个与你情绪变化完全相同的"人"，你会是怎样的心情？

还有一项科技成果，未来也会改变日常生活——适合所有人的眼镜。在大街上能够看到全息图，人们之间能够互动。其实对于这项科技成果，人们也不会有太多惊奇，因为各种科幻大片的上映，人们对此已经完全熟悉。

还有一项有意思的科技成果，无所不能的"无人机"。无人机在物流、运输、消防、大地制图和难度拍摄等领域已经被广泛应用。我认识好几位摄影家，他们人手一架无人机。没有无人机，只靠传统照相机，好多自然风光很难拍摄。这项科技成果的实现，虽然在人们意料之中，但是真正全方位地彻底实现，还需要耐心等待。当有一天你站在阳台上，突然收到千里之外的亲人通过无人机送来的东西，想想吧，你会是什么感受？

在未来十大改变中，我特别关注"机器人"的发展。将来真正让我们"大吃一惊"的科技事件，可能就是出现在我们身边并且与我们朝夕相处，甚至有可能"干扰"我们人类情感的机器人。机器人虽然是人类制造出来的，未来却有可能与人类分庭抗礼。尤其是智能机器人的开发、研究、设计、制造，使其目前已经不断接近人类情感。这让我想起每个人都有的亲身感受：日常生活中，与你闹矛盾的、与你情感撕裂的，恰恰是你最亲近的人；与你没有接触、与你只是点头问好的人，会让你生气吗？会让你牵肠挂肚吗？

半个世纪以来，人们在机器人身上可是下了大功夫。

客观地讲，在工业机器人发展史上，人类最初是"重理论研究，轻应用开发"，因此在普通制造领域丧失了大量机会和广阔的市场。但有一点又不可否认，正是这样的"失误"，反而又规避了机器人开始阶段不成熟的弯路，为更加全面发展带来了机遇。

有一个事实不容忽视：机器人的研究、开发、利用，会不可避免地改变人类的生活方式。尤其是当"共情的机器人"出现在我们日常生活中时，也不排除人类与机器人之间有可能产生不可调和的矛盾。

事物之间永远是辩证关系，就像人类最初发明的核武器足以摧毁人类、毁掉地球的时候，所有的战争又会在这个"毁灭世界"的命题面前踩下刹车。所以人类不必害怕，不用担心因为这样那样的可怕问题，导致追求世界高端科技的脚步停歇下来。

我想说的是，尽情去发展机器人，不要担心人类因此给自己找来麻烦。世界上的所有事情，永远都在彼此制衡之中。

此时此刻，我不可抑制地想到一个人类动作，也是我和我的老同事老李、老孙、老宗在"天津之眼"上的共同动作——远眺。

"远眺"并非不切实际。远眺就是想象，想象新世纪还能有什么科学技术，能让我们人类继续"大吃一惊"。

只有想到，才能研究，假如连想都没有去想，谈何发展？又谈何研究？不要害怕失败，科技研发、科学实验永远没有失败者。只有忘记"失败"这个词，才不会阻碍人类的想象，才能激励人类前行的脚步。科学的深层含义，就是要不断地探索未知世界，也就是我们所讲的"前瞻"。

突然想起一个大胆的美国人，阿尔文·托夫勒，未来学大师、世界著名的未来学家。

九

1980年，有一本书风靡中国大陆，名叫《第三次浪潮》，这本书的作者就是阿尔文·托夫勒。他给我们带来一个启迪：梳理过往历史、整理可贵经验，已经令人尊敬，而更令人敬仰的则是勾勒未来方向，勾勒科技发展方向。

阿尔文·托夫勒说过两句话，让我们至今记忆犹新。一句话是："唯一可以确定的是，明天会使我们所有人大吃一惊。"另一句话是他2016年去世前说过的："当你看到三十多年前的预言在三十多年后变成现实的时候，作为一个未来学家，还有什么比这个更幸福的？"

20世纪80年代，我买过《第三次浪潮》。早晨上班前，边吃早点边看这本书。当时身边的同事、师傅，只要看见我看书，一定要拿过去看一眼，翻一翻，然后对着空旷的车间大声念出书名，再还给我。《第三次浪潮》他们也抢过去看，翻了一下，觉得索然无味，便还给我。那时候，我已经开始学习写作了，一同写作的朋友也都看过这本书，倒不是梦想做一个未来学家，只是把它当作了解世界的一个窗口。80年代，中国人瞭望世界的窗口和真切接触的路径真是太少、太窄了，所有来自国外的书籍都能成为人们渴望了解世界的窗口。

看一看托夫勒的生平，令人感慨不已。通过他的经历，会更加清晰地看到一个人成为未来学家的历程，或者，"想象"对于人类发展前进的重要性，以及对于科学研究的重要性。

阿尔文·托夫勒，1928年出生在美国纽约，当过五年工人，对工厂车间、生产流水线有着深刻了解。二战结束后他改换职业，成为一名勤奋的报刊记者，后来又成为一本杂志的主编。

1960年，托夫勒做了一件重要的事：他去IBM进行实地调研，写了一篇考察报告，叫《计算机对社会和组织的长期影响》。在这篇报告中，他预见到人类的大规模生产活动已经逐渐缓慢下来，开始向服务型社会和知识型社会转变。这篇报告深刻启发了IBM的高层人士，促使IBM开始向数字化技术转型。应该说，在科技发展需要"拐弯"的关键时刻，托夫勒给企业家"提了个醒"。

世界工业进入到20世纪70年代，欧美国家的制造业相继陷入产能过剩的困境之中，紧跟其后的便是中产阶级大面积崛起。劳动力成本逐年增加，而能源危机也开始逐渐显现。就在政治家、经济学家觉得无路可走的时候，彼时还是科技报刊记者的托夫勒，向世界展示了工业发展的新的可能。

托夫勒是这样说的：一个新的文明正在我们生活中出现……这个新文明带来了新的家庭形式，改变了我们的工作、爱情和生活方式，带来了新的经济和新的政治冲突，尤其是改变了我们的思想意识……很多人被未来吓坏了。

其实，不仅是托夫勒一个人预见到了，其他人也看到了，只不过说法不同。

美国战略学家布热津斯基提出"电子技术时代"，社会学家丹尼尔·贝尔称之为"后工业社会"，马歇尔·麦克卢汉还创造了"地球村"这一名词。还有其他社会各界人士纷纷表达自己的看法。

有那么多的词汇、观念、看法，但是没有一个人像托夫勒一样进行高度概括性的描述。他对着世界大声喊出了一句话——工业主义必将灭亡，新文明也将必然崛起。

什么是"新文明"？

科学技术已经成为生活的一部分，从文化视角来看，它们就是"新文明"。数十年前的托夫勒已经预测到了大数据、跨国公司、无纸化办公、产销合一等等社会"新文明"。

我敬佩托夫勒的原因，就是他使用的"文明"这个词。当高科技来到我们身边的时候，相伴而来的必是人类的新文明。

1980年，托夫勒写出《第三次浪潮》的时候，电脑已经诞生三十多年，但那时的电脑应用还只限于工业活动、商业活动，只是简单地为了提高工作效率。这是"新文明"诞生的前夜。

托夫勒要说的是，信息化产生的信息流动以及同时产生的难以计算的结构性数据，将成为人类新的资产。这也就是我们现在耳熟能详、普通人都能认识到的"数据即财富"这个理念。

托夫勒还有一句话，同样令人震惊：今天在危险边缘徘徊的不仅是这个主义、那个主义，也不仅是能源、食物、人口、资本、原料、工作；真正危险的是，市场在我们生活中扮演的角色以及文明自身的远景。

显然，这让那些习惯用政治制度、意识形态、民族宗教来看待世界的政治家们非常不适应，甚至有些手忙脚乱。"市场"这两个字，还有"文明"这两个字，能够让我们静下心来，好好思考未来社会的模样，以及看待世界的方式。

"新文明"的提法，让我记忆深刻。

阿尔文·托夫勒在三十年时间里出版了三本书，这三本书不仅让他本人声名显赫，也为世界科技发展梳理了清晰的方向。

这三本书是：1970年出版的《未来的冲击》，1980年出版的

《第三次浪潮》，1990年出版的《权力的转移》。

在托夫勒去世前十年，他与同样是未来学家的妻子合作，在2006年共同出版了《财富的革命》。在这本书中，托夫勒预测的"大数据"科技手段，如今已成为社会现实，并且在改变世界的进程中，已经做出了巨大贡献。

从中国成为世界第二大经济体的那天开始，所有想到的、没想到的，想要看到的、不想看到的……都不以我们的自身意识为转移了，世界上所有事情都会"不顾一切"地迎面袭来。没有办法，因为你走在前列，就必须迎风而行，必须阻挡所有的攻击。假如你是倒数第几，还有人关注你吗？大概看你一眼的人都没有。中国必须适应来自世界各个角落的说三道四，按照自己的节奏稳步前行。不要害怕树大招风，"树"大不大，都已经摆在那里，所有人都能看到，都会进行比对。还有一点也是现实：不是你想"风"来它就来，到了一定要来的时候，"风"肯定到来。"树"已经高耸，怕什么？

心平气和地继续设想未来趋势，怎么畅想都无人阻拦。"想象"这个词，对于个体与国家，有着不同的意义。

站在国家角度来看，重点不在于实验室又出来多少新的数据，也不在于高科技产品的数量，而在于始终把握正确的发展方向。当科学技术发展到一定高度，是可以改变社会风尚的，此时此刻"想象"真应该与"文明"紧密相伴，这时候"文明"就会异常重要。

让"文明"驾驭"科技"，世界才能变得更加安全。工业文明促进人类文明攀登更高精神境界，人类文明监督工业文明前进的航向。

中国工业企业，特别是高科技企业如何前行？一定要在国家战略层面进行，要考虑到各种可能性后果。前面已经讲过，"文化是工业的投影"，还应该再加上一句，"国家力量是国家工业发展的重要支撑"。中华民族对于世界的文化贡献，应该包含有工业文明的特殊贡献。

中国工业发展之路，永远伴随着四个字——任重道远。

<h1 style="text-align:center">十</h1>

我站在"三条石"这片狭小的土地上，想象未来。

从来没有想过，小小的"三条石"，竟然能够让我拥有飞翔的想象。那三块明洁的青色大石板，两块是鹰的翅膀，一块是鹰的锐利眼睛，穿破厚重的云层，遥望无限的远方。

巨鹰下面的海河，是指向大海的。她的上游，既有天然河流，又有人工运河。可是，不管这些河流有着怎样的前史，奔流中又有着怎样的艰难险阻，最后所有的河流都在三岔口团结在一起，变成一个名字——海河，不屈不挠地永远流向前方。

因为前方是大海，闪烁着深蓝色的迷人光芒。

在迷人的深蓝色光芒中，我们继续远眺，能看到大海上闪烁的一个个亮点，每个亮点都是一个提示，都是关于制造业发展的"解说词"。这是一片"制造业大海"，只有形成波澜壮阔的大海，才能驮载国家这艘大船起航，才能让大船平稳航行。

回顾历史，早在2010年，中国制造业产值在全球占比就已经超过美国，成为制造业第一大国。近年来，中国部分地方经济出现短暂困难，于是有关中国制造业衰退乃至崩溃的论断开始到处蔓延；一些别有用心的人，用个别制造业企业倒闭之事，断言中国全部制造业企业将会走向衰败；还有的论调更加可笑，无边无际夸大中国制造业出现的问题，比如劳动力低成本优势已经丧失、面临新工业革命巨大挑战、缺少核心技术创新能力等等。

中国制造业出现的问题，真如外媒说的那样吗？

先说说中国制造业的劳动力成本。改革开放初期，充分利用劳动力低成本的优势，快马加鞭，大力推进工业化进程，现在回头再看这一时期的政策主张，应该是正确的选择。但是随着工业化进程进入后期，劳动力成本开始逐渐提高，现在看来，这是正常的客观现象，非常容易理解，因为受到农业劳动力和大学毕业生增加的双重影响，同时也是制造业企业发展理念转变和发展形式转变的必然要求，以及所产生的必然结果。当下，中国经济发展方式正在从要素驱动向创新驱动、从数量扩张向质量提升转变，依靠低成本劳动力优势是不可能实现这种转变的。企业提高劳动者尤其是普通劳动者的劳动报酬，也是符合中国特色社会主义本质要求的。另外，从微观层面来看，虽然劳动力成本提高会影响制造业企业的效益，一些创新能力不足的企业会出现破产或向低成本国家转移工厂的现象，但完全不必惊慌，这是所有国家的制造业转型升级过程中所必须付出的代价。

其实，中国制造业从业者非常清楚国际国内形势，想尽办法，在尊重科学、尊重客观现实的基础上，充分挖掘潜力，又在国家政策大力支持下，将成本压力积极转化为创新动力，沿着制造业高端化、信息化、服务化、智能化、绿色化发展方向不断探索创新。如今，中国制造业面貌已经焕然一新，增长的新动能也正在逐渐显现威力和形成规模体系。

新工业革命是挑战更是机遇，你不改变都不成，现实逼迫你去改，也只有主动去改变，才能适应新的形势发展。举一个并不遥远的例子：2008年世界金融危机爆发，欧美发达国家在经历阵痛和教训之后，纷纷提出以重振制造业和大力发展实体经济为核心的"再工业化"战略，比如美国提出"先进制造业行动计划"，德国提出"工业4.0"等制造业雄起计划。

首先要明白什么是"再工业化"战略。剥开外表看本质，不是简单地提高制造业产值比重，而是要通过现代信息技术与制造业相互融合、制造业与服务相互融合，通过融合之下的强大助力，提高复杂产品制造能力以及快速满足消费者个性化需求能力，使得制造业能够重新获得竞争优势。

欧美发达国家利用在新工业革命中的先发优势，不断强化其全球竞争优势和价值链高端位置，这种强化可以讲是不遗余力的，各种手段都会使用。中国制造业如果不能快速赶上制造业潮头，同发达国家的技术差距就会进一步拉大，甚至还有可能形成对我国产业转型升级的抑制和对原有产业赶超路径的封堵，这样的事例已经有很多，一旦出现这样的境况，将极不利于我国制造业向全球价值链高端攀升。

新工业革命的形成对中国制造业不仅仅是挑战，更是一次重大历史机遇，毕竟中国已经步入工业化后期，正处于经济结构转型升级的关键阶段。第四次工业革命已经催生了大量新技术、新产业、新业态和新模式，为我国产业从中低端走向高端奠定了技术经济基础，更明确了发展方向，为我国科学制定产业发展战略、加快经济转型升级、掌握发展主动权提供了重要机遇。

我们还要看到，这一次新工业革命与前两次工业革命发生时中国的形势不一样了。前两次工业革命发生时，中国正处于积贫积弱的境况，如今历史已经翻过那一页，现在中国的综合国力已走在世界前列，形成了完备的产业体系和坚实的制造基础，成为全球制造业第一大国和名副其实的工业大国，完全具备了抓住这次新工业革命机遇的基础条件。同时中国的另一个显著特点是，具有规模超大、需求多样的国内市场，可以为新工业革命提供强大的市场需求动力。

正是基于国际国内情况分析，2015年5月，国务院印发了《中国制造2025》。制定了长期战略性规划与高端产业发展、技术进步路线图，以应对新一轮科技革命和产业变革为重点，以促进制造业创新发展为主题，以提质增效为中心，以加快新一代信息技术与制造业融合为主线，以推进智能制造为主攻方向，以满足经济社会发展和国防建设对重大技术装备的需求为目标，着力促进产业链转型升级、实现制造业由大到强的历史性跨越。

《中国制造2025》从制定到将要完成，我们已经看到了中国制造业的巨大变化，更能看出在面对新工业革命时，中国完全有能力抓住机遇，乘势而上，推进工业化和信息化深度融合，打造国际竞争新优势。

改革开放之后，中国工业化进程快速推进。这样一个十多亿人口大国的快速工业化，放眼世界也是不多见的，这是人类历史上前所未有的奇迹。

但是我们也应该理智地看到，在这个快速发展的过程中还存在不少问题，比如中国制造业与发达国家上百年的制造业历史相比，无论是在品牌、质量，还是核心技术等诸多方面，都缺少历史积累下来的经验，存在大而不强的问题，其根本所在就是自主创新能力还很薄弱，对新兴技术和产业领域全球竞争制高点掌控远远不够，支撑产业升级的技术储备也明显不足，创新资源协同运作不畅、技术创新链存在不同程度的脱节问题。看到问题，才能解决问题。

中国是工业大国，但还不是工业强国，距离工业强国的目标还有漫长的距离。但是未来中国建设制造强国的"三步走"战略已经描绘完成——

第一步，到2025年，迈入制造强国行列；第二步，到2035年，制造业整体达到世界制造强国阵营中等水平；第三步，到新中国成立一百年时，中国制造业大国地位将会更加巩固，综合实力将要进入世界制造强国行列。

让我们继续远眺，继续努力，制造业强国就在不远的未来。

任何一次书写，都是恰好到来（代后记）

　　每篇作品的诞生，看似是作家心绪的自然流淌，其实都是在时间与空间的某个交汇点上，"个人经历"与"社会现实"迫切而又真诚的相遇，是在时代大背景下的作家的感悟。比如我刚刚完成的长篇非虚构作品《三条石》。这部中国作协重点扶持作品，是我最近几年最为艰难的一次创作跋涉。在创作这部作品的三年时间里，我多次陷入困境，从初稿到终稿，经过反复删减与增补，算下来有近十万字被舍弃，望着被搁置在电脑中的废弃文字，心疼得仿佛要流血。

　　"三条石"是天津的一个地名，至今仍在使用，所有天津人特别是老年人没有不知道它的。这里曾是天津民族工业乃至华北地区机器制造业的出发点。1860年，一个来自直隶的农民在这里支起了第一个铁匠炉。很快，有了第一个打铁小作坊。鼎盛时期，这片狭窄的区域有数百家小企业，因此也闻名于世，被《大公报》称作"铁厂街"，打铁声昼夜响彻京杭大运河在天津的重要节点——海河三岔口。从这里卖出的产品以及走出去的企业分号，曾经遍布华北、西北地区乃至更远的地方。后来随着历史风云变幻，"三条石"街名逐渐演变成天津民族工业的代名词，"三条石老工人"成为某个历史时期"根正苗红"的身份缩写。再后来，随着工业科技时代的到来，"三条石"逐渐衰败，如今留存下来的地名，已变成一段悠长的工业历史回忆。

创作《三条石》这样一部工业题材作品，与我的人生经历有着紧密联系。1980年我高中毕业，走进一家全国闻名的"大国企"，生活中的骄傲也随之产生：粮本上的每月粮食供给，一下子提高到了四十三斤；加班一次，能有两毛钱的菜品补助。但是"大国企"的金字招牌并没有让我激动多久，我很快陷入迷茫。艰苦的重体力劳动，让我对"工业、工厂、工人"产生强烈的厌烦情绪。那时候我想尽一切办法要逃离工厂。也正是在这样的生活焦虑中，我开始学习写作。那时我怎会知道，四十年后当我开始创作与"三工"相关的《三条石》时，会是多么感激当年的艰苦劳动。还有那么多的久远经历——少年时代无数次参观"三条石革命历史博物馆"的遥远随想，与青年时代的工厂经历倏然对接，在我将要步入花甲之年的岁月感慨中，《三条石》的创作激情也就不由分说地到来。

我要把我的"工人经历"与天津这座"工业城市"相联系，通过"三条石"这个思考支点，去讲述天津乃至中国近代民族工业以及国家工业发展历史。在构思这部作品之初，我多次前往故事发生地——三条石大街——去回忆这座城市的工业历史；走访我过去的工厂同事，通过"人和事"去唤醒我"劳其筋骨"的工人经历，特别是那些微妙复杂的细节。同时我也在认真思考，应该用怎样的体裁、怎样的腔调去讲述这个可能看似有些枯燥的故事。

为此我做了两次试验：一次是"题材试验"。首先写了一部中篇小说，名字就叫《三条石》，发表在《中国作家》（2019年7期）。小说发表后，《小说月报·大字版》立刻予以转载。许多相识的朋友问我，为何要写这样一部工业题材的小说，同时还有不少人建议，为什么不写成长篇作品？另一次是"体裁试验"。尽管之前我通过中国作协"定点深入生活"，写过两部长篇报告文学，但我始终提醒自己，报告文学的写作经验，绝对不能带到这部非虚构作品中来。所以在动笔创作《三条石》之前，我特别认真地阅读了一些非虚构经典作品，如杨·T.格罗斯的《邻人》、杜鲁门·卡波特的《冷血》，带有自传性质的虚构作品，如哈珀·李的《杀死一只知更鸟》、太宰治的《人间失格》，以及带有强烈自我印记的保罗·策兰的诗歌等等。为了充分掌握"实战"经验，我还"活学活用"，用非虚构的写作手法，写了两篇"阅读笔记"小说——《李和卡波特来到耶德瓦布内》和《灰烬上空的亮光》。

即使如此精心准备，在《三条石》写作过程中，还是遇到了大麻烦——关于素材的取舍。刚开始动笔的时候，沉浸在激动之中，没有意识到这一点，当时面对数百万字的资料，依旧感觉太少了，还在拼命收集。这和我在创作初始定下的基调有关：要站在历史纵深角度，用"文化视角"去看工业发展，不仅要写天津工业、中国工业，还要写世界工业强国发展历程，还要写中国与工业强国之间对比以及各自国家的成败经验。所以写作开始时，总是感觉有许多话要讲，任凭自己的情感奔泻而出。那段时间，我每天很早很早就起床，简单洗漱之后，立刻坐在电脑前。面对屏幕，许多久远的个人往事与数百万字的资料相互融合，如汪洋大海一样把我彻底淹没，几个月后计算字数，一下子写了三十万字。尽管之前我也有过三十万字的写作经验，但这次还是让我备感惊慌，沉静下来才觉得内容过于庞杂。

于是又开始进行删减，才发现删掉的部分正是自己之前最得意的地方。为什么"得意之处"反而被删掉，道理其实非常简单。因为"得意之处"常常是猛然切入进来的，是没有进行深入思考、没有经过时间沉淀的内容。始终埋伏在心中的感觉，才是"久经考验"的岁月之情，它们在作家心中已经储存许久，早已成为亲密的朋友。因为友情笃深的"朋友"，绝对不会让你一惊一乍，你太熟悉它们了，所以它们看上去不是特别惊艳，这才是去掉水分后真正的素材。

但最大的问题还不是这些，而是我为什么要写这样一部作品，难道仅仅是书写个人情感吗？表面上看，一部作品的构思、书写，是作家自己的事，似乎与国家、与时代无关。但只要深究下去，一定是时代背景对作家思考的激活。2015年5月，国家正式提出制造强国战略，第一步是到2025年迈入制造强国行列；第二步是到2035年，中国制造业整体达到世界制造强国阵营中等水平；第三步，到新中国成立一百年时，综合实力进入世界制造强国前列。为什么要制定这个战略？纵观世界强国，没有不重视制造业的，因为制造业是立国之本、兴国之器、强国之基。随着时间的推移，我们对制造业重要性的理解也在不断加深，制造业是国家发展进程中公开的"隐秘的力量"。"三条石经验"不仅是天津的也是中国的，它是一枚工业教材的"活化石"，可以供我们从文化角度进行深入研究、认真分析。因此，所谓的"任何一次书写，都是恰好到来"，其实就是作家"小我"的思考，与时代"大我"的精神契合。